KB276253

심沈성晟구求 수필집

方長不折 · Ⅳ
芼壽紀念

모란牡丹을 곁에 두고

신세림

심沈성晟구求 수필집

方長不折 · IV

닫壽紀念

모란牡丹을 곁에 두고

모란꽃을 곁에 두고

卜居 比世 七七春

이 세상에 태어나서 77년을 살았습니다. 세월은 쏘아놓은 화살 같다고 하더니, 잘도 갑니다. 백년을 살고서도 세월이 더디게 간다고 한탄을 한 사람은 없는 것 같습니다. 두보의 시에는 '인간 칠십 고래 희'라는 말도 있구요. 77세를 喜壽라고도 하고 무엇인가 기념이 될 만한 것도 만든다기에 책을 한권 만들어 보기로 했습니다.

마침 여러 계간지에 발표하였던 것들을 모아보니, 생각보다 많았습니다. 100여 편이 넘는군요. 한데 묶을 수는 없고, 갈라서 우선 한 권 만들어 봅니다. 보통 일반 수필집은 많아야 50편 정도인데 이 책은 66편이나 됩니다. 하나 사물이란 보고, 느끼고, 생각하는 것이 서로 다르기 때문에 망서리다가, 용기를 내었습니다. 간혹 중복된 예문이 있다면 독자의 양해를 구합니다.

어리석은 사람의 말도 일천마디 속에는 한미디 쓸 말이 있고, 아무리 현명한 사람의 말이라도 말을 많이 하면 실수를 한다는 옛말도 있습니다. 독자의 이해를 돕는 평도 저명인사나 교수들의 발문도 생략했습니다. 첫 글자에서 끝 글자까지 오직 나의 그림자입니다. 변변치 못한 차림이지만 곱게 보아 주시기 바랍니다.

저자 심 성 구 씀

차례

2부 계절의 고향

차 례

4부 백로가 훨훨

차례

6부 경우와 경운기

1

많은 세월이 흐른다음에

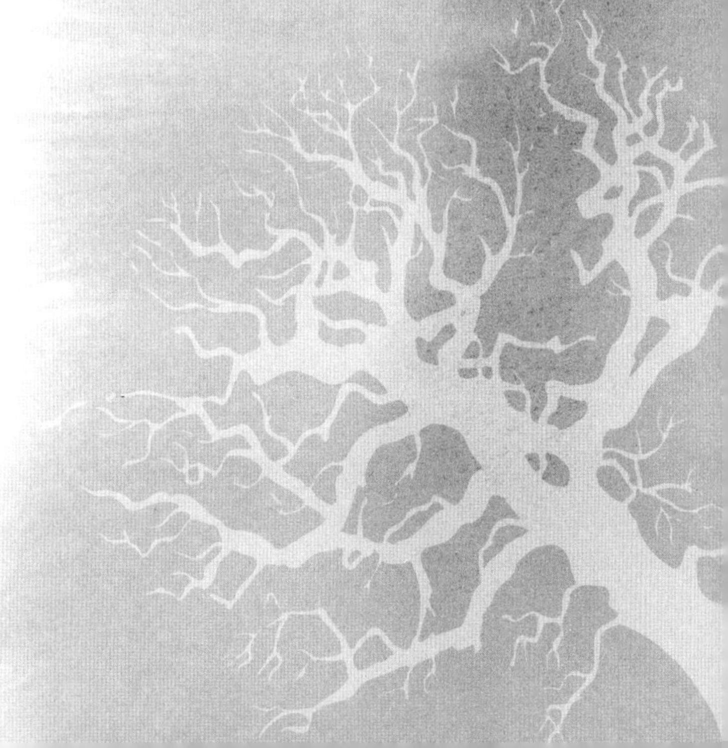

自然의 香氣

집을 나선다. 산책길이다. 수 10만 평의 풀밭이다. 폭은 100여 미터는 됨직 하지만 길이는 10여Km가 넘는다. 도보 위주의 아스발트 길이다. 자전거, 오토바이, 인라인 등도 가끔 지나간다. 지난해까지도 사람도 다닐 수 없는 풀밭이었다. 가운데로는 개울이 흐르고 냇가를 따라 지난 가을에 길을 개설한 것이다. 세금을 마다 않고 낸 수혜일까?

어쩌거나 숨이 조금은 트인다. 좌우로는 고층 건물들이 즐비한데 그 가운데를 비집고 끝이 없을 만큼 펼쳐진 초원이다. 제일 싱싱하게 치솟는 것이 물 갈대다. 물 갈대는 주로 벋어나가면서 자란다. 아마도 1년에 20~30m는 벋어 나가는 것이 예사다. 그러면서 20cm 정도에서 마디가 생기고 마디마다 뿌리가 내리면서 번식을 한다. 밀집된 상태에서는 제 본능을 잃고 위로 솟을 수밖에 없겠다. 다음으로는 돌피의 이삭이 올라올 때는 고향의 보리밭을 연상케 한다. 연녹색에 이삭이 바람에 일렁이며 아침 햇살을 받으면 촉수 같은 섬광이 눈을 부시게도 한다. 이 무렵 고향에서는 밤이면 소쩍새가 천년의 비운을 울고, 낮에는 뻐꾹새가 그 울음소리로 천륜을 이어 가려고 구슬프게 울어 오지 않았던가. 출향한 나그네는 해마다 설레는 가슴만 쓸어 보곤 한다. 달맞이꽃도 어느새 1m 이상 자랐다. 아니. 여름 꽃으로 분류하는데 벌써 노랗게, 요염하게도 한들거린다. 애잔한 전설이야 누가 모르랴. 귀화식물인 개망초. 멀리서 보면 안개꽃 같기도 하고 흐드러지게 핀 메밀꽃 같기도 하다. 근간에 급격히 산야를 뒤덮어 가는 위세에 밀려 우리 고유종 망초는 그나마 폐허의 땅도 지키지 못할까 싶다. 그 밖에도 아기똥풀이며 기생초(가위 국화)도 노란 꽃잎을 터뜨리고 방실거린다.

개울 남쪽으로 즐비한 간판을 읽다보면 '고 기 所'란 간판이 보인다. 깔끔하고 별미의 삼겹살도 좋지만 안주인의 솜씨와 친절도 기억에 남는다. 밤이면 퇴근하자마자 일손을 돕는 순후한 남자분의 인품도 은은하게 풍긴다.

금년에는 봄과 여름사이에 개울물이 부를 정도로 비가 두어 차례 내렸다. 그래서인지 민물고기도 떼를 지어 노닌다. 사람들이 그것을 그대로 보고만 있을 리도 없다. 낚시꾼들이 나타났다. 견지질도 하고, 제 먹이 낚시, 어항, 족대 등 각종 어구들이 다 보인다. 비 끝이라고는 하지만 이 더러운 물에서 잡은 고기를 어떻게 하려는 것인지. 곧은 낚시를 하는 사람은 보이지 않는다. 즉석 튀김으로 소주를 한잔 즐기는 이들도 있기는 했다. 어느 날엔가는 자라가 떠 있는 것도 보았다. 하류에 의암땜이 가까이 있기 때문이리라. 지난 겨울에는 오리 원앙이 떼를 지어 먹이를 찾고 겨울을 나더니, 요즈음에는 백로가 40여 마리씩 날아든다. 그들에게도 '목' 이 있다. 물이 깊지도 얕지도 않으면서 여울이 지는 곳. 물살이 있어 고기가 쉽게 도망가기 어려운 곳이 그들의 '목' 이다. 백로는 경계심이 많은 것 같다, 고개를 길게 곧추세운 자세는 경계의 자세다.

30m~40m 정도에서도 긴 목을 세우고 살핀다. 그러다가 한 마리가 날면 일제히 날아오른다. 고개를 접고 저립하는 자세는 안정 상태이고, 아예 대가리를 날개에 묻고 외발서기로 정물처럼 서 있으면 휴식상태이고. 살금살금 냇가를 걸을 때에는 먹이를 찾아보려는 자세이다. 먹이를 쪼아 물고 있으면 고기는 은색 비늘을 반짝이지만 백로가 입에 문 먹이를 놓아 줄 리 만무하다. 생과 사가 공존하는 찰나라고나 할까!

새들도 예외 없이 모여든다. 주로 참새, 비둘기, 까치 들이다. 참새는 잡식성이라 아마도 곤충들을 먹으려고 오는 모양이다. 풀 속에서 포롱포롱 자맥질을 하듯이 풀 속을 드나들고, 비둘기는 풀씨를 줍기에 여념이 없다. 얌전한 모습으로 아그작 거리면서 사람을 거의 경계하지 않는다. 까치는 새끼들에게 나는 훈련을 시키는 모양이다. 까~깍 까~깍 하면서 어이 새끼 어르는 모습도 정다워 보인다. 그 외에도 할미새, 물총새, 멧새 등 낯 설은 새들도 던진 돌처럼 오간다. 그런데 제일 혐오감을 주는 것이 노래기다. 해가 뜰 무렵에서 질 때까지 어디서 어디로 가려는 것인지 그저 미련스럽게 기어 나온다. 발에 밟히고 자전거 오토바이에 치여 죽은 흔적이 드문드문 한 데도 예감도 없는지 그저 무턱대고 기어 나온다. 동식물 곤충까지도 먹이사슬이 형성되면 이렇게 풍요를 느끼는 것을, 세태는 누가 보아도 삭막하단다.

가장 산뜻한 것이 나비다. 진초록 바탕인 풀밭에 희고 노란 나비가 팔랑 팔랑 날아다니는 풍경은 움직이는 꽃송이라고나 할까. 그렇게 귀여울 수가 없다. 나비를 보는 순간에는 유산가도 떠오른다. '화란춘성 만화방창 때는 좋다 벗님네야 산천경개를 구경 가세……' 낙락장송은 먼 산을 바라보고 이골 물 저골 물이 합쳐진 폭포수는 상상으로 보도록 하지. 죽장망혜 단표자는 아니라고 하

더라도 현실과 상상을 한데 묶어 느끼고 생각하면 이것이 바로 자
연의 향기인 것을.

06. 6. 18.

학鶴으로 살기

나는 평생을 교직에 종사하다가 퇴임할 즈음에 기념문집을 한 권 냈다. 전반부에는 의례 하장(賀章)으로 꾸며진다. 당시 교육감님을 위시하여 직위별 지역별로 최 일선 선생님까지 열 분에게 부탁을 했다. 하장(賀章)이란 의례 업적의 과장이나 치사가 예사이므로 내용은 제쳐두고 비유어를 찾아보았다.

순서대로 열거 해 보면 학, 대나무, 선비, 난, 학자, 양반, 화법, 체통만 중시하던 딸각발이의 순이었다. 아마도 이런 것들이 나의 속성이었을 것이라고는 미처 생각하지 못했다. 그러나 나에게는 어딘가 이런 면이 스며 있는 것을 그들은 발견하지 않았나 하는 생각에서 자신을 한번 되살펴 보는 계기로 삼았다.

동해 어느 고등학교에서 초임을 면하고, 원주 모 여고로 발령을 받고 현관에 들어서는데 마루에 내 모습이 거울에 비치는 것 같이 반사되는 것이 아닌가. 가슴이 서늘해졌다. 대단한 분들만 근무하는 학교일 것이라는 선입견이었다. 사무분장은 어렵고 난해한 것은 모두 내 차지였지만, 신임교사라 묵묵히 적응할 수밖에 없었다.

차차 정도 깊어지고, 교직에 선 지 4~5 년이 되자 자신감도 생겨 입에 대기 시작한 술은 마다하지 않았고 놀기도 좋아했다. 게다가 낭만과 탐미에 이끌여 호기에 접근하기도 했다. 그런데도 나에게 는 완벽주의자니, 꼼꼼하다느니, 칼날이니, 멋을 안다느니, 선생님 들과 학생들 사이에서는 이런 말들이 꽤나 오가기도 했던 모양이 다. 가만히 분석해보면 어머님의 영향이 나에게로 새겨진 것 같다. 어머님은 평범한 농가의 주부이셨지만 유한정정(幽閑 또 貞靜)의 부덕(婦德)을 갖추신 분이었다는 기억만 나의 생애와 비례한다. 어 느 모정이 지극하지 않으랴만 「지성이면 감천이라」는 말을 생활화 하신 내 어머니시다.

　다시 생각해 본다. 사람을 동식물에 비유한다는 것은 그리 마음 에 드는 일이아니라는 생각도 든다. 그러나 그것은 동물 그 자체라 기보다 상징성이 아닌가. 그러기에 고구려 벽화나 부장품 또는, 12 간지, 주작, 삼족오(三足烏), 신화에 등장하는 동식물들은 상징 성을 의미하는 것이리라. 어쨋던 나와 비유된 것들은 하나 같이 재 미라고는 없는 것들이다. 고고하고, 까다롭고, 곧고, 난해하고, 체 통을 중시하는 것들이다. 하지만 내가 싫어하는 것들은 아니다. 이 것들 중에서 선택하라면 학을 선택하고 싶다. 그것은 천년을 살고 싶은 욕심이 아니고, 고고(孤高)하다는 그 상징성이다. 번잡한 것, 대중적인 것, 천박한 것, 유치, 비굴한 것들은 피하고 싶은 것들이 다. 군계일학(群鷄一鶴)이라는 술어에 마음이 끌린다.

　학도 여러 종류가 있다. 우리나라에서도 천연기념물로 지정된 두루미(일명 단정학), 흑두루미, 재두루미가 있다. 모두 철새이고 특정 지역 외에서는 거의 볼 수도 없다, 철원 평야. 긴목을 높이 들고 가족단위로 성큼성큼 천천히 걷는 모습을 멀리서 보노라면 어느 방향에서 보아도 군자의 모습이다. 내가 자란 중부 지방에서는 전혀 보이지 않는다. 그래서인지는 알 수 없으나 백로를 학이라고 한다. 백로가 군서하는 곳이면 그 마을에 상서로운 일이 있다고 엣부터 알려져 보호하여 오는 조류다. 자신들의 서식처를 가려서, 그것도 높다란 가지에 집을 짓고 다른 새들 같이 그렇게 분주하게 살지 않는 습성은 마음에 든다. 대개 마을 부근의 오래된, 검푸른 소나무 위에 하얗게 무리 지어 앉아 있는 그 모습은 한가하면서도 평화롭고 고고하다. 굳이 나라에서 보호조로 지정하지는 않았지만 시공을 통하여 주민 스스로가 보호한다는 것은 더 소중한 가치 표현일 수도 있겠다. 학의 상징은 고고(孤高)다. 비록 외롭다손 치더라도 세속에서 초연할 수 있다면 이 또한 고결(高潔) 그것이 아니랴. 그 자태를 나는 무엇보다도 좋아한다. 봄 여름 가끔 마을 앞 개울을 따라 종이 비행기 같이 날아갈 때면 신기하여 뛰어서 따라가기도 했었다. 때로는 왜가리가 날아가는 것을 보고 '황새야 독새야 내모가지 주깨 네모가지 다구' 이런 동요를 외치기도 했다.

 학이 아니라도 좋다, 학으로 살기에는 너무 부족한 나이기에 백로로도 만족하다, 하지만 왜가리는 마음에 들지 않는다. 개체수로는 백로보다 귀하지만 순수하지 않은 털색이 마음에 들지 않는다. 내가 고향에서는 앞 개울 가에서, 현재 춘천에서는 바로 창 넘어 냇가에서, 서울 집에 가면 역시 내려다 보이는 용산골 오포천에서 백로를 자주 만난다. 백로도 황로, 중백로, 중대백로, 쇠백로 4종이 있다. 그 중에서도 내가 마음에 두는 것은 중대백로다. 백로도 남쪽 지방에서는 차차 텃새로 정착하기도 한다고 한다.

 그리고 중대백로는 비교적 분포지가 넓어 자주 만날 수가 있기 때문이다. 그리고 백로를 보고 학을 연상하면 되지 않을까. '그래 학이지' 백로를 보고 학으로 믿으면 되는 것을. 꿩 값에 닭이라는 말도 있는데, 용이하게 볼 수도 없는 학만을 고집할 것이 아니다.

나는 텃새도 많이 그려보았다. 새타령도 읽어보았다. 방앗간의 참새, 공동묘지의 멧새, 나그네 울리는 대관령의 방울새, 달랑대는 박새, 꼬리나 까불대는 할미새, 금실이 좋다는 원앙새, 갈매기, 순후로 위장한 여치, 조상 대대로 굴뚝이나 후비고 살아온 굴뚝새, 그것을 제 조상의 환생이라고 모시는 얼치기, 호기가 넘치는 장끼, 심리를 가도 오리 등등…… 우리나라의 텃새도 수백종 되겠지만 내가 아직은 철새인데도 백로를 선택한 것은 또 다른 이유도 있다. 나는 백의 민족의 후예라는 것과 백로(학)의 고고와 고결, 순수를 좋아하기 때문이다. 그래 백로를 보더라도 내 삶은 학같이 하리라

2005. 2. 7. 밤

아가는 작은 우주이다

아가를 본다. 갓 태어난 아가는 20시간 이상 잠을 잔다. 눈도 채 뜨지 않은 모습으로 잠을 잔다. 가만히 지켜본다. 신기하다. 참으로 신비롭기까지 하다. 숨소리도 들리지 않는다. '정(靜)' 그 자체이다. 그런 아가의 숨결을 스쳐가는 아가의 세월 또한 향기롭다.

잠이 든 아가. 숨쉬는 소리를 쌔근쌔근이라고 표현하기도 했지만 과장된 느낌이다. 귀를 가까이 하지 않으면 숨소리는 들리지도 않는다. 오수(午睡)에 잠긴 나뭇잎처럼 조용하다. 때로는 입을 오물오물하기도 하고 가볍게 손발을 늘리기도 한다. 배 안의 짓이다. 그래서 잠든 아가의 손발은 가볍게 눌러주어야 한다.

백일을 전후하여 아가는 뒤집기를 시도한다. 2~3일이면 스스로 방법을 터득한다. 이 때부터는 작은 동작들이 나날이 달라진다. 손과 손을 맞잡기도 하고 발을 입까지 당겨 빨기도 한다. 옹아리도 한다. 방긋방긋 웃는다. 순수 그 자체다. 미워할 수가 없다. 탱자만 한 주먹을 빨면서 혼자서 논다. 발가락은 밤벌레 만큼이나 토실하면서도 뽀얗다. 손가락도 두 잠쯤 자고 허물을 벗은 암누에 크기만 하다. 역시 유백색의 고 앙증스러움. 누워서 팔 다리를 자유로이 흔들 때의 아가는 기분도 최상의 상태일 게다. 뒤집기를 시작하면 누워 있으려고 하지 않는다. 엎드려서 고개를 젖혀 든 채 주먹을 쥐고 두 팔을 좌우로 힘주어 뻐친다. 그리고 두 다리도 빳빳하게 힘을 주면 배만 땅에 닿는다. 공중으로 날아갈 듯한 자세로 손발을 마구 흔든다. 배밀이를 하기 직전의 동작이다.

  일주일 쯤 지나면 드디어 배밀이를 시작한다. 군사훈련을 하는 것은 아니지만 완전한 포복 자세이다. 다음의 발전적인 동작이 기는 것이다. 개인차는 있지만 약 한달 전 후 처음에는 팔과 다리에 힘을 주고 배를 바닥에서 뗀다. 거북이가 네 발로 서 있는 모습이다. 흔들흔들하면서 중심을 잡지 못한다. 무릎으로 기어다니기는 아직 이른 시기다. 매우 불안한 자세다. 두꺼비가 걸어가는 것 같은 모습이다. 다음이 무릎으로 기어다니는 단계다. 이런 과정은 본능 그대로의 가식이 없는 동작들이라서, 서투른 모습들이지만 귀엽다. 손짓, 발짓, 눈길 한번 돌리는 것에서도 거짓은 없다. 그래서 귀하고 아름답다. 아가를 가슴에 안고 재워본다. '자장자장 자장자장 우리아기 잘도 잔다.' 엄마의 나직한 자장가다. 아마도 자연 발생적인 가사요 운율일 게다. 어쨋던 아가에게는 가장 안정감을 주는 운율인 것 같다. 엄마의 체온도 알맞게 스미고 좌우로 가볍게 흔들어주는 율동도 아가에게는 적당하다. 눈을 사르르 감으면서 잠이 든다. 숲속의 요정이 아니고, 비천상(飛天像) 그 자체이다. 비록 엄마의 유량(乳量)은 부족한 경우라고 하더라도 잠만은 엄마의 품에 안겨서 잤다. 이렇게 사랑과 존경이 오가던 잠자리가 이제는 엄마는 엄마대로 아가는 아가대로다. 침대라는 문명의 이기가 오히려 강이되어 쇳덩이도 녹인다는 모정을 끊어버린 것이다. 아무리 좋은 침대라 하더라도 그것이 금이든 옥이든 간에 엄마와 아가는 잠이 들면 남남이다.

웃음을 웃는다. 방긋방긋 웃는다. '까륵가륵' 소리를 내면서 웃기도 한다. 이럴 때의 표정을 보았는가. 그 기쁨의 표정은 어떤 표정으로 대신할 수 없는 표정이다. 주먹을 쥔 채 두 팔을 힘껏 흔들며 웃어 보인다. 이럴 때 누가 얼러주면 더욱 반긴다. 한 마디의 말도 없는 동작과 모습으로 다른 사람을 기쁘게 해 줄 수 있다는 것은 역시 가식이 없는 진실 때문이리라.

그런데 언제부터인가 우유가 아가의 생애를 지배하기 시작했다. 옛날에는 형편에 따라 유모(乳母)가 있었고, 암죽이 있었고, 밥물로 모유(母乳)를 대신하기도 했었는데, 요즈음 아가는 짐승의 젖을 먹어야 한다. 어떤 면에서는 엄마가 아가를 양육(養育)하는 것이 아니다. 60년대에는 ××분유회사에서 우량아 선발대회도 개최하였고, 우유가 모유보다 좋다는 선전이 자자하더니, 근래에는 우유를 먹고 자란 세대가 난폭하다는 연구보고도 있었다. 아가와 애완동물 즉, 인간과 짐승이 동일시 되고 있는 것은 아닐까, 안타까운 일이다.

아가들은 아직 사물의 구별도 친근한 음향과 냄새로 가능하다. 문소리, 아빠 엄마의 음성, 기침소리, 숨소리 등 하나하나는 아가의 최초의 기억이다. 어느 날 아빠가 시정(市井)의 수렁에서 찡그린 모습으로 문을 열고 들어설 때, 아빠가 확인되면 팔다리를 힘껏 흔들어대며 반긴다. 어느 아빠가 이 모습 이 표정에 동화되지 않을 수 있을까. 아니, 풀리지 않는 가슴이 있을까. 그래서 아가는 창조주의 다음 쯤 되는 위대한 힘을 가진 무한한 능력의 소유자이다. 이미 달나라를 왕복한지도 오래고, 원자탄이며 크고 작은 문명의 산물들을 발명한 사람들도 다 아가였다는 사실이 이를 증명하지 않는가. 그래서 나는 아가를 보면 세계지도를 연상하곤 한다. 언제

고는 세계지도에 색깔을 달리하지 않아도 될는지 모르겠다는 생각
도 하고, 기왕이면 그렇게 할 수 있는 아가도 우리나라 어디서고
자라고 있었으면 좋겠다는 환상에 잠겨보기도 한다.

2003. 5. 21.

아가의 입모습

내 논 물꼬에 물 들어가는 것과 내 자식 입에 밥들어가는 것보다 더 보기 좋은 것은 없다는 말이 있다. 이 세상에서 가장 예쁜 것이 있다면 아가의 입모습일 것같다.

누구나 아가는 수없이 보아오지 않았겠는가. 나도 수없이 보아왔지만 관심없이 보아왔다. 내 자녀도 너댓 길렀으면서도 아가의 입이 그렇게 신기하리만치 예쁜줄을 몰랐다. 아직 의사표시를 제대로 하지 못할 때의 입모습은 예쁘다 못해 야뿌다고 해야 할 정도다. 젓병의 꼭지를 물고 오물오물 할 때도 밉지는 않다. 하지만 밥을 먹기 시작할 때의 입 모습은 참으로 신기하다. 그것도 제가 숟가락을 아무렇게나 잡고 입으로 가져갈 때는 입모습도 일그러지기 때문에 앞에서 보는 사람의 입까지 일그러진 모습이 된다. 더구나 작은 숟가락은 마다하고 어른들의 큰 숟가락을 막잡고 밥을 떠 올릴 때는 불안하기까지 하다. 결국은 헛 숟가락질이 되고 만다. 그래도 포기하지 않고 되풀이할 때는 안타까와진다. 식욕은 당기는데 입에 들어가는 것은 없으니 시장끼는 더할 터인되도 수 없는 시행착오를 마다하지 않는다. 아마도 이럴 때의 생각은 이제는 나도 무엇이라도 할 수 있다는 심리적인 성장감이 앞서는 모양이다. 옆에서 보는 이야 무엇하나 대견하지 않은 것이 있으랴만, 마음은 앞서는데 실제 동작은 협응이 잘 되지 않는다. 왼 손의 숟가락을 오른손으로 옮겨준다. 때로는 옆 사람의 젓가락을 뺏아들고 밥을 떠 보지만 더구나 성공할 확률은 전혀 없을 수밖에 없지 않은가. 이럴 때 지각이 없는 엄마는 안되는 짓을 한다며 나무라거나 큰 소리로 아가의 식욕까지 잃게 한다. 그러나 아가가 어른의 말을 다 이해하지는 못한다고 하더라도 표정의 느낌으로 자신의 불가능을 깨닫도록 일러주어야 한다.

옛날에는 아이들을 명령과 억압으로 길렀지만 요즘은 어려서부터 느끼도록 구체적인 설명으로 이해를 시킨다는 것이 가장 필요하다고 나는 생각한다. Bridger의 정서의 분화에 의하면 3개월이면 쾌와 불쾌를, 6개월이면 분노, 혐오, 공포를, 1년 이상이면 애정과 득의(得意)를 느낀다고 한다. 옛날에도 깔끔한 엄마들은 이미 첫 돌 전에 대소변을 가릴 수 있도록 가르쳤다. 이 약아빠진 세상에 돌이 지났는데도 그 불편한 기저귀를 채우고 걸음걸이를 근심하는 엄마도 더러 보인다. 답답한 노릇이다. 아가는 귀여워하면서도 養育하는 것이 아니라 飼育하고 있는 것이다.

아차 잠시 일탈을 하고 말았다. 아가도 스스로 안된다는 것을 느끼면 먹여주는 것을 다소곳이 입으로 받는다. 이때의 그 입모습이야말로 생리적인 구조의 일부가 아니라 생명의 근원을 보는 것이다. 그러나 그래서 아름답다는 것은 아니다. 엄마가 작은 숟가락에 알맞게 밥을 떠서 아가의 입 가까이 가져가면, 나붓이 턱을 내밀며 입을 벌릴 때, 발간 혀를 조금 내밀어 숟갈을 바치면서 눈을 살포시 내려 깔고 받아먹는 동작을 보았는가. 그리고 너댓개 솟은 앞니로 자근자근 씹는 입모습을 보았는가. 만족감이 감도는 눈웃음을 보았느는가. 겉모습으로도 아름답지만 여기에 생명이 있고, 희망이 있고, 가족애가 있고, 평화가 있고, 우주가 있다는 것을 생각해 보았는지. 입을 벌릴 때마다 발간 입술, 혓바닥이 보일 때, 입안의 공간이 밝그레하게 보일 때, 거기에서 우리는 삶의 신비를 엿볼 수가 있다.

어쩌다 라면이나 잡채, 국수 오락이를 먹을 때의 입모습은 웃음을 자아내게 한다. 두 볼은 폭파인 보조개 같이 음쑥 들어가고 뾰족한 입으로 국수 오락이가 쪼르륵 딸려 들어간다. 마치 진공 청소기의 전기줄이 딸려 들어 가듯이 말이다. 누가 가르치지도 않았는데, 스스로 터득하기에도 아직은 이른 나이인데, 아무도 알 수가 없으니 편의상 본능이라고 결론짓고 말지만…… 이 본능은 도대체 어디서 오는 것이란 말인가. 조물주의 창조라고도 한다. 과연 조물주가 존재한다는 것인가. 그것을 그대로 믿고 끝나야 하는 것인가. 이렇게 생각하면 삼라만상의 모든 것이 쉽게 끝날 수도 있다. 그러나 여기서 만족할 수 없는 것이 나의 미련한 사색인지도 모르겠다.

나느 말은 하지 않지만 식탁에 아가와 같이 밥을 먹게 되면 고 귀여운 모습에서 눈을 뗄 수가 업다. 물은 몇 모금 마시고는 '아아' 하고 어른 흉내도 낸다. 어떤 때는 매운 맛이라고도 느끼면 혀를 내밀고 '화이화아' 하면서 손으로 부채질을 한다. 돌이 지나도록 물맛 우유 맛에나 익숙했던 미각에는 모든 맛이 다 새로울 수밖에 없을 것이다. 그러나 단맛과 짠맛을 제일 좋아하는 것 같다. 하지만 엄마들은 다 나지도 않은 이가 썩는다며 설탕이나 사탕은 아예 질색이고, 무조건 소금은 금기다. 다시 생각해 볼일이다. 8.15, 6.25 직후 우리는 사실상 단맛을 볼 기회가 거의 없었다. 그러다가 설탕을 마음대로 구할 수 있게 되자 사탕을 물고 잔다던가.

치솟질을 거의 하지 못했을 때의 일이고, 짠맛은 막연히 서양인들의 식생활의 영향인 것도 같다. 그러나 서양식품인 베이컨이나 햄을 우리 음식보다도 짜지 않은가. 아가들이 성장하면서 음식도 차차 바꾸어야 한다. 우선 먹고 싶은 것을 강제로 금할 필요는 없지 않을까 한다. 발달단계에 따라 아가들이 희망하는 것을 알고 식탁을 고루 차리는 것이 엄마의 지혜일 것 같다. 그리고 과불급(過不及)이란 중용의 사상도 육아에게는 도움이 도지 않을까.

어쨌던 아가의 입모습은 예쁘고 귀엽다. 조물주의 신비보다도 거룩하다.

2004. 5. 14.

엄마가 있잖아요

나는 아가의 모습이 보고 싶으면 서울로 간다. 노파는 아이를 보는 것이 전업이기 때문이다. 그렇다고 돈벌이로 남의 아기를 데리고 있는 것은 아니다. 어쩌다 시국 탓으로 집안의 아가와 있어야 할 처지이기 때문이다.

나는 아가를 보려 갈 때 마음이 제일 맑아진다. 모든 것이 다 곱게 보인다. 아마도 아가와 자연은 순수한 실체라는 공통점 때문인 것도 같다. 환상적이라는 경춘가도를 지날 때 스치는 가로수, 고개만 내밀어 보이는 이끼 낀 바위며, 잡초들까지도 반기는 듯 웃음을 띤다. 진여의 실상에는 거짓이 없기 때문에 아름다운 것이라고 나는 믿는다. 직업과 세정에 시달리다가 성 쌓고 남은 돌로 밀려났는데도 마음만은 꽃다발을 받아든 소녀가 된다. 팔당 땜 수면의 잔물결이 아가의 미소로 귀엽다. 그렇게 싱싱하던 물갈대, 누렇게 마른 잎의 바람소리도 스산하지 않다. 자연은 마음에 따라 달라진다는 새로움도 느낀다.

아가는 가끔 내 곁에서 자기도 한다. 잠이 깊으면 뒤척이다가 이

불을 차내고 발을 마구 흩던진다. 내 얼굴로 목으로 가슴으로, 발목을 잡아 보면 싸느랗다. 얇은 이불을 덮어주고 다독여주어도 막무가내다. 조용한 숨소리. 어둠 속으로 뽀얗게 보이는 얼굴 모습에서는 밤이슬에 피어나는 부용을 본다. 손도 만져보고 볼도 스쳐보고 머리도 쓸어본다. 때로는 귀찮다는 듯이 고개를 젓는다. 나는 그저 웃는다. 아무 뜻도 없는 웃음이다. 대견하다. 나와의 어떤 혈연이나 촌수 같은 관계도 따지지 않는다. 그보다 앞서는 조화가 있고 윤회가 있고 아직은 아무도 깨닫지 못한 미지의 섭리가 있기 때문이다. 태어나서 듯돌을 지나온 과정이나 더듬어 본다. 여기에 신비가 있다. 꽃은 보아도 피는 과정은 볼 수 없는 것. 바로 그런 것이라고나 할까. 무념무상에서 자신을 잃고 들여다보아도 그저 그대로인데 기고, 걷고, 통통거리며 뛰고, 이제는 TV를 보고 흉내도 내고, 때로는 꼬물꼬물을 틀어달라고 손을 끌기도 한다. 생명을 갖춘 만상이 다 이러하겠지만 아가 옆에서 다시 생각하면 볼수록 그 신비는 끊이지 않는다.

  2월 초다. 느닷없이 유치원생이 되었다. 3월에 원아 모집이 끝나면 자리가 없을 것 같아 유치원에 입학을 시켰단다. 아차! 병이 났다. 장염, 감기, 의사들의 진단도 서로 다르다. 감기의 전초로 장염이 온 것인지. 10여 일 요양 후에 다시 유치원으로. 그러나 일주일이 못되어 또 병이다. 4, 5세 원생들과 어울리기에는 체력이 달렸던 모양이다. 월여 전에는 배에 가스가 차서 숨도 가쁘고 괴로운 눈초리로 누어있는 모습은 차마 볼 수가 없다. 엄마가 오더니 기겁을 한다. 아이를 안고 강제로 손가락을 따고 사관을 놓고 야단이다. 아빠도 정신을 잃고 창백한 표정이다. 아가는 안간힘을 쓰며 울고, 노파는 당황하고, 나도 가슴이 뛴다. 분위기는 삽시간에 강진의 현장이다. 나는 아가를 빼앗아 안고 병원으로 간다. 아가는 내 왼편 어깨에 고개를 묻고 안겨 꼼작도 하지 않는다. 20여 분 동안인데 마음이 놓이지 않아 세 번이나 불러 보았다. 겨우 가느다란 대답이다. 어제 밤에도 그랬지만 한숨 자고 나더니 배도 가라앉고 우유도 정상으로 먹었는데, 경륜 없는 젊은이들이라 겁부터 낸다. 그래도 아가는 아빠 엄마를 만능으로 알고 믿는다. 옛 어른들도 아기들의 명은 열 살까지 부모에게 달렸다고 했다. 병원 응급실. 그조그마한 손등에서 핏줄을 찾아 피를 뽑고 그대로 링거 줄을 연결한다. 어른도 참기 힘들어 자지러지는 고통을 참아야한다. 생살에 바늘을 꽂는 아픔은 보는 이에게는 가슴을 저미는 칼날이다. 대단한 환자가 아니면, 응급실에서 하는 일은 피 뽑기, 검사하기, 링거 놓기가 고작이다. 그것도 인턴이나 간호사들이. 누구에게나 이것은 필수적일까?

그런 상황인데도 아가는 '내 가방, 내 가방' 하고 가방을 챙긴다. 끄억끄억 울음을 참으면서 한손으로 가방을 끌어당긴다. 어디를 가나 가방은 메고 다닌다. 낮에는 잘 때도 메고 잔다. 어떻게 할 방법이 없다. 팔짱을 끼고 바라보는 가슴에서는 짜릿짜릿한 전류가 불규칙한 심전도의 도표를 그린다. 어른들의 가슴에 폭풍은 이렇게 지나간다.

소망선생님! 저의 반이 소망반인데 아가는 첫날부터 선생님도 소망선생님이라고 한다. 아마도 반 이름과 선생님의 이름을 같은 것으로 기억한 모양이다. 그동안 병치레 하느라고 약도 여러 번 먹어야 했다. 처음에는 약을 먹지 않겠다고 울고 ,뿌리치고 반이나 삼켰을까. 참으로 옛스러운 방법 그대로가 아닌가.

어느 날 나는 하도 안타까워 아가를 안고 일러주었다. 약을 먹어야 아프지 않고, 병이 나아야 유치원에도 갈 수 있다고 이해를 시켰다. 그리고 맛이 쓴 한약 소화제를 같이 한 알씩 먹으면서 놀아주기도 했다. 그 이후로는 어떤 약도 거부감 없이 잘 먹는다. '이리와요. 약을 먹어야지' 놀다가도 스스로 와서 거부감 없이 약을 받아먹고 물 한 모금 마시고 작난감 놀이로 돌아간다. 병원에 갈 때도 가슴에 안고 예정 순서를 일러준다. 병원에 가면 의사 선생님이 청진기는 어떻게 어디에, 입도 크게 벌려야 한다는 것 등등도. 그리고 내가 않고 가면 괜찮다고 안심도 시킨다. 그 이후 아가는 병원에 갔다 올 때면 의사 선생님께도 안녕히 계시라는 인사도 잊지 않는다. 나는 옛 사람이다. 요즈음 아가들은 제지나 강요보다 이해를 시켜야 한다. 육아의 방법도 달라져야 한다. 그리고 육아일기는 병력도 된다. 그 아희가 노년이 되면 천만금을 주고도 구할 수 없는 부모의 육필인 것을 모를 리는 없을 터인데, 문화유산보다 현실에만 비중을 둔다.

또 하나 언제부터인가 병원에 가도 희포크라테스의 선서가 보이지 않는다. 어떤 연유에서일까? 이렇게 아가의 폭풍이 지나가고 건강한 모습으로 회복하기까지 10여 일이나 지났다. 조금씩 말을 익히려고 놀면서 혼자말도 한다. "멀리 갔어요, 여러분 시끄럽다. 윗도리 입어. 조 서방(아빠 보고)갈 거야. 이것 좀 붙여주세요. 아이! 아프지 않았으면 좋겠다". 모르는 척하면서 아가의 혼자말을 듣노라면 진실 아닌 것이 없다. 언젠가는 아침에 '그만 일어나야지' 했더니 '진작 일어났는데' 하면서 일어나 앉는다. 아마도 잠은 깨었는데 일어나기에는 힘이 부쳤던 것 같다.

우리 노래나 부를까. '아빠야 엄마야 빨리 오세요. 꼬밭(꽃밭)에서는 나비가 날고, 들에서는 생쌍(새싹) 자라요'. 내가 아가와 놀아주면서 가르쳐 주었던 동요다. 이러는 사이 세월은 흘렀고 물심양면의 손실도 잊었다. 이제 나에게는 다시 경험할 수 없는 만남인지도 모를 기회요, 인연이기에 소중하다. 모든 것을 버리고 전념한

다. 제 아빠나 엄마가 낌새를 몰라도 관계하지 않는다. 이것만은
아가와 나만의 이심전심이니까.

　아가가 유치원에서 올 때는 사랑반 선생님이 데리고 오신다. 얼
마 전에는 내가 나갔더니 '할라버지(할아버지)' 하면서 반색을 한
다. 어쩔 줄을 모른다. '전번에는 그렇게 좋아하더니 오늘은 잠이
들었어요.' 사랑반 선생님의 말이다. 나는 아가를 받아 않고 들어
와 뉘였다. 얼마 후에 깨어서 작란감을 가지고 놀이를 하다가 명확
하지도 않은 발음으로 '아빠 힘내세요, 우리가 있잖아요.' 하더니,
'아빠 힘내세요. 엄마가 있잖아요.' 한다. 우연일까. 의도적일까.
내심은 알 수 없지만 . 아! 그래 맞다. 네 말이 더 맞는 말이다. 우
리도 귀중하지만 아빠를 힘나게 해주는 엄마가 있어야지. '우리'
를 '엄마'로 개작하는 아가의 창의력이 더욱 놀랍기만 하다.

　그래. 그렇치. 네 말이 맞아. 엄마가 있어야지 우리도 있지

05. 4. 10.

인재, 엄마한테 안 갈래

아가의 희망·기대·체념은 아무도 모른다. 그 과정은 더욱 모른다. 아직 자신의 욕구나 의욕을 충분히 표현할 능력이 없는 아가들의 생각을 짐작한다는 것은 참으로 어려운 일이다. 서툰 말의 뜻은 짐작이 가지만 무엇인가 생각하는 의향을 맞추어 안다는 것은 엄마도 알 수 없는 불가능이다. 아가들의 표정으로 희망·기대·체념을 짐작할 수 있는 방법도 있을까.

오늘은 날씨가 쾌청하다. 이렇게 쾌청한 날에는 더욱 무료함을 느낀다. 이럴 때 나는 앞산을 오른다. 아가를 생각한다. 놀이방 보내기에는 조숙하고 유치원에서는 조금은 어린 편이라고 했지만 욕심을 부려 유치원에 입원을 시켰다. 생후 26개월. 이른 감이 없지는 않다. 나는 가끔 아가를 보려 간다. 조금씩 달라지는 성장과정이 여간 귀여운 것이 아니다. 아가도 나를 좋아한다. 이유는 모르겠으나, 나를 보면 좋아하고 내가 떠나려는 눈치가 보이면 떨어지지 않으려고 안간힘을 다한다. 할미가 안으면 빠져나오려고 몸을 비틀고 두 팔을 흔들면서 울음이 봇물처럼 터져버린다. 말을 전혀 하지 못할 때도 그랬다. 이럴 때 모르는 체하고 떠나려면 영 마음이 편하지 않다. 아직 일반적인 대화도 서툴다. 의미(意味) 분화는 고사하고 저 나름대로 숙지한 것 외에는 긍정과 부정도 구별하지 못한다. 분명하지도 않은 발음으로 부르는 노래가 폭소와 감탄을 가져오고, 흉내에 불과한 손짓몸짓으로 하는 표현들이 어설퍼 보이지 않아 또 웃어야 한다. 그 어떤 연극이. 영화가 이렇게 재미있을 수 있을까?

옛이야기다. 어떤 대감 영감이 달이 좋아서 마당을 거니는데, 사랑채의 종 내외가 하도 깔깔대며 웃기에 문틈으로 보니, 첫돌 잡이 아들을 사이에 놓고, 그 재롱을 보면서 웃음이 끊이지 않더라는 것이다. '참 철따구니도 없는 것들. 나는 은(銀)이 몇 항아리나 있는데. 기껏 키워 봤자 종의 신세 못 면할 것을 쯧쯧.' 혀를 차며 방으로 들어와 마나님을 부르고, 은(銀)항아리를 몇 개 갖다놓고 아무리 들여다보아도 웃음이 나오지 않더라는 것이다. 그제야 종들의 웃음의 의미를 터득하고 철따구니 없는 것은 자신이었음을 깨달았다는 이야기다.

나 자신도 그랬다. 젊었을 때에는 '결혼하면 의례히 아들 딸 낳아 기르고, 늙으면 자식들에게 의지했다 가는 것이려니' 그렇게 생각했을 뿐이다. 그러나 시대에 따라 달라지는 모든 관점의 차이는 짐작하지 못했다. 나뿐일까? 언젠가 강릉이 고향이신, 현재 생존하는 한국의 저명한 노 시인의 특강을 들은 일이 있다. 30여 년 전으로 기억된다. 이웃집 부인이 첫아기를 잃고, 다음날 아무 일도 없다는 듯이 냇가로 빨래를 하러 가는 것을 보았는데, 그 모습이 너무 태연자약하더라는 것이다. 그 노 시인의 시대와 당시 세태의 비교였다. 나도 당시에는 그 부인의 매정함을 느꼈다. 지금은 그때처럼 그리 심각하지는 않다. 세태의 소산이요. 과학의 결과라고 할 수밖에 없겠지만, 오늘날의 윤리관의 차이는 자못 심각하다.

　얼마 전의 일이다. 저녁이 채 끝나기 전에 엄마가 왔다. 일이 바쁘다며 아가를 두고 갈 눈치다. 아가는 내가 식후에 간혹 담배를 피우면 매우 신기해 한다. 공중으로 피어오르는 연기를 휘저으며 잡아보려고 맴을 돌기도 하고, 때로는 할라(아)버지 푸우, 푸우 하면서 담배를 피우라고 하기도 한다. 나는 담배를 피울 때면 내방으로 가서 창을 열고 연기를 밖으로 '푸우' 하고 내뿜는다. 그럴 때 아가는 창 아래 놓인 뒤주에 올려 세운다. 밖으로 사라지는 연기를 따라 불기도 한다. 아는 이가 갈 때면 주차장을 내려다보고 '빠이빠이' 하면서 손을 흔들기도 한다. 뒤주는 아가의 전망대이자 송별의 장이기도 하다. 그날도 엄마가 갈 눈치기에 아가의 광심을 돌리려고 하는 사이에 엄마는 어느새 사라졌다. 이미 낌새를 눈치로 알고 있던 아가는 울음을 터뜨린다. '엄마야아 엄마. 엄마한테 가아. 엄마한테 가아'. 안아서 달래고 업어서 달래도 엄마한테 가자며 흐느껴 목이 멘다. 뒤주 위에 세우고 엄마가 보이거든 '빠이빠이'를 하자고 하여도 막무가내다. '엄마 집에 가아.' 하는 수 없이 차도 없고 어두워서 갈수가 없다며 출입문을 열고 나가니 복도의 불이 켜진다. 거짓 아닌 거짓말에 당황하면서 문을 닫고 거실로 들어선다. '엄마한테 가아' '엄마한테 가아' 다시 반복하는 아가의 음조는 애상(哀想)을 넘고, 애조(哀調)를 지나 애소(哀訴)로 이어지는 여운을 몇 번이고 참아야 했다. 엄마! 이렇게 보고 싶은 엄마인 것을……. '조금 있으면 엄마가 너를 데리러 온데요' "우리 '레고'나 하면서 기다리자" 그제야 등에서 내려 스스로 자신을 위로하며 장난감을 쌓았다가는 흩어도 보고 다시 쌓으며 시간을 보낸다. 엄마가 데리러 온다는 말에 희망을 가지고 기대를 거는 모양이다. '세상에 못할 일은 사람 기다리는 마음이라는데' '일각이 여삼추'

라는 말도 있는데. '혹시 엄마가 오시려나' 하는 아가의 기대의 시간은 이렇게 흘러간다. 밤은 10시를 지나 이슥해지는 11시 가로등도 조름에 겨워 고개를 숙일 무렵. 아가는 길게 한숨을 쉬고는 일어선다. 출입문을 쳐다보고, 창밖을 바라보고, 거실을 서성이다가 쇼파에 가 눕는다. '할머니 이젠 엄마 집에 안 갈래, 우유 줘' 아가는 우유병 꼭지를 물고 사르르 눈을 감는다. 이것은 아가의 마지막 희망도 기대도 사라진 체념일 게다. 엄마에게 데려다 줄 기대도, 엄마가 올 희망도 사라진 다음에나 오는 체념까지, 아가의 기대와 희망과 체념이 교차했을 그 기나 긴 시간을 헤아리는 엄마가 몇이나 될까. 보는 이의 가슴으로 짜르르 흐르는 감각이 이렇게 에이는데, 아가의 그 작은 가슴으로는 이와 같은 감각이 몇 번이나 지나갔을까? 자정이 되어가는 시간이다. 아가는 기우러진 우유병을 떨어뜨리면서 긴 숨을 쉰다. 하는 수 없이 체념 다음에 오는 안도라고 허여도 될는지. 나는 담배를 물고 창을 연다.

　느닷없이 뒷산에서 뻐꾸기가 연거푸 운다. 이 깊은 밤에 뻐꾸기 소리를 듣는 것은 그리 흔한 일은 아니다. 새끼라야 고작 한 마리. 그것도 제가 기를 재주가 없어 위탁 양육하자니 밤낮을 가릴 여유가 있겠는가. 이렇게 우는 소리라도 들려주어야 하는 엄마의 양심. 그것이 천성이라고 하더라도 엄마의 역할이란 편할 수는 없는 것인가 보다.

　나는 나의 아가의 시절을 회상한다. 당시의 상황을 기억하지는 못한다. 후에 주위 사람들로부터 들은 이야기 중에서 사무치는 것의 하나이다. 어머님이 쓰시던 안방에서는 큰 0님 내외분이 깔깔대며 웃는 소리가 담을 넘고, 누님들 두 분은 옷깃 마를 날이 없었으나 어머님께서는 운명이 경각인데도 '00 데려다 젖 먹여라' 는 말씀을 신음소리와 번갈아 가며 잊지 않으셨다고 한다. 젖을 물린들 젖이 나올 리가 있겠는가. 서로가 답답하기만 했을 당시의 상황을 나는 현재 아가의 희망과 체념으로 미루어 짐작해보는 것이다. 그렇게도 보고픈 엄마인 것을……. 그렇게도 그리운 어머님이신데…….

2005. 6. 14.

설원雪原의 가족家族들

설 의(雪意)로 가득한 구름이 나직하다. 어디서부터라고도 할 수 없는 눈발(雪脈)이 방금이라도 눈발을 휘날릴 것만 같다. 눈이 내리면 산맥은 설맥(雪脈)으로 형성된다. 만일 위성에서 내려다 본다면 얼마나 아름다울까. 백두대간에서 잇달아 뻗어내린 새하얀 기봉(奇峰)과 기봉(起峰)이며, 준봉(峻峰)과 준령(峻嶺)들은 옥가루(玉 屑)을 쏟아부은 듯한데, 방금이라도 흰수염을 날리며 신선이라도 하강 할 것 같은 어느 영산(靈山). 그 자락을 타고 어머님의 치마폭 같이 흘러내린 산 기슭 마을에서는 감자나 옥수수를 굽던 구수한 모정(慕情), 그대로의 그리움이 눈발을 타고 안개처럼 계곡으로 번져나간다.

전화가 왔다. 맏이의 목소리이다. D콘도에 방을 정했으니 주말이나 같이 보내자는 내용이다. 여름에는 장마가 오기 전에 바다에나 가자던 맏딸의 음성이었는데…….

내일 ○○시경 내게로 들르겠단다. 대단치 않은 일손을 접고 기다렸다. 아침에는 눈도 몇송이 흩날렸다. 동해안에는 수해의 상처도 아직 버거웁고, 일전에 내린 눈만해도 1m가 넘는데 또, 대설주의보의 상태다. 그러나 5남매 6가구 16명이 만나는 날이다.

아득한 것만 같은 지난 세월, 마구 어울어진 찔레 넝쿨에서 지저귀던 참새 소리가 들린다. 모두가 가난했던 문틈으로 찬바람이 성애나 끼게 하던 고향 마을이었지만 눈밭에 쏟아지던 달까지도 차지는 않았다.

아버님은 자새에 꼬아 감은 노(繩)를 켕기시려고 감나무와 대추나무를 번갈아 도신다. 노를 길게 느리시고는 중간 위치에 적당한 돌로 추(錘)를 다신 다음 손을 부비시며 큰기침을 하신다. 앞산 우칙으로 떠오른 아침해는 어름같은 하늘을 이고서도 마냥 방긋거린다. 눈 위이 서릿발을 빛인 햇살이 섬광처럼 반짝여도 촉수(觸鬚)같이 날카로운 느낌이 아니다. 어머님의 설겆이 물 자배기에서도 동짓달 아침해가 찰랑이다 부서진다.

애정(愛情)과 비정(非情)으로만 넘치는 세상이라고 쓴 입맛을 다시기도 하는데, 주말이나 함께 보내자는 1촌 간의 모정이 오늘은 설원(雪原)에서 만나는 날이 되었다. 큰 아희는 예정대로 왔다. 미시령으로 접어들었다. 지난번에 내린 눈이 아직 녹지 않았다. 제설차가 밀고 간 길 양 옆으로는 마치 에스키모의 이글루를 연상케 했다.

조심스럽게 올라 선 미시령 정상. 오는 눈인지 날리는 눈인지 차창에 흰 무늬를 지운다. 겹겹으로 뻗어내린 남서향 받이 기봉(岐峯)들은 눈이 녹아 거대한 얼룩말이 업드려 있는 것도 같다. 멀리 보이는 바다는 해운(海雲)으로 아득하고 시내는 안개에 잠겨 비행기에서 내려다 보는 시야다. 집시처럼 제 뜻대로 서성이다 자유로이 멈춰 선 가로등은 아직도 모정을 다하지 못함인가 고개를 숙인 채 침묵으로 흐느낀다.

D콘도. 울산바위는 구름에 에워싸였고, 눈길 닿는 데까지의 설야(雪野)는 태고의 모정을 어스름에 실어보낸다. 다시 쳐다보는 미시령, 정상 조금 못 미쳐서 둘째가 상·하행 차들로 엉키어 오도가도 못하고 서 있다는 연락이다. 맞은 편 산 멀리로 보이는 차들의 전조등이 깜박이지 않는 것으로 보아 헛바퀴나 돌리는 엔진소리로 숨만 가쁜 모양이다. 보아도 보일 리 없고 불러도 들릴 리 없는 거리인데도 다행한 모정은 가까워지기만 한다.

딩동댕, 옥동산(玉童山, 손자의 애칭)이 구르는 듯 들어서고, 옥류수(玉流水, 손녀의 애칭) 흐르듯이 들어선다. '하비 하비(할아버지)'를 연발하며 가슴에 폭 싸여안기는 느낌이 포근하다. 또 하나의 새로운 모정의 씨앗을 심는 순간이다.

세상에 둔하고 미련한 것은 세월이다. 기다리기 싫으면 멈추는 재주라도 있어야지 그까짓 것도 모르면서 시계 바늘도 한사코 오른쪽으로만 밀고 간다. 닭 우는 소리도 없었는데 일부변경선은 자오선을 지나 두번째 글자 자리다.

날이 밝았다. 예보대로 눈이 내린다. 비도 곁드린다. 세차지는 않다. 먼길 가야 할 차들이 미련만 남기고 하나 둘씩 빠져나간다. 겨울의 아침은 여름의 참 때가 되어도 이르단다. 컬컬한 목마름을 선지 해장국으로 풀었다.

화암사(禾巖寺)로 가는 길에는 허리를 감도는 눈밭이다. 부처님께로 향한 단심(丹心)의 불자들이 새벽 예불을 마치고 내려온다. 길가에는 두발로도 가는 길을 네발로도 가지 못한 차들이 길섶에 버려진 고철로 밀쳐 놓은 바위 모양이다.

화암사 입구, 오작교도 선죽교도 아닌 다리지만, 차안(此岸)가 피안(彼岸)의 사이를 흐르는 계곡을 이어 속계(俗界)를 불게(佛界)로 인도한다. 이 계곡으로 흐르는 물의 발원지는 알 수 없으나 이

곳으로 흘러 30여 만 평이나 되는 벌판(전 세계 잼버리장)을 지나 바다로 이어진다. 바다까지 탁 트인다면 시야는 눈까지 시리게 할 설원이다. 지금은 눈으로 백의 종군인 양 하지만 대해(大海)로 향하는 기상은 늠름하다. 장엄한지고, 송강은 망양정에 올라 '바다 밖은 하늘인데 하늘 밖은 무엇인가' 라고 감탄하지 않았던가. 그러나 바다 밖도 하늘 밖도 볼 수가 없다. 끝간 데가 없는 벌판은 눈으로 차고, 하늘은 구름으로 차고, 창공은 안개로 자욱하다.

내려다 보이는 계곡의 겨울 숲에는 가지마다 눈과 성에로 어우러진 설화가 법화경 경구보다 경외롭다. 뜻없이 보기에는 버려진 듯하지만 불심이 빚어놓은 자연 그대로의 모습이다. 이것이 바로 진여의 실상이 아니던가. 끝 가지에서 땅 속 깊이 스미듯 엉킨 뿌리로 이어지는 눈발, 물은 눈으로 덮인 작은 바위를 돌아 어름 밑에서 굴굴 괄괄 궐궐 거문고 소리를 내며 흐른다. 눈은 물이 되고, 물은 다시 소리로 승화하여 모정의 대상으로 이어지는 윤회를 거듭하는 것일까. 귀 기울이며 다리 난간을 내려다보니, 3~4m는 되어보이던 긴 화강암 옛 돌다리에는 스님의 자취는 찾을 길이 없다. 눈만 봉긋이 쌓여 있을 뿐 지난 세월 언젠가는 노스님의 키를 넘는 주장자(拄杖子)를 집고 뒷뚱하면서 건넜을 옛 모습의 다리다.

경내로 들어서니 대웅전을 중심으로 터놓은 길이 돌담을 끼고 도는 느낌이다. 지붕에서는 날이 풀리면서 녹기 시작한 눈이 '처얼썩' 소리를 내며 무너져 내린다. 두어장 기와까지 함께 떨어진다. 낮 닭 소리가 끝난 다음 같이 조용하다. 잠시 정밀이 흐른다.

우측으로 마주 보이는 화암(禾巖)은 설산(雪山) 성도(成道)하신 석가모니의 큰 뜻만큼이나 우람하다. 나는 이 화암사에 올 때마다 정각(正覺)스님을 잊지 못한다. 그는 선승(禪僧)이었다. 대학을 졸업하고 한동안 경주 모 고등학교에서 교편을 잡다가 듯을 세우고 출가(出家)한 후 성도(成道) 대오(大悟)를 위하여 전국 사찰을 순방하면서 선(禪)을 전념으로 하는 스님이었다. 이미 10여 년이 다 된 세월이 흘렀다. 어느 해 여름 학생들과 야영을 왔을 때, 그 스님의 선방(禪房)앞 마루에서 손수 담구었다는 솔잎 차를 마시면서 서로 주고 받았던 한시(漢詩)는 지금도 잊을 수 없는 인연으로 남아있다. 그 후 스님은 전화도 주셨는데 이어지지 않았다. 지금도 서로 알길 없는 곳에 살지만 다시 불연(佛緣)이 닿으면 만나겠지. 꼭 만나고 싶은 스님이시다.

　속계와 불계는 한발작 차이이다. 돌아오려고 경내를 나서니 바로 속계가 아닌가. 다시 돌아본다고 속인이 아니랴. 오욕칠정으로 헝크러진 가슴 한구석에 남은 모정(慕情)을 가솔들에게 마음속으로 조금씩 나누어 주면서 일주문에서 눈을 감고 합장을 한다.

2003. 1. 7. 01:20

효행은 정성으로

효(孝)자에는 가식이 없다. 오직 순수와 진실이 있을 따름이다.

나는 孝자를 보면 우선 안도감을 갖는다. 어떨 때는 위안을 얻을 때도 있고, 때로는 무상과 희한과 비애에 잠기기도 한다. 아마도 그것은 철이 들기 전에는 孝에 대한 깊은 관심을 가지지 않았고, 관심은 있었지만 생활화하지 못한 데서 오는 만시지탄인가 한다. 이제 와서 '아! 孝는 이런 것이구나'라고 짐작은 하지만 어버이 이미 아니 게시니 또 무슨 소용이 있으랴.

이미 오래전 일이다. 내가 철원 모 기관에 있을 때 주말에 목욕을 갔을 때의 일이다. 머리를 깎은 모양으로 사병임을 알 수 있다. 그리고 얼굴의 생긴 모습으로는 누구나 부자간임을 첫눈에 알 수 있을 정도로 닮은 얼굴이다. 젊은이는 아버지의 손, 발가락 사이까지 정성스럽게 씻겨주고 있다. 나는 속으로 '효도하는 한 자식이면 열 자식이 부럽지 않다'는 옛말도 생각하고, 효는 백행의 근본이라는 말도, 그리고 孝 앞에서는 부나 권력, 권위가 어떤 의미를 가질 수 있겠느냐는 생각에 싸이면서 온 몸에 비누 칠을 하다보니 그들은 보이지 않는다. 이미 끝나고 나간 모양이다.

밖으로 나왔다. 그들은 평상에 앉아 있다. 다시 바라본다. 아버지는 맹인이다. 아들은 아버지의 손, 발톱을 역시 정성스럽게 다듬어 주고 아버지는 눈을 지긋이 감고 아주 편안한 만족감이 은은하게 넘친다. 그려면서도 그들 부자는 말이 없다. 아버지가 맹인이면서 듣지 못하는 장애까지 겸하였는지 그것은 알 길이 없다. 옷장의 옷을 꺼내어 아버지에게 입혀 드린다. 그리고 자신도 옷을 입는다. 두 부자의 옷은 짙은 밤색 세무 잠바다. 아마도 아들은 똑같은 것을 사서 부자가 입을 것으로 추측이 된다. 그리고 그 젊은이는 아버지에게 신발까지 신겨가지고 손을 잡고 문을 나선다. 나는 그 정경이 하도 성스러워 목이 메일듯 했다. '천륜은 저런 것이로구나' 얼마나 아름다운 부이자강의 실현인가 다시 생각하여도 그들은 인륜의 진수를 구현하며 살아가는 부자였다는 기억으로 남는다.

다음은 내가 서울 봉천동에 살고 있을 때 보았던, 현재의 기억이다. 역시 주말에 목욕탕에서의 일이다. 대학생으로 짐작이 되는 아들이 나이를 짐작하기 어려울 정도의 아버지와 함께 들어온다. 아버지는 보행이 매우 불편할 뿐 아니라 수척한 중환자의 모습이 확연하다. 잠옷차림 그대로다. 그들은 구내 이발소로 먼저 들린다. 아들은 거동이 불편한 아버지를 의자에 앉히고 아버지가 이발을 다 할 때까지 이발사와 함께 주위를 따라 돌면서 아버지의 머리 모양을 이발사에게 일러주곤 한다. 그 젊은이는 아버지의 이발이 끝나고 차례로 옷을 벗겨 챙기고는 아버지의 불편을 부축하면서 탕으로 들어간다. 아들은 탕에 손을 넣어 물에 온도까지 측정하고야 아버지와 탕으로 들어선다.

나는 생각했다. '아! 아직도 효자에게는 한국적인 孝의 윤리가
끊어지지 않았구나 하는 안도를 느꼈다. 孝란 부모를 공경하고 칭
찬받은 덕목으로 변함이 없는 것이다. 효란 한계가 없는 것이기에
실천도 어려운 것이지만, 우리 생활 주변에서 흔하게 있는 것, 할
수 있는 것, 사소한 것일지라도 자신의 수고를 아끼지 않음을로써
부모님께는 만족감을 드릴 수 있는, 지고지선의 것이라는 것을 새
롭게 느꼈다.

세번째의 사례가 된다. 현재도 나와 친분이 있는 심문의 형제 항
렬인 분이다. 지나치게 착하기만 한 분이다. 중년 이후까지 산전수
전 다 겪으면서 자수성가로 남이 부러워할 정도로 치재에도 성공
한 분이다. 그런데 뜻밖에 실수, 아니 불운으로 사기꾼 올가미에서
벗어나지 못하고 꼬리가 꼬리를 물고 늘어지는 바람에 경제적으로
도 아파트 두어채 정도의 손실을 본 듯하다.

영원한 비밀이 있을까. 이 사실을 부인과 자녀들도 알게된 다음
의 이야기다. 아들 한 분은 요식업을 경영하고, 둘째는 부인과 함
께 공직에 있다가 식품 중간 도매상으로 전업을 했다. 평소에 과묵
하기만 했던 분이 띄엄띄엄 내게 들려준 내용이다. 첫째로 부인이
그 사실을 안 이후 별다른 이야기는 않지만, '어떻게 번 돈이냐'며
눈물로 나날을 보내는 모습은 차마 볼 수 없다며, 2~3년 전부터
자살을 결심하고 장소를 물색하기 위해 차를 몰고 별의별 생각을
다 했다고 한다. 사기꾼을 유인해 태우고 강이나 저수지, 바다로
돌진할 마음을 굳혔을 때 그대로 실행하지 못한 것이 후회가 된다
고 한다. 아들과 며느리들은 효자, 효부로 직장에서도 칭송을 받는
입장이고 애비가 한 일이라 오히려 '부모님 덕택에 고생 없이 성
장했고, 모두 식생활 걱정하지 않게 해주셨으니 너무 상심하지 마

십시요’라고 위로하는 말을 들으니 더욱 체면이 없다며 혜식은 웃음을 띄는 노안을 보며 나도 할 말을 잊었다.

이와 같은 고민을 그분은 3~4년 동안이나 어떻게 가슴에 담아 두고 지냈을까. 그 분의 이야기도 나의 상상도 표현할 방법이 없다. 이렇게 어질고 착한 부인과 아버지의 실수에 대한 질책도 원망도 없는 효자 효부가 있다면 아파트 열채가 아까우랴!

다음 이야기는 춘천에서 사우나를 갔을 때 보았던 일이다. 연말이었다. 탈의장에는 사람들이 평소보다 몇 배나 많다. 역시 부자의 거동이다. 몸매가 호리호리한 40대의 아들과 고희도 족히 넘어보이는 노래의 아버지다. 이분도 보행이 불편하여 한쪽 발은 주춤주춤 끌다시피 하는 걸음걸이다. 사우나가 끝나고 옷장 앞에서 옷장의 열쇠를 어떻게 하였는지 기억을 못하는 모양이다. 이 분은 언어장애도 있는 분이다. 이 사우나의 구조는 신발장 열쇠를 맡기고 다시 옷장 열쇠를 받아 가지고 들어가고 나올 때는 역순으로 되어있다. 그런데 이분은 옷장 열쇠를 어떻게 하였는지 기억이 나지 않는 모양이다. 불분명한 언어로 종업원에게 무어라고 했지만 그들이 그분의 말을 이해하지 못한다. 그러자 아들이 왔다. 자신은 이미 옷을 다 입고 나갈 차례다.

문제는 여기에 있는 것이다. 아버지 곁으로 온 아들은 ‘열쇠, 생각해 봐’ 서슴 없는 반말이다. 그것도 응석이 아니고 천덕꾸러기로 여기는 어투다. ‘이제 죽을 때도 되었는데’ 하는 속셈이 여실하다. 천덕꾸러기 늙은이의 냄새나 씻으라고 데리고 온 모양이다.

하기야 욕설도 서슴없고, 제 애비 목을 따는 학자도 있었고, 시체에 불을 지른 아들도 있는 세상이니 무어라 할까만, 이들의 버금가는 자식도 다행이라고 여겨야 할는지.

　중국 춘추시대의 노래자나 왕상(王祥), 맹종(孟宗)과 같은 효자
는 기대할 수 없는 시대라고 하더라도 스스로 뿌리 없는 나무가 되
어가는 모습은 보기에도 안스럽기 그지없다. 끝으로 효심은 효에
관한 마음을, 효성은 정성을, 효도는 방법을, 효행은 실행을 의미
하는 개념의 차이도 생각해 볼 필요가 있다. 마음 → 정성 → 방법
→ 실천. 이 네가지를 갖추지 못한 '효'는 위선이거나, 임시방평이
거나, 부모님보다 남의 눈을 의식한 행위에 불과할 뿐, '효는 백행
지본' 이라는 신념을 바탕으로 한 영원성은 없는 것이라고 하겠다.
효라는 것은 살아계신 부모님을 위시하여 선조까지 현조(顯祖)할
무한한 책임이 그 후손들에게 있기 때문이다.

2004. 7. 21.

많은 세월이 흐른 다음에

그날은 날이 맑았다. 오후였다. 5일 전 목요일 밤 느닷없이 폭설이 났지. 중부이남 지방은 100년 만에 처음이라고 뉴스에서는 야단이더구나. 고속도로에서는 크고 작은 교통사고가 연이은 사상자도 많았고 차들도 마구 엉키고 비닐하우스가 추저앉고, 축사도 무너지고, 농가의 피해액도 수억에 달한다는 뉴스와 함께 비행기로 공중에서 본 상황은 국가 차원에서도 늦장을 부린 장관이 사의를 표명할 정도였지만, 실의에 찬 농민들의 표정은 아예 체념 다음에 오는 쓴 웃음뿐이었단다.

아침식사 후 떠나려고 했던 나는 쇼파에 앉아 오후에는 떠나야겠다고 생각하고 있었지만, 너는 그것도 모르고 통통대며 뛰어다니기도 하고 마냥 웃는 표정이었던 너. 나는 너를 바라보며 헤어져야 한다는 생각을 하면서도 그대로 쇼파에 앉아 눈만 떴다 감았다 하다가 두시가 지나서야 일어섰단다. 미리 챙겨놓은 가방과 준비한 반찬 꾸러미를 들고 말이다. 출입문으로 나서는데 문득 전번에도 내가 나가는 것을 보고 그 순박한 얼굴을 찡그리며 우는 표정에 가슴이 찡했기에 이번에는 너의 노파에게 너를 안고 현관까지 내려가자고 했다. 영문도 모르는 너는 노파의 가슴에 안긴 채 그렇게도 좋아하더구나. 그런데 아파트 현관에 가방을 둔 채 지하 주차장에서 차를 현관 앞에 세우고, 네가 바라보고 있는 곳을 향하여 다가서는 순간 나와 시선이 마주치자 학이 내려앉을 대처럼 두 팔을 힘껏 뻗히고 손가락까지 쫙 펼친 채 나를 향하여 나는 듯한 몸짓이었다. 허들 선수가 골인하는 찰라였다고 할까. 활짝 웃던 그 모습은 내 평생 처음 보는 만족감이었다. 나는 하는 수 없이 너를 받아 안고 등을 토닥여 주었더니 너는 내 왼쪽 어깨를 폭 감싸 안고 엎드려서 내 등을 자근자근 토닥이는 구나. 감각이야 알 듯 모를 듯했지만 내 가슴으로 스미는 정감은 차마 떠날 수 없는 뜨거움이었단다.

잠시 후 너를 노파에게 주고 가방을 차에 싣고 돌아보니 너는 나를 주시하다가 또, 조금 전과 같은 동작으로 어찌할 바를 모르면서 시무룩했던 얼굴에 활짝 개인 웃음이기에 차마 차에 오르지 못하고 다시 너를 안고 주저주저하는데, 한가락 쌀쌀한 바람이 시샘이라도 하듯이 헤살짓는구나. 밖에 나올 차림도 아닌 너이기에 감기라도 들까봐 너를 다시 건너 주었다. 너의 그 밝기만 했던 낯빛이 흐려지면서 내가 떠나는 차를 바라보았고, 나는 떠날 수밖에 없었구나.

나는 오면서 생각해 보았다. 아직 말도 못하는 15개월 정도의 네가 아니던가. 가지말라는 말도 같이 가겠다는 의사 표시도 할 수 없었고, 내 옷깃을 잡고 다라 나설 줄도 몰랐던 너의 마음은 어떠했을까? 얼마나 답답했을까. 어떻게 참을 수가 있었을까. 어른들이기에 믿기만 했던 그 순박한 뜻을 모를세라 떠나 버리는 거짓을 용서하느 위대함이 거룩하기까지 했다. 이렇게 해서 남을 이해할 줄도 알고, 보고 싶어도 참는 것도 경험하고, 그리워도 기다릴 줄도 알고, 서러워도 체념할 수밖에 없다는 것을 배운다고 하더라도, 아직 어떤 수단으로도 정감을 감당할 수 없는 그 터질 것만 같은 간절함을 무엇으로 어떻게 소화한다지, 이 보다 더 숨막히는 사연(事緣)도 있을까. 입장을 바꾸어 생각해보는 그 야속함이 가득 고이는구나. 내가 이러한데 아침마다 너를 두고 나가는 네 엄마며, 더구나 새벽잠도 설쳐가며 서둘러 어린이 방이나 유아원에 자녀를 맡기고 직장으로 가는 엄마들의 마음은 또 무엇에 빗기랴. 현관의 자동문이 열리고 닫히고, 다시 승강기의 문이 열리고 닫히면 사면의 스테인레스 철판에 비치는 희미한 네 얼굴이나 보면서 무슨 생각을 했을까. 이것이 앞으로 살아갈 인생의 여정을 배우는 것이라고 생각했을까. 세상은 이 철판 같이 싸늘한 것이라는 것을 체험하는 첫걸음이라고 아예 체념을 했을까!

핸들은 좌우로 43번 국도를 달리는데도 네 모습은 그대로이고, 노면에는 지나온 내 생애가 화면으로 새겨진 필름처럼 재현되었단다. 5남매를 길렀고, 너의 이종이 남매, 고종도 남매가 너 같은 어린 시절을 보냈건만 이렇게 재롱스러움을 모르고 지냈는데, 너에게서 그 순수하고 소박한 정감을 깨닫게 되다니, 너의 이종과 고종들에게 주었어야 할 내 구실을 다하지 못한 가책이 이제사 마음을 저리게 한다. 네가 갓 태어나서 눈도 채 뜨지 못하고 잠만 잘 때도 그저 영아들은 그런 것이러니 했었는데, 뒤집고, 배밀이 하고 기어다니고 따로 서더니 걷고, 이제는 통통통 뛰어다니는 신기함을 너에게서 그 과정의 실제를 보았구나. 역시 아가는 끝없이 사랑스럽다는 것도 뒤늦게 느끼는 구나.

너는 커서 음성이 매우 고울 것 같다. 간간히 너만의 언어로 무어라고 말을 할 때, 혼자 놀면서 장난감과 대화를 할 때, 수화기를 들고 전화 받는 흉내를 낼 때, 네 음성을 들으면 나직하면서도 고운 음질이 너무 예뻐서 가슴에서는 은구슬이 도글도글 구르는 느낌이란다. 방금 보고 돌아서는 찬라인데도 다시 보고 싶어지는 너이구나.

어느새 1년 여, 내 수발을 도와 줄 노파를 너에게 뺏기고 그로 인한 내 수고로움은 고충으로 이어지고, 경제적인 손익을 다지랴만 단 한마디 불평을 할 수가 없구나. 천금인들 아까우랴.

혜원아! 어서 죽순같이 자라고 대나무 같이 단단하게 영글어서 네 시대의 지도자가 되어라. 그리고 많은 세월이 흐른 다음에 더러는 내가 있는 잔디밭에서 어머님의 은혜도 불러주고 원추리꽃(萱花)을 바라보며 아주 고운 비단나비 같은 날개짓도 보여주렴.

2004. 3. 10.

손과 발

손과 발. 발과 손 우선순위로 말을 할 때 어느 것을 우선순위로 해야 옳은지 아무리 생각해 보아도 정답은 없다. 같은 운동선수라고 하더라도 야구선수는 투수나 타자는 물론, 타자는 홈에 발이나 손이 들어가면 점수를 얻는다. 그러기 위해서 상처쯤은 아랑곳하지 않는다. 그러나 축구선수는 공이 손에 닿으면 반칙이다. 발이나 머리로 재주를 부려야 한다. 그래서 미식 축구나 하키 종목도 생긴 것일까 ?

그런데 전하는 말에는 엄지발가락이 둘째 발가락보다 길면 아버지가 어머니보다 더 오래 살고, 둘째 발가락이 더 길면 어머니가 더 오래 산다고 한다. 꼭 그런지 안 그런지 알 수는 없으나 들어온 말이다. 손가락에는 잠두란 것이 있다. 엄지손가락이 누에 대가리 같이 생긴 손가락을 말한다. 보기에는 그리 예뻐 보이지는 않지만 생활력이 강하다고 한다.

여름철 지하철을 타면 얼굴, 손가락 발가락을 용의하게 볼 수 있다. 가지각색이다. 어떤 이는 발가락이 지나치게 길어 보이는가 하

면, 어떤 이는 너무 짧아서 보기에 자연스럽지 못한 느낌을 받기도
한다. 어떤 이는 엄지발가락이 개구리가 엎드려 있는 모습 같기도
하고, 어떤 이는 뱀 대가리 같기도 하고, 또 어떤 이는 그리다 만 9
자 모양으로 측두부(엄지발가락의 안쪽)가 두드러진 모양도 있다.
그런가하면 둘째에서 새끼발가락까지 전두동(발가락의 첫째 마디)
이 꼬부라져 땅을 향한 사람도 있다. 그런 발톱에 메니쿠어라도 발
라 놓으면 아마존 원주민들이 나무를 베고 영양보충을 위해 잡아
먹는 고목의 유충이 땅으로 파고들기 직전의 모양 같기도 하다. 더
러는 무좀균으로 푸석푸석 썩어들어가는 발톱에 검자주색 칠이나
해 놓으면 미적인 감각보다 꼴불견 같은 느낌이 앞선다. 옛 노인들
의 말로는 엄지발가락과 둘째 발가락 사이가, 어려서부터 조리나
게다를 신기에 익숙한 일본인같이 지나치게 벌어지면 정(情)이 없
다고 하였다. 때로는 부갑상선(엄지발가락 두 번 째마디)부위가 통
풍에 걸려 부은 것처럼 밖으로 튀어 나오고, 끝부분은 안으로 삐뚤
어져 영 발까지 균형을 잃은 듯한 모양도 있다. 발가락 균형도 자
연스럽고 고루 예쁘게 보이는 발은 손도 예쁘고 얼굴도 밉지 않다.
발가락 손가락이 곱게 생겼으면 얼굴도 보기에 싫지 않은 공통점
을 발견하게 된다. 품위가 있어 귀족스러워 보인다. 아마도 이것은
유전과 깊은 관계일 것이라고 생각 된다. 그런데 근간에는 발이 특
별대우를 받는다. 발 마사지라는 것이 등장을 했다. 하지만 피로회
복에는 도움이 되는지 모르겠으나 생긴 모양의 변형은 불가능하리
라고 생각된다.

　이런 우화도 생각난다. 어느 날 손과 발이 누가 더 깨끗하냐고
나름대로 자기들의 역할을 들어 주장을 폈다. 손이 말하기를 자신
은 하루에도 몇 번씩 씻을 뿐 아니라, 밥도 먹이고, 쌈도 싸주고,
등등 제가 아니면 인간이 생명유지도 어렵다고 자만을 펴자, 가만

히 듣고만 있던 발이 '그럼 내가 상처를 입거나 더러워 졌을 때 나의 시중을 들어주는 것은 누구지' 하자 손은 아무 말도 하지 모했다고 한다. 얼마 전에 두 팔이 없는 분을 TV에서 보았다. 마라톤이 취미라고 했다. 1등을 목표로 하지는 않지만 완주로서 만족한다는 것이다. 손의 역할은 부인이 따라 다니며 하는 것을 보았다. 그런가하면 월남전에 참전했다가 두 다리를 쓰지 못하는 분도 나와 같은 회원으로 활 동하는 분도 있다. 이 분은 한 때 지방신문을 경영하기도 했다. 물론 불편하기야 하겠지만 사지를 다 갖추고도 제구실 못하는 사람도 많은데 말이다.

이런 말도 있다. 소인족덕 (小人足德)이란 말도 있다. 대인은 덕행(德行)이지만 소인은 발의 덕으로 생을 원만히 할 수 있다는 뜻이기도 하다. 소인은 부지런히 움직이면 어떤 어려운 일이라도 해낼 수 있다는 해석도 가능할 게다.

그러나 이와 같이 손과 발의 우열을 말하려고 처음부터 생각했던 것은 아니다. 이제 얼마 남지 않은 월드컵에서 우승을 했으면 좋겠다는 생각을 잠재적으로 항상 지니고 있었기에 발을 생각 했고, 얼마 전에는 손을 중심으로 한 야구가 두 번 씩이나 이겼던 숙적 일본에게 졌다는 결과가 국민들에게는 회복할 수 없는 자존심과 사기의 저하였다. 그러기에 발로만 하는 축구에 거는 희망과 기대는 더욱 간절하다, 우승을 마다할 사람이 있으랴. 최선을 다했다는 위안보다는 쓴웃음 짓지 않을 성과가 더욱 기대된다. 이시대의 삶도 죄 없이 불안하고 경제도 어려운 차제에 이번 월드컵 축구는 그 결과만 좋다면 온 국민의 청량제가 될 것이 아닌가. 머리와 발 재주에 기대와 희망을 걸고 기다려 본다.

06. 5. 22.

흐르는 설경雪景

오늘의 날씨는 흐리고 중부지방에는 낮 한 때 비나 눈이 약간 내린다는 예보다. 약간이란 말에 비중을 두고 개의치 않고 출발을 했다.

어머님 산소에 도착하니 예년보다 한 시간 반 정도는 빨랐다. 중앙고속도로가 개통 되었기 때문이다. 산소를 돌아보고 주위에 있는 잡목을 몇 그루 베고 나니 가루눈이 조금씩 날린다. 흐렸던 하늘이 무겁게 가라앉는 것으로 보아 예보대로 눈이 조금 내릴 모양이다.

아희들에겐 라면을 끓이라고 하고 간단한 성모 제수를 진설하는데, 소록소록 내리는 눈이 속도가 빨라지더니 점점 내리는 양도 많아진다. 독살스러운 여인의 표정처럼 냉냉한 산바람이 버너의 불을 삼키려 든다. 바람막이로 가리고 쌕과 룩색으로 가려도 바람을 완전히 막을 수는 없어 번갈아 가며 잔을 올렸다

그리고 점심 식사를 시작하려는데 눈은 약간이 아니라 마구 퍼붓듯이 쏟아지는 것이 아닌가. 서둘러 짐을 꾸리는데도 벌려진 쌕

이며 룩색 안에까지 챙기던 물건들과 범벅이 된다. 눈은 주위가 어
둑어둑할 정도로 급류가 흐르듯이 쏟아진다. 어느새 온 산이 하얗
게 변해 간다. 눈은 하늘에서 지상으로 흐르고 산은 지상에서 치솟
으며 흐르는 것 같은 착각이다.

　나는 아희들에게 먼저 내려가라고 보내고 지팡이를 만들어 집고
무릎 관절이 불편하여 왼발을 절둑이며 내려 오는데, 눈은 어느새
발목을 넘고 모자며, 우산이며, 모자까지도 눈을 이겨 내지는 못한
다. 더욱이 안경에 눈이 붙으니 장님이 된다. 치악산 4부 능선쯤,
수목은 우거지고 인적이라고는 찾을 수 없는 산 길이라 조심스럽
기까지 하다. 집으로 전화를 했다. 아희들에게 연락하여 차를 평지
까지 내려다 놓고 기다리라고 했다.

　산에 오르는 첫 입구의 휴게소 뒷길은 경사가 15~20도 정도였
기 때문이다. 차를 세웠던 독가촌 김선생님 댁에 도착하니 맏아희
는 나를 기다라고 있고, 둘째, 셋째는 조금 내려가다 편편한 곳에
서 차에 체인을 치고 있다. 언제나 내가 갈 때면 유난히 반겨주시
는 독가촌 김선생님이 차는 내려갔으니 차나 한잔 하고 가라는 친
절을 거절할 수가 없어 맏아이와 둘이 들어갔다. 부인은 다급하게
물을 끓이는데 밖을 보니 주위는 땅검이 질 때처럼 침침하다. 쌓이
는 눈의 높이가 보이는 것 같아 차를 마실 여유가 없다. 아무래도
안되겠다면서 일어섰다. 김선생님도 눈의 기세에 더 잡지 못하고
부자분이 넉개래를 들고 앞에서 길을 티워준다. 따라 내려오다 두
번이나 주저 앉았다. 한번은 넘어지면서 '아이쿠' 하고 비명을 질
렀고 두번째는 그대로 주저 앉았는데 척추가 찡해온다. 사람이나
동물이나 넘어지면서 자신도 모르게 비명을 지르면 골절이나 탈골
이 되는 경우가 예사다. 그렇지 않아도 관절이 불편했던 왼쪽 무릎
을 접치면서 비명을 질렀으니 관절이나 인대가 어떻게 되었을 것

같고, 척추는 연골의 일탈로 인한 디스크도 염려 되었지만 아무말도 할 수가 없었다.

산에 오르면서 아희들에게 '20여 년 성묘를 다녔지만 폭설, 폭우, 폭풍으로 성묘를 제대로 못한 적은 없었다' 는 촉바른 말을 한 죄과인 것도 같고, 김선생님 부자와 아희들에게 심려를 끼칠까 염려도 되었고 그리고, 지난 밤 꿈에 어머님이 보였다. 어머님은 돌아가신 후로는 꿈에 보이시면 다음 날 꼭 조심해야 할 일이 생기는데, 어제 밤에는 어머님이 성묘를 오지 말라는 말씀만 남기시고 홀연히 사라지셨다. 부모님의 자식 사랑은 이렇게 영원한 것, '돌아가신 후에도 못 잊으시고 영혼까지 자식 곁을 떠나지 못하시는데, 살아 계실 때 깨닫지 못한 효를 이제 생각한들 무엇하랴' 하는 양심의 가책이 앞선다. 명절 외에는 성묘조차 자주하지 않는 자식이 섭섭하셔서 하시는 말씀으로 생각되었기 때문이다

정차한 곳에 도착하니 아희들은 아직 체인을 치고 있다. 실은 이제 부터가 문제다. 100m 밖에 되지 않지만 경사가 가장 가파른 벼랑이기 때문이다. 김선생님 부자분이 눈을 밀고 흙을 뿌리고 하여 차는 요행히 평지까지 내려 왔다. 휴게소 뒷길은 좁은 길이다. 조심조심 가르파 재 정상 옛휴게소까지 왔다. 이제는 눈도 거의 그쳤고 날씨도 맑아지기 시작한다.

이 지점은 남으로는 백운산이고, 동북으로는 치악산이다. 이 두 산의 경계 지점이다. 그리고 이 가르파재 동남은 제천 방향이고 서북쪽은 원주 방향이다. 그러니 이곳은 산과 지역의 경계인 분수령이 되는 지점이다.

이제 1차적인 난관은 모면한 셈이다. 휴게소 광장은 한산하다. 국도 변이었던 휴게소라 중앙고속도로가 개통되면서 지나는 차량이 거의 없어졌기 때문이다. 주차장이었던 광장에는 하얗게 쌓인

눈만 백색의 융단을 펼쳐 놓은 것 같은데, 전면으로 바라보이는 중앙고속도로에서는 상행선 차들이 출고를 기다리듯 겹겹이 서 있고, 하행선 차만 가끔씩 조심스럽게 지나간다. 아마도 교통사고가 난 모양이라고 하던 김선생님의 말씀대로 사고가 난 모양이다.

나는 커피잔을 들고 국도로 갈 것인가 고속도로로 갈 것인가 하고 망서린다. 원근의 산들은 모두가 설경의 동양화다. 높고 낮은 기봉(岐峯)이며, 검은 바위, 면사포를 쓴 푸른 솔, 백납(白蠟)으로 분장한 나목들, 그 위를 초속으로 몰아치는 바람에 눈보라는 돌풍에 밀려가는 구름처럼 산 허리를 휘어감으며 빠른 속도로 지나간다. 눈보라가 밀려가는 것인지 산경이 역으로 흘러가는 것인지 구별이 안될 정도다. 봄이 가까워지는 탓일까. 일정한 방향도 없는 골바람이 산정를 향하여 불어 닥칠 때마다 설경의 동양화는 모습을 바꾸면서 마구 일렁인다. 산 넘어에서는 골바람이 마주쳐 힘겨루기라도 하였는지 눈보라의 분수가 산봉우리 위로 치솟기도 한다. 그 력동적인 관경을 표현할 말이 없어 그저 '아, 아, 아'만 거듭할 수 밖에 없었다.

알프스의 설경 같기도 하고, 에베레스트의 설경 같기도 하다. 삽시간의 일기의 변환으로 흐르는 설경의 장관을 볼 수 있었다. 여름 장마 때의 여우볕처럼 햇님이 방긋이 웃으면서 얼굴을 내밀더니 날씨는 거짓말처럼 평온해진다.

2002. 2. 20.

2

계절의 고향

모란牡丹을 곁에 두고

사람들은 동·식물 중에서 자기 나름대로 좋아하는 것을 곁에 두고 싶어한다. 나도 예외는 아니다. 그래서 동물 중에서는 학을. 나무로는 층층나무를 선택했다. 학은 고고(孤高)하다는 속설이 마음에 들었고, 층층나무는 살아있는 탑인 양 한 모습에 새하얀 꽃이 잔잔한 느낌으로 다가섰다.

그런데 꽃을 선택하기까지는 많은 방황이 있었다. 어려서는 그 꽃만의 상징이나 숨어있는 속성도 몰랐고, 선택할 능력도 관심도 없었다. 꽃에서 꽃 이상의 것을 발견할 줄도 몰랐다. 그리고 계절 따라 특색 있는 꽃에도 관심이 없었다. 꽃이야 때가 되면 의례 피는 것이려니 하는 것 외에는 생각하지 않았다. 그러다가 어느 날 훤당(萱堂)의 유래를 알게 되었다. 그후로 꽃에 대한 애착도 생기고 소중함을 느끼면서 나만의 꽃도 곁에 두고 싶었다.

처음에는 무궁화를 생각하였으나 그것은 나라꽃이라 사양을 했다. 장미는 불타는 것 같은 강렬한 사랑이, 오히려 크레오파트라의 눈웃음 같은 염태(艶態)가 천하게 보여 마음에 안 들고, 백합은 청초하기는 하나 향기가 오히려 독성을 띠므로 거리를 두어야 하고, 달맞이꽃은 집요한 기다림에 지치는 모습이 애잔하고, 튤입은 '훌륭한 포도주에는 간판이 필요 없고, 튤입의 아름다움에는 설명이 필요없다.'는 영국의 속담이 있을 정도의 꽃이다. 옛날 프랑스의 어떤 양조가는 튤입 한 개와 3만 프랑이나 하는 맥주공장과 맞바꾸었다는 일화도 있다. 그런 사치는 내게 어울리지 않는다. 그리고 이꽃들은 모두가 외국산이라는 점에서도 그리 달갑지 않다. 우리나라 꽃도 얼마든지 있는데 하는 생각이 앞선다.

이러다가 내 나이 서른이 되어서의 일이다. 1961년 9월에 동해 모 고등학교로 발령을 받았다. 동료 교사와 방을 구하려 다니다가 상상외의 모란을 발견했다. 한길이 넘는 키에 지게막대기만한 굵기다. 모란치고는 거목이다. 영서와 영동의 기온차인 것 같았다. 충북 북부 지방인 내 고향에서는 보지 못했던 크기다. 그 늠름한 수형에 즉석에서 호감을 느꼈다.

그리고 반년이 지난 다음 해 봄이다. 내 이야기를 전해 들었는지, 담임반 학생이 세줄기의 모란 한 떨기를 가져왔다. 그러나 방세도 없이 빌려사는 단칸방에 심을 곳이 없다. 누가 쓰다 버린 손잡이가 떨어진 물동이에 심고 방에 딸린 툇마루에 놓아 두었다. 때가 되니 도토리만한 꽃망울이 세 개가 맺힌다. 대견하다기 보다는 신기할 정도로 눈길을 끈다. 제 생리대로 자유로웠던 땅에서 물동이 밖으론 벗어날 수 없는 국한된 땅에서 살아야 한다. 돌부리마저 정든 고향집을 두고 준령태산을 넘어 이곳까지 온 내 처지와 다를 바가 없다고 생각하니 측은한 생각도 든다. 그래서 더욱 정을 주었다. 어느날이다. 퇴근을 하고 살펴보니 꽃망울이 하나 없어졌다. 아직 익숙하지 못한 걸음걸이로 뒷둥대는 첫딸 아이가 땄다는 것이다. 애처로웠지만 나무랄 수가 없었다. 나와 모란과의 인연을 이렇게 시작되었다.

모란도 원산지는 중국이다. 그러나 귀화한 역사도 깊어 우리나라 꽃이라고 하여도 무방할 듯도 하다. 모란이 세상에 알려진 것은 수나라 양제 때로 장자방의 모란연 같은 호유(豪遊)를 갖게 한 꽃이기도 하고, 당나라 현종은 화목(花木)의 요(妖)라고도 하였으며, 한퇴지의 조카는 모든 일에는 무능하였으나 모란의 변종에는 자신이 있어 백·홍·황·록의 꽃을 피웠고, 꽃송이마다 글자를 나타나게도 하여 숙부인 한퇴지를 놀라게 했다는 이야기도 전한다. 우리나라 삼국유사에는 진평왕 때 당태종이 홍·자·백 모란의 그림과 씨앗 서되를 보내왔을 때, 선덕여왕이 공주로서 그 그림을 보고 나비와 벌이 없으니, 이 꽃에는 향기가 없을 것이라고 했다고 한다. 과연 모란에는 향기가 없다. 이와 같은 공주의 명민(明敏)함이 후에 대통을 잇게 했다는 이야기다. 그리고 신라 신문왕 때 설총은 화왕계(花王戒)로 왕을 풍간(諷諫)하여 왕의 총애를 받았다는 일화는 오늘을 사는 많은 사람들에게 좋은 경계도 된다.

1964년 3월 원주 모 여고로 발령을 받았을 때도 이삿짐과 함께 그 모란도 싣고 왔다. 그러나 역시 셋방 살이라 심을 곳이 없어 친척집 화단에 심고 때때로 살폈다. 비록 남의 집이기는 하지만 다시 자유를 누리면서 잘 자라 주었다. 그런데 3년쯤 되어 우연하게도 내가 그집에 가서 살게 되었다. 이제는 내 마음도 짐작하는지 포기도 많이 벌었고 꽃도 탐스럽게 피워 보인다. 그러나 동해에서 보았던 그런 크기에는 미치지 못한다.

1973년 다시 춘천으로 이사를 했다. 이제는 한포기의 꽃이 아니다. 가족에 비길 만큼 정도 깊었다. 가장 양지 바른 곳에 자리도 가려 심었다. 그런데 때가 되었는데도 눈도 트지 않는다. 뒤뜰 언덕에 있는 사과나무, 배나무, 앵두나무 등을 손질하려 오르내리면서 이제나 저제나 기다려도 감감하다. 옮겨 심은 탓이겠지 했다. 가장 늦게 돋는 대추나무 잎이 파릇한데도 소식이 없다. 답답하여 생사나 확인하려고 휘어 보려는데 작근동 부러지는 것이 아닌가. 아차, 가슴이 철렁 한다. 조침문(弔針文)에서 유씨 부인이 바늘을 부러뜨렸을 때와 같은 심정이었다고나 할까. 한참동안 드려다 보다가 배신당한 기분으로 마른 줄기를 지면과 같게 잘라버렸다. 강산도 변한다는 십여 년의 세월도 함께 사라졌다. 혹시나 하고 기다리던 미련도 메마른 흙속으로 묻혀 버렸다. 한냉지 식물이라 해도 잘 들어야 하지만 더위는 싫어한다는 것을 모르고 심은 나의 잘못이었다. 모란과 나와의 인연은 그만 이렇게 막을 내렸다. 허전한 마음은 끊어진 연정의 상처처럼 쉽게 치유되지도 않았다.

다음해 봄의 일이다. 바로 그 자리에서 빨간 새순 세 줄기가 오무린 비둘기 발 모양으로 싸리버섯처럼 돋아난다. 신비로운 일이 아닐 수 없다. 거짓말 같은 현실이다. 허버드 렐리호의 '독군의 선물'이나, 모파상의 '목걸이'를 읽고 난 기분이다. 신기한 감각이 짜릿하게 흐른다. 한해 동안 땅속에서 재생의 몸부림을 치며 견디어 냈을 그 인내와 노력도 모르고 배신으로 속단했던 내가 오히려 부끄러웠다. 이번에는 모란의 생리대로 갖추어 심었다.

그후 또 십년이 갔다. 기후 관계로 키는 1미터 남짓 했으나 포기는 해마다 벌어 화단으로 가득하다. 삼엽과 비슷하게 갈라진 잎도 넉넉하고 베레모 만큼이나 큰 꽃송이가 3~40송이나 앞마당에 가득 핀다. 모란의 꽃말(부귀, 성실)대로 풍요가 집안에 가득하다. 볼수록 넉넉한 분위기가 마음도 편하게 한다. 더 바라고 싶은 욕망도 묻어주니 이것 또한 귀함이 아닐 수 없다. 영동에서 영서로 기차 타고 트럭 타고 세 번식이나 나와 같이 이사를 했고, 땅속에서 365일 간의 죽살이를 치르고도 내 곁을 떠나지 않으니 신의도 이 이상 또 있을까 싶다.

다시 10년 이번에는 포기를 반으로 나누었다. 1993년으로 기억한다. 둘로 나눈 반은 월악산 보덕암에 시주를 했다. 반으로 나누었는데도 스님과 둘이서 겨우 차에 실었다. 어느 해 8월에 가 보았더니 약사여래 석상 좌측 언덕에 심었는데 이곳은 남, 서향이라 꽃이 진 새순은 햇볕에 화상을 입어 까맣고 잎도 시들시들 사경을 헤매고 있지 않은가. 하룻밤을 더 묵으면서 대야로 수십 번을 오르내리며 물을 길어다 주고야 자리에 들었다. 다음날 아침에 보니 웃는 것 같은 생기로 싱싱하다. 스님에게는 옮겨 심을 자리를 정해주고 그제야 떠났다.

그리고 집에 남은 반 떨기는 매년 5월이면 보름달 같은 흑자색 꽃송이가 위풍 있는 품위로 위엄까지 갖추었다. 어느새 이렇게 모란과 나는 40여 년의 풍상을 같이 했다. 그러나 자고 나서 하릴없이 떨어져 깔린 꽃잎을 보면 그리고, 꽃받침과 감씨 같은 씨 주머니가 까맣게 영글어 갈 즈음에는 하는 수 없이 또 한해를 기다릴 수밖에 없는 애상과 체념 앞에 서야한다. 모란꽃은 화려하면서도 풍염한 모습이 부와 귀를 느끼게 한다. 안정감을 주는 나뭇가지에 소담스러운 꽃은 차분하면서도 근엄한 꽃모양이 동양적인 정취까지 자아낸다. 난(蘭)같은 심오함도 없고, 매화같은 청초함도 없으며, 군자란처럼 고결하지 않으면서도 화왕(花王)으로 군림하는 것은 순후한 덕성으로 여유 있는 꽃 모양에서이리라. 그래서 영랑도 모란을 그렇게 애모(愛慕)했던 모양이다.

금년에도 나의 모란은 신의를 잊지 않았다. 메마른 현실을 제치고 그 순후한 표정으로 가슴을 넘치게 한다. '나는 너에게 무엇으로 보답할까.' 부귀와 성실을 상징하고 꽃 중에서도 왕좌에 앉아 온갖 꽃을 내려다보는 모란을 40여 년이나 내 곁에 두고 살아 왔으니, 이제 또 어느 꽃에 정을 돌리랴.

2003. 6. 6.

자기 양심良心의 기준

인심. 양심. 인면수심.을 모르는 사람도 있을까? 인심 하면 남의 딱한 처지를 헤아려주고 도와주는 마음을. 양심하면 도덕적인 가치를 판단하여 정(正)과 선(善)을 명령하고 사악(邪惡)을 물리치는 통일적인 의식(意識)을 말하는 것인데, 이것은 학벌과는 거의 관계가 없다. 사람으로 태어나면서 선천적으로 부여받기 때문이라고 나는 생각한다. 그런데 인면수심은 후천적인가? 교육학에서는 선천적인 것과 후천적인 것이 각각 몇 %라는 지정은 없다. 다만 인성은 유전과 환경에 의하여 구성되는 것이라는 기억뿐이다. 조선일보에 누구는 환경이 우세하다는 설을 본 기억이다.

여하간 일파만파로 퍼져나가는 인면수심을 어떻게 하면 수습해 나갈 것인가다.

현재 이전의 것은 다 과거다. 그런데 과거사를 일정한 기준도 없이 정리하겠다고 동키호테식으로 나선다. 그 시각에서부터 어디까지인가? 전진을 하기에도 숨이 가쁠 판인데 언제 뒤돌아볼 겨를이 있단 말인가. 이것은 분명한 후퇴다. 능력도 없이 남의 말이나 믿고 남의 힘에나 의지하여 하려고 한다면 그들이 떨어져 나가면 사면초가다. 소수의 의견도 중요하다. 그러나 소수를 위하여 많은 국민이 희생을 당한다면 그것은 더욱 안될 짓거리다. 한때는 초등학생들의 장래 희망이 대통령, 장관, 국회의원, 별자리, 순이었던 때도 있었다. 지금은 따르다. 거짓말쟁이 또는, 더러워 하지 않겠다고 한단다. 각계 각 분야에서 크던 작던 자리만 차지하면 그 자리에 비례하여 부정을 우선한다. 돈만 보면 다 제 것으로 보이는 눈들, 양심까지도 까만 색으로 변질 된 느낌이다. 직위의 고하를 막론하고 무노동 무임금 제도가 시행되었으면 참으로 좋겠다. 노력은 하지 않고 수입만 계산하는 기생충은 구제되어야한다. 천하리만큼 겸손하던 자가 개선장군이 되어 돌아오는 망발도 이제는 역겹다. 여기에는 하급 공무원들의 책임도 있다. 어느 나라에서는 대통령도 교통법규를 위반하면 벌금을 문다고 하는데, 우리 나라에서는 목구멍이 포도청이라는 말이 아직도 유효하니 그들만 탓할 일도 아니지. 관청의 관원들 대다수가 국민을 대표하고 편의를 도모하는 것이 아니고, 법을 빙자한 사사로운 자신의 생각 대로다. 물론 다 그런 것은 아니지만 대다수가 보고 싶지 않은 얼굴들이다. 세상의 모든 일을 자신의 생각을 기준으로 한다. 제 생각대로 모든 일을 하라고 자리나 자격시험을 거쳐 준 것은 아니다. 의사 전달과 공영을 위하여 대표로 보냈을 뿐이다.

주먹질이나 아니면, 그 언저리에서 서성거리던 인물들이 무엇인가 잘못되어 걸상 하나 얻고 나면, 제 것은 숨길대로 숨기고 남의 것을 제 것인 양 남이나 퍼 주는 그런 불출(不出)을 생산한 지역민도 그 인간과 조금도 다를 바가 없다. 그것은 선택을 잘못한 책임이 있기 때문이다. 하지만 우리는 남을 탓만 할 것은 아니다. 자기 반성도 있어야 한다. 공자도 일일 삼성이라고 하지 않았던가. 사람은 같은 사람인데 소속 단체의 이름만 바꾼다고 흑심이 양심이 되는 것은 아니다. 그런데도 권력유지에 혈안이 되어 함양미달도 모르고 출발선으로 모인다. 출발선에 서 보는 것만도 영광일까?

나는 시골에서 태어났고 농촌에서 자랐다. 직업도 평범한 교육 공무원으로 퇴직했다. 날이 갈수록 모두가 하는 일이 안 된다고 한다. 나도 살기에 힘이 든다. 그나마 조금 타는 연금도 세금을 부과한다고 한다. 전국민을 노예화 자본화 하여서는안된다. 누구나 현재보다 잘 살 수 있는 희망을 주는 정치를 해야 한다. 그러나 가는 곳마다 비명이다. 매거(枚擧)할 수가 없다. 정치가 체계가 서지 않으니 각 분야가 다 혼란스럽다. 제 나라 실업자도 구하지 못하면서 몇 조 몇 천 억 원을 남에게 주었다는 보도도 보았다. 겉으로는 통일 운운하지만, 떡고물이라도 생각하는 내심은 아닌지 모를 일이다. 얼마 전에 백두산에 갔다가 하늘 아래 첫 동리에서 잤다. 미인송 이야기도 그때 들었다. 독립투사들. 석양이 뉘엿뉘엿, 노을을 가슴에 안고 막대기 하나 단장 삼아 흩던지며 이런 노래나 불렀을 것 같다.

'고향 떠난 10여 년에 청춘만 늙어. 두만강 풀른 물에 노 젓는 뱃사공.' 을 나직히 부르면서 변변찮은 신발에 시선을 떨구고 터벅터벅 걸어갔겠지. 기다리는 곳도 가야 할 곳도 마땅찮은 고원지대 소나무 숲속 길을 정처 없이 걸었으리라. 존경하는 조상과 부모님 그리고, 사랑하는 처자식이 어찌 그립지 안았으랴? 하나 조국, 오직 조국만을 가슴에 담고 천·만리 타향에서 돌아오지도 못하고 무덤도 비석도 없는 선열을 그려본 사실이 있는지도 모르겠다. 통일은 견해에 따라 각도를 달리 할 수도 있다. 그러나 통일은 돈이나 사람이 하는 것이 아니오 세월이 즉. 역사가 하여야 영원하다. 공연히 제 것 주고 뺨 맞고 자는 범 코나 찌르지 않았으면 좋겠다.

　끝으로 ○○판은 놀음판이 되더라도 우리 국민들만은, 민주주의란 모든 권력은 국민으로부터 나오고, 자신의 양심이 모든 이에게 기준이 될 수는 없다는 것을 명심하고 공증된 법규나 잘 지키며 살아야 되지 않겠는가.

06. 12. 17.

철새도 고장에 정이 들면

나는 날씨 좋은 날이면 냇가 산책길을 매일 걷는다. 오고가는 사람들의 모습도 풍경인 양 살펴보는 맛도 있다. 하천의 폭은 겨울이라 불과 20~30m는 됨직하다.

그런데 겨울로 접어들면서 이제는 40여 마리가 떼를 지어 상주한다. 그러자 비둘기며 까치, 참새, 새매, 더러는 할미새, 전에는 보이지 않던 멧새도 모여든다. 풀을 베어내고 공터가 된 벌판을 잔디밭으로 착각한 것인지, 풀뿌리라도 연명을 해야 하겠다는 것인지는 모르겠으나 새들의 식구는 매일 늘어난다. 언젠가 TV에서 남쪽 지방에서는 겨울 철새들이 밀, 보리를 뿌리까지 다 파먹는데 철새를 보호 하자니 폐농할 지경이라고 하던 농부의 사정을 실감하겠다. 할미새는 겨울인데도 목욕을 하고 오리 떼는 풀뿌리를 뒤지기에 여념이 없다. 풀밭을 새로 맨 텃밭갈이 들추어 놓는다.

내가 말하려는 것은 이런 것이 아니고 따로 있다. 한 쌍의 소백로다. 주로 우리나라에 오는 백로는 백로, 황로, 중백로, 중대백로인데, 제주도 비양도에는 흑로, 노랑부리 백로도 서식한다. 그러나 강원도 영서 지방에서는 가장 흔하게 볼 수 있는 것이 앞에 말한 네 가지 종이다. 백로가 철새라는 것을 모르는 이는 없다. 4~5년 전의 일이다. 눈은 내리지 않았으나 냇가에 살얼음이 얼었는데도 쇠백로 한 쌍이 고개를 움츠리고 흐르는 냇물을 지켜보고 있다. 의아하게 생각했다. 이미 떠나야 할 시기가 지났기 때문이다. 그러나 깊은 겨울에는 그들을 보지 못했다.

그런데 금년에는 한 쌍으로 생각되는 쇠백로 두 마리가 눈이 쌓였는데도 떠나지 않았다. 나는 산에 오르지 않을 때에는 냇가 길을 걸으며 두 마리인 것을 확인한 다음에야 마음이 편하다. 두 마리가 한자리에 있는 모습도 가끔은 본다. 그러나 100여 미터는 됨직한 거리에서 먹이는 각자 찾는다. 한자리에서 한 마리의 물고기를 발견 했다고 하자. 서로가 굶주린 입장인데 난처할 것이 아닌가. 먹이 다툼을 할 수도 없고, 누구는 먹고 누구는 바라보고, 이와 같은 난처한 입장을 미연에 피하려는 지혜일 것도 같다. 먹이만은 서로가 해결하자는 약속을 했더라도 그 속뜻의 의미는 다를 것이 없다. 엊그제 눈이 내렸다. 오리들 외에 다른 새들은 보이지 않는다. 밤새 남쪽으로라도 간 것일까. 허전한 마음으로 들어왔다.

다음 날이다. 흑로 한 마리가 물 한가운데 고개를 돌려 등에 얹고 한 다리로 외롭게 서 있다. 땜 건설로 고향을 잃고 평생을 객지로 전전하는 나보다 더 고독해 보인다. '아니 흑로가, 순간적으로 반짝였든 신기함은 지나가고 매일 보아왔던 쇠백로가 아닌가. 눈처럼 하얗던 털색이 흑로로 착각할 정도로 재색을 띤다. 가슴이 철렁한다. 지난밤에는 무슨 일이 있었기에 저렇게 초췌한 몰골로 애상까지 풍기는 듯한 모습으로 나타났을까. 간밤에 어느 한 마리가 굶주림과 추위로 잘못된 것이나 아닐까 2km 남짓한 반환점을 돌아 와도 끝내 한 마리는 보이지 않는다. 매일같이 몇 미터가 아니면 50m~100m 이내에서 서로 보고 날고 하던 두 마리인데 오늘은 그 초췌한 모습의 한 마리밖에 보이지 않는다. 내일을 기다릴수밖에 없다. '춥고 배가 고파 잠이 와야지' 고향에 있을 때 외아들을 데리고 우리집 문간방을 빌어 살던 경상도 아저씨가 한 말이 생각난다. 그렇다. 춥고 배가 고프면 잠까지 오지 않는단다.

화사한 다음날 오전이다. 잔풍한 날씨다. 기온도 높아져 이른 봄같다. 냇가 길을 걸으며 유심히 살핀다. 떠내려가다 걸린 스치로폴, 비닐 조각, 돌부리에 얼어붙은 얼음 조각 등이 멀리서는 백로로 보이기도 한다. 이 번에는, 이 번에는 하면서 걷자니 초조해진다. 반환점이 보일 때다. 백로가 틀림없다. 역시 외로운 모습으로 목을 움츠리고 물 가운데 정물처럼 서 있다. 조금 떨어진 곳에서는 오리들이 먹이 찾기에 바쁘다. 이럴 때 백로는 군계일확, 군자연하다. 지방에 따라서는 백로를 학이라고도 한다. 어쨌든 반갑다. 그러나 또 다른 한 마리는 어디에 있을까. 다시 살피며 반환점에서 돌아선다. 물 가운데 서 있던 그 백로는 20여 분은 지났는데도 그대로다. 이번이 처음은 아니다. 이런 모습을 자주 보았다. 나는 그에게서 인내력과 지구력을 배운다. 그때다. 놀라 듯이 훌쩍 뛰어오르며 날개를 펴고 물속을 쏘아보더니 고기를 한 마리 낚아챈다. 고기의 하얀 비늘이 아침 햇살에 반짝하는 순간 고개를 끄덕이며 삼켜버린다. 연거푸 세 마리를 쪼아 삼킨다. '아 요기는 되겠구나' 그러나 나의 궁금증이 풀리는 것은 아니다. 또 다른 한 마리의 행방은 여전히 묘연하다.

날이 저문다. 홀로 남은 그 한 마리가 보금자리를 찾았을 때, 다른 한 마리가 옛정을 못 잊어 다시 왔노라고 기다려준다면 얼마나 다행일가. 그러나 배신감만 감도는 자리라면 또 얼마나 괘씸하고 허전할까. 아니 오염된 먹이로 어젯밤과 같이 싸늘한 시체 그대로 남아 있다면 그 애달픔을 어떻게 감당할까. 계절을 따라 찾아왔지만 이 고장에 정이 들어 따뜻한 남쪽도 버리고, 너와 나와 짝이 되어 이 삼동의 추위도 따뜻한 마음으로 이겨오지 않았던가. '이제 봄도 멀지 않았는데 나는 남고 너는 가다니.' 이렇게 되지 않기를 기다려 보는 마음만 간절하다.

2006. 2. 11.

청평사의 五月

내가 춘천에 살면서도 이 청평사에 온 지가 근 20년이나 되는 것 같다. 찻길이 나기전에는 차를 타고 배도 타고 2km남짓 걸어야 했다.

당시의 스님은 향봉 스님이었다. 젊은 스님으로서는 지명도가 있는 편이라 남녀 대학생들도 많이 찾아오곤 했다. 그 때도 五月이었다. 스님과 둘이 앉아 있는데 남녀 대학생이 찾아왔다. 이절에 향봉 스님이 계신다고 해서 뵈러왔는데 계신가요? '그 스님 서울 가셨는데요' 스님의 대답이었다. 그런 것으로 보아 번거로운 때도 많았던 것 같다. 나는 그 스님과 절에 대한 이야기를 주고 받았던 것으로 기억한다.

청평사의 극락전은 국보 115호이다. 8작(作) 집으로 특히 기둥은 흑칠도(黑漆塗)한 것으로 희귀한 절이다. 고려 광종 당시 창건하였을 때에는 백암선원(白巖禪院), 문종 때에는 대보현원(代普賢院), 후에 문주원(文珠院). 조선조 명종 때 청평사라고 하여 현재에 이른다. 중건 연대는 확실하지 않으나 고려 말 이조 초기로 추정된다. 그리고 이절의 회전문은 국보 277호로 규모는 작지만 매우 안정된, 단아한 미를 지니는 것을 특색으로 전하는 문이다.

뒤뜰로 돌아가 산을 쳐다본다. 소나무와 잡목들이 오월의 햇살을 받아 더욱 빛나고 생기도 감돈다. 8.15 당시 휴전선 표시로 소나무를 감고 돌았던 철조망은 사라졌다. 그러나, 주춧돌만 옛 자리를 지키고 있던 빈 터에는 6.25 당시 소실되었던 법당이 복원되기는 했지만 옛모습은 찾을 길이 없다. 뿐만 아니라 수령 천년 이상으로 추정되던 돌배나무가 유명했다.푸른 숲을 배경으로 새하얗게 피었던 배꽃, 이 산골에 어찌 두견이 울지 않았겠는가. 휘영청 밝은 달의 조명도 은은하였으리라. 이미 천녀전의 자연이라고 하더라도 오늘을 사는 초부(樵夫)의 눈에도 선언한지고.

「이화에 월백하고 은한이 삼경인 제 / 일제춘심을 자규야 알랴마는 / 다정도 병인 양하여 잠 못들어 하노라.」라는 시조의 배경은 꼭 이 청평사의 정경이었을 것으로 착각하게 한다. 그러나 이 배나무는 최근에 낙뢰로 죽었고, 그 자리만 표시되어 보는 이의 마음을 허전하게 한다. 전해지는 이야기는 그것만도 아니다. 9성(聲) 폭포로 본래는 9그루의 소나무가 있어 9송(松)이라고 하였는데 소나무 한 그루가 낙뢰로 죽자 남은 8그루의 소나무도 모두 따라 죽었단다. 그 후 어느 스님이 폭포의 물소리가 9가지로 들리는 것을 구별할 수 있었다는 것이다. 그래서 그 후부터 송(松)자를 성(聲)자로 바꾸었다는 이야기다.

아마도 그 스님은 고승이었던 것 같다. 그것은 같은 폭포의 소리라고 하더라도 4계절에 따라, 날씨에 따라, 바람에 따라, 듣는 이에 따라 달리 들리는 것이 자연의 소리 아니겠는가. 그 스님은 사색과 관조와 침잠으로 이 자연의 소리를 구별할 수 있지 않았을까. 고작 9m 높이의 폭포인데도 물 흐르는 소리를 구별할 수 있었다

는 것은 예사로운 일은 아닐 듯하다. 나는 이 폭포 옆에서 아무리
귀를 기우려도 마음의 문은 열리지 않는다. 자조(自嘲)하면서 돌아
서곤 한다. 그 외에도 당태종의 딸 평양공주와 상사뱀의 전설로 암
반으로 형성된 34곳의 공주탕, 공주탑에 얽힌 이야기는 생략할 수
밖에 없다.

나의 관심거리는 연못이다. 고려 때의 구조와 그대로 전해진다
는 점에서 관심을 갖게 한다. 사다리꼴로 중심에 작은 산과 징검다
리 모양으로 놓인 3개의 돌이 마음심자를 상징한다고 전하다. 心
자에도 깊은 뜻은 숨겨 있겠지만 수면은 면경지수(面鏡之水)를 뜻
함인 듯하여 발길을 멈추게 하기 때문이다.

내가 이 절을 이토록 마음에 새기는 것은 역사성과 위치, 자연환
경과도 무관하지는 않다. 오봉산 정상을 기점으로 계곡을 따라 이
절 바로 전면으로 흐르는 물을 빼놓을 수는 없다. 아마도 태초에서
부터 흐르기 시작 하였으리라. 그 연대조차 알 수 없는 긴 역사를
간직하면서 현재까지 한 방울의 오염도 없이 맑은 그대로다. 어느
해인가 친구 가족과 같이 암반으로 흐르는 이 물가에서 점심을 먹
었다. 암반 위로 촐촐대며 흐르는 물살은 그대로 옥수였다. 건물은
중수, 소실, 복원 등의 사연도 많았지만 이 계곡으로 흐르는 옥수
는 한 번도 낯빛을 바꾼 적이 없다. 내가 도시락을 먹고 솔바람 소
리를 섞어 마셨던 그 때의 물맛과 연이은 화살표 모양으로 흐르던
물결도 아가의 순수한 미소처럼 변함이 없다.

가장 많이 달라진 것은 포장된 도로다. 도로의 방향이 바뀌니 절
의 위치도 달라진 것 같은 느낌이다. 벚꽃, 개살구 꽃, 개 복숭아
꽃이 흐드러지게 피었다. 마치 연두색 바탕 비단에 꽃나무 무늬로
연상케 하는 산경(山景)이 눈으로 가득 찬다. 어디서 아직은 이른
훈풍도 싫지 않을 정도로 옷깃을 날린다. 왜 이렇게 허전할까. 아

무리 잡된 인생살이라고 하더라도 석가의 고행과는 견줄 바도 아
닌데, 다시 뒤를 돌아보게 하는 것은 도대체 무엇이람.

04. 4. 16.

계절의 고향

봄은 계절의 고향인 양하다. 모든 생물들의 삶이 생기를 찾게 되니까 그렇게 생각된다. 무생물까지도 활기를 띠는 것 같다. 점심을 먹다가 앞산으로 눈이 갔다. 잡목 숲이 윙윙 소리를 내던 산이다. 연한 연두색이 아물아물하다. 아니! 눈을 의심하면서 다시 본다. 아무리 다시 보아도 검회색은 아니다. 동지가 내일모래인데 나뭇가지에 연두색이 감돌다니. 잔잔하게 어우러진 끝가지에 엷은 안개처럼 연두색이 서려 보인다.

　동지를 아세(亞歲)라고도 했다. 작은 설이라는 말이다. 절기로는 입춘에서 입하 전까지. 천문학상으로는 춘분에서 하지까지. 기상학 상으로는 3.4.5월을 북반구의 봄. 음력으로는1.2.3월을 봄이라고 한다. 우리는 농경사회와 음력 중심이었으므로 새해를 맞으면서 봄으로 여겨 왔다. 동지는 설보다 한달 남짓 앞선다. 춥기도 하려니와 폭설이 무릎까지 쌓일 때도 더러는 있다. 그런데도 나는 동지를 앞세우고 봄을 느끼는 것이다. 불교에서는 동지를 봄의 시발점으로 간주하기도 한다. 그래서 동지를 작은 설이라고 한 것도 같다. 확실한 기억은 아니지만 어느 해 겨울 김치를 먹다가 맛이 조금 달라진 것 같기에 절후를 보니 동지 무렵이었다. 그 후로 나는 동지 무렵이면 봄을 느낀다. 금년에도 그렇게 된 셈이다. 무심코 앞산을 바라 본 것이 봄맞이가 되었다.

　냇가 언덕으로 올라선다. 사물은 생각하기 나름일 수도 있다. 제일 먼저 달라진 것 같은 느낌은 햇살이다. 햇님의 고운 미소가 아가의 웃는 얼굴이다. 햇살도 날아 갈 듯이 가볍다. 아직 구릉에는 슬다 남은 눈이 얼룩져 있어도 지나가는 바람까지도 성난 기세는 아니다. 세차지 않다. 옷은 겨울옷을 입었는데도 행인들의 발걸음은 사뿐하다. 하늘도 겨울 하늘보다는 높이 보이고, 구름도 한가한 여유를 보인다. 그러나 가을 하늘은 아니다. 아파트 벽에 반사되는 햇빛도 차디찬 시각은 아니다. 조잘대며 흐르는 개울물 소리도 무겁지 않다. 밤낮없이 같은 길을 가면서도 무슨 사연이 그리도 많을까. 여울져 흐르는 곳에서는 햇빛에 물든 거울조각이 황금빛이다.

　다시 산을 둘러본다. 긴가민가하던 연두색이 이제는 완연한 연두색이다. 그저 계절마다 의례 그러려니 하고 지나보낸 세월들이 아쉽다. 기척도 없이 사람마다의 곁으로 다가와서 병아리 어미닭 날개 밑으로 파고 들 듯이 깃드는 것이 봄이라는 계절인가. 아직 봄이라기에는 성 급한 감이 없는 것도 아니다. 하지만 나는 봄의 서곡을 듣는다. 아직 바람은 쌀쌀하지만 대지로 가득 쏟아지는 햇살은 봄을 실어오는 숨결이다. 우리는 봄을 남쪽에서 오는 것으로 기억하고 있다. 그러나 나는 생각을 달리 한다. 어느 방향에서 오는 것이 아니다. 지구의 중심축에서 표면으로 솟아 퍼지는 것이라고 믿는 다. 그래서 나무뿌리를 타고 몸통으로, 굵은 가지를 거쳐 잔가지로, 꽃눈 잎눈으로 번져 나가면, 꽃도 피고, 잎도 피고 봄은 우리 곁으로 다가오는 것이 아니겠는가. 나무에 물이 오르는 과정

같이 봄은 오고 있는 것이다.

  아직은 소한 무렵이다. 하지만 나는 충만한 봄을 연상한다. "절벽은 위태로우나 꽃은 웃으며 서 있고, 봄은 좋은 계절이지만 새는 울고 돌아간다." 작자는 기억할 수 없으나 내가 서당에 다닐 때 감명 깊게 뇌어보던 시구(詩句)다. 나는 이 시가 떠오르면 고향의 산(시루봉)을 생각한다. 시의 내용이 이 산을 읊은 것 같기 때문이다. 아울러 고향도 그리워진다. "평상에 앉아 달을 보니 땅에는 서리가 내린 것 같기도 하다. 문득 고개를 들어 산위에 달을 보다가, 고개를 숙이고 고향을 생각한다." 이백의 '정야사 靜夜思)'라는 시다. 이백은 평생 달을 사랑했으면서도 이렇게 조용한 달밤이면 고향생각에 머리를 떨구기도 한 모양이다. 사실 고향하면 더욱 간절했던 사람이 두보다. "파란 강물 위에 떠 있는 새는 더욱 하얗고, 푸른 산에 꽃은 불이라도 붙은 것 같구나. 올 봄도 또 이대로 지나가니 어느 날에나 나는 고향에 돌아간다지." 두보의 절구(絕句)중에서 가장 으뜸으로 애송 되는 시다. 한 폭의 그림으로 눈에 선한 작품이다. 두보가 안록산의 난리를 피하여 객지에서 전전하면서 고향과 가족, 친지들이 그립고 궁금하여 견딜 수 없는 정서를 이 시에 담아 읊었다고 한다.

  수구초심(首丘初心)이라는 말은 너무 일반화 되어 절실한 맛이 감소되었다. 그렇지만 고향과 봄은 다르다. 고향이란 이렇게 절실함이 영원한 것인 줄은 몰랐다. 봄은 해마다 맞이하면서도 감회는 다르다. 사람의 마음을 그대로 두지 않는다. 상관이 없는 것 같으면서도 이렇게 마음을 설레게 한다. 그래서 나는 봄을 계절의 고향이라고 이름하여 본다.

2006. 1. 7.

善 惡 樹

인류가 생존을 시작하면서부터 선과 악도 공존하였던 것 같다. 선과 악을 알 수 있게 되었다는 선악과 나무를 일러 선악수라고 한다. 태초에, 만지거나 먹지 말라고 한 에덴동산의 실과인 금단의 열매를 Satan의 유혹에 빠져 이브와 아담이 따 먹었다고 한다. 그 결과 남자는 평생 땀 흘려 노동을 해야 하고 여자는 출산의 고통을 겪어야 한다는 것이 성경을 출전으로 한, 어떤 전설 같이 전해지는 이야기이기도하다. 그리고 Satan은 평생을 엎드려 배로 기어다녀야 하는 형벌을 받게 되었다는 것이다.

우리는 Satan하면 뱀으로 생각한다. 그러나 실은 적대자(敵對者)란 뜻으로, 하느님과 대립 존재하는 악(惡)을 인격화 한 것이라고 한다. 어쨌든 Satan은 배신자일 수밖에 없다. 인류 역사에서도 배신자들은 좋게 비치지 않는다. 성공을 하면 영광을 누리기도 하지만 실패하는 경우에는 참형을 면하기 어렵다. 그러나 그 종점, 먼 훗날의 결과는 그리 빛나지 않는다는 것을 우리는 역사에서 종종 보면서 살고 있다. 이씨조선 500년을 생각해본다. 이 성계는 언제 누가 보아도 혁명가인 동시에, 고려조로 볼 때엔 배신자일 수밖에 없지 않은가. 500년 동안 얼마나 많은 사람들의 피를 흘리게 하였던가. 당시로서는 왕통(王統)을 천추만대 누리고자 했지만, 천리(天理)란 어디 사람의 욕심대로 되는 것인가.

중국 송나라 때의 교양서인 익지서(益智書)라는 책에는 이런 말이 있다. 옳지 않은 마음이 가득 차면 하늘이 반드시 죽이느니라. 그리고 공자의 제자인 자장이 공자를 하직하면서 교훈이 될만한 한마디를 청하였다. 공자는 모든 행실의 근본으로서는 참는 것이 으뜸이라고 하였다. 자장이 참지 않으면 어떻게 됩니까. 하고 다시 물었다. 천자(天子)가 참지 않으면 나라가 망하고, 제후는 몸을 다치고, 관리는 형벌을 면치 못하고, 형제는 따로 살아야 하고, 부부는 자식을 외롭게 하고, 친구 간에는 정의(情意) 가 소원해지고, 자신은 근심이 떠나지 않는다고 하였다. 원문이 길어서 다 인용할 수 없는 아쉬움이 남는다. 끝으로 자장이 말한다. 참으로 좋은 말씀입니다. 참는다는 것이 참으로 어려운 일이겠습니다. 사람이 아니면 참지 못하고 참지 못하면 사람이라고 할 수가 없겠습니다. 라고 감탄을 하였다고 한다. 욕심이 앞서면 보이지도 않고, 들리지도 않는다. 자기 욕심대로 하고 끝에 가서는 후회를 하게 된다. 그래서 후회는 불 선래라는 말도 있다. 여기서 '끝' 이란 당대나 몇 년을 말하는 것은 아니다. 적어도 3대 100년 정도는 생각해야 한다.

우리는 참으로 참고 살기 어려운 시대에 살고 있다. 그러기에 매사에 참을 수 있는 지혜와 마음의 여유를 필요로 한다. 알게 모르게 이기주위와 개인주의가 팽배했기 때문이다. 더욱 부추기는 것은 세금이나 공공요금, 물건 값에 한 푼이라도 더 붙이려는 욕심이 인심을 야박하게 만든다. 예를 들면 11,200 원, 1,130 원, 120 원, 등과 같은 사례가 그것이다. 이렇게 작은 단위에까지 욕심은 작용

한다. 나는 아희들과 같이 친구 집을 방문한 적이 있다. 서예가인 그는 이런 말을 들려주었다. '남들이 다 참는 것을 나도 참는 것은 참는 것이 아니다. 남들이 못 참는 것을 내가 참아야 그것이 참는 것이다' 나는 참으로 좋은 말을 들었다. 간단하면서도 명확한 '정의'가 안인가. 한권의 책을 읽은 이상으로 기억에 남는다.

배신(背信). 배임(背任)은 같은 뜻으로 보아도 큰 차이는 없다. 노계(蘆溪)는 그의 전쟁가사 선상탄(船上嘆)에서, 서시(徐市)가 진시황을 배신한 것에 대하여 '남의 신하로서 망명도 하는 것인가' 하고 개탄하고 있다. 서시란 진시황이 불로장생하는 선약을 구해오라고 하였다. 서시는 동남동녀 수천 명과 함께 삼신산(三神山)을 찾아 제주도로 왔을 때, 제주 서귀포에 있는 정방폭포를 보고 석벽에 '서시과처'라고 한자로 새겨놓았는데, 현재는 풍화작용으로 판독이 불가능하다고 한다. 선약을 구하지 못한 서시는 일본으로 건너가 동남동녀와 정착한 것이 지금의 일본인들이라고 전하기도 한다. 여기서는 서시가 일본에서 정착하지 않았다면 왜구(倭寇)가 생기지 않았을 것이고, 해전도 일어나지 않았을 것이고 말하고 있는 것이다.

업무상 배임죄는 실형도 선고 한다. 사람으로서 정의를 배신한다는 것은 상식적인 범죄 행위가 안일 수 없다. 두보(杜甫)는 그의 시 '빈교행'에서 요즈음 사람들은 신의를 손바닥 뒤집듯이 한다고 한탄하기도 했다. 이런 배신 형은 소인배들이다. 간신 형이라고 할까. 강자에게는 머리나 조아리다가 약자에게는 군림하는 인두겁을 쓴 동물에 불과하다. 하지만 유유상종이라 어떻게든지 살아가기는 한다. 가솔은 여자에게 맡기고 들낙이면서 가정에서는 권위를 세우려고 한다. 하룻 강아지 범 무서운 줄 모르고 날뛰는 격이라고나 할까. 무식할수록 용감하다던가.

　나는 나름대로 이렇게 기준을 세워 보기도 한다. 인간 사회의 윤리와 도덕을 기준으로 할 때, 1급은 살인강도, 2급은 강도, 3급은 절도, 4급은 배신이라고 생각해 본다. 누가 ‘너는 몇 급에 해당하느냐’ 고 묻는다면 ‘그것은 당신의 마음이 정할 일이요.’ 이렇게 대답할 것이다. 그럴 수밖에 없으니까.

　인내와 배신, 선과 악, 어느 것을 선택할 것인가. 선택은 자유이지만 평가는 자신이 하는 것이 아니라는 것을 알아야 한다.

2006. 6. 11.

春來不似春

봄은 왔지만 봄 같지 않다는 말이다. 금년 봄은 정말 그렇다. 너무 불순하다. 갑자기 함박눈이 쏟아지다가는 햇볕이 나고, 돌풍이 부는가 싶었는데 잠잠해지고, 소나기가 오다가 개이고, 우박, 해일, 마른 하늘에 천둥을 치니, 눈밭에서나 뛰던 개가 제물에 놀라 동서남북 방향도 없이 헤맨들 무슨 소용이 있단 말인가. 흐리다가 또 여우볕도 나고, F.T.A. 6자. 4자회담. 생존과 시위. 강대국의 압박, 우리나라에만 유리하게 전개 되지 않는 국제정세 등에 정신 차릴 날이 없다. 게다가 황사까지 날아오니, 마음 놓고 밖에 나가기도 어려운 일기라 조심스럽다. 노루가 재 방귀에 놀라고, 불난 벌판에 송아지 뛰듯 한다는 속담도 있다. 일기도 그렇고, 그와 같은 사람도 보인다.

윗물이 맑아야 아랫물도 맑다. 이 무질서는 세상이 만든 것이 아니고 우리가 만든 것이다. 뭐니 뭐니 해도 나라가 편해야 사회도 안정이 되고 민초들의 생활도 평화로운데 나라가 뒤숭숭하니 죄 없이 불안한 나날을 살아야 하는 형벌을 받는 셈이다. 그들이 알까? 어디가나 못살겠다는 비명에 가까운 넋두리다. 자고 나면 비보가 뉴스를 어둡게 한다. 어느 호수에 시체가 뜨고, 화재로 질식하고, 은행이 털리고, 살인 현장의 재현이라던가. 그래도 이들 혐의자들은 얼굴이라도 가리지만, 더욱 뻔뻔스러운 것은 부정부패의 주인공들이다. 이들은 직위가 높거나 거금의 부정과 관련된 자들이다. 법조문을 교묘하게 악용하거나 통일을 표방하고 제주머니나 만져보는 애국지사(?)들이다. 재판도 행정부에서 하는 느낌이 있는데도 공연히 법조계의 일손만 바빠지게 한다.

　오늘도 날씨가 흐리다. 공연히 우울하다.밖에 나갔다가 37 년을 행상으로 생계를 이어온 이름도 모르는 00씨를 만났다. 넋두리를 한다. 두 아들, 딸 하나 3남매를 두었는데 큰아들은 동료의 운전부주의로 먼저 가고 젊은 며느리는 손자 남매를 두고 개가를 했다. 행상을 면하려나 했는데 공부를 시키자니 보따리 놓을 날이 없다고 한다. 어느 새 머리는 백발이다. 이놈의 세상이 상·중·하가 균형이 잡혀야 하는데 중류층이 없고 상층보다 빈민층만 늘어나니 살겠느냐는 이야기다. 행상은 자연 견문이 많을 수밖에 없다. 나는 세상이야기를 많이 들었다. 중산층은 간접적인 영향으로 상류층으로 비약하기보다는 빈민층으로 전락할 수밖에 없다.

　빈민층, 소년 소녀 가장, 독거노인, 노숙자들도 구하지 못하는 주제에 통일을 한단다. 퍼준다고 통일이 된다면 퍼줄 사람도 앞 다투어 나설 것이다. 주고도 욕이나 먹는 인간들의 행태가 추하다. 그렇게 주고 싶으면 제 것이나 주든지. 고위 공직자들은 평균 3억씩이나 재산이 늘었다는 기사도 읽었다. 해마다 세금이나 올리고. 과거의 독립투사들이 언제 세금에 손을 댈 생각이나 했던가. 지지리도 못난 짓이나 하는 것들이 더 보기 역겹다. 이산가족의 상봉이며, 화상상봉 등도 예정대로 안 되는데, 통일을 한다. 뭐가 다 웃

을 일이다. 국내정치도 누구와 상의해야 하느냐고 실소하는 사람
도 있다. 세계에서 가장 실질적인 생활을 한다는 독일 사람들도 통
일을 후회한다는 말도 들리는데 말이다. 통일을 반대하는 것은 추
호도 아니다. 통일을 빙자한 헛수고, 헛경비, 팥고물이라도 생각이
나서, 개장수에게 끌려가는 것 같은 짓거리로 통일 운운하는 것이
싫다는 것이다.

　남북이 분열된 것이 어언 반세기. 통일을 보지 못하고 고인이 된
분들이 얼마며. 부부간에 헤어져 그 젊음을 한으로, 눈물로 살아온
세월을 아는가. 헐벗고 굶주리고 때로는 허리띠를 졸라매고 철모
르는 어린 것들의 기한(飢寒)을 달래주던 어머니의 찢어지는 가슴
의 평생을 아는가. 감히 국민 앞에 통일을 빙자하는 누가 있다면
진리는 결코 용서하지 않을 것임을 명심하여야 한다. 나는 이렇게
생각한다. 우선 분열을 조장한 자들이 천벌이라도 받은 다음, 전
국민이 하나로 단합하고 그 위에 국운의 도움 없이는 통일은 어려
울 것이라고 믿고 싶다.

　춘래불사춘 같은 50여 년이 흘러갔다. 매년 겪는 명절 때마다 이
산가족들은 단 한번도 편안한 마음으로 차례상을 차려보지 못하였
을 것이다. 개개인의 슬픈 사정이야 어찌 다 헤아릴 수 있으랴만,
통일이란 전 민족의 마음이 하나가 되고 불순분자들의 마음도 정
화되어 깨끗한 상념으로 생활하는 안정된 터전위에, 독립선언서에
서와 같이 시운이 도래하면 통일은 그리 힘들지 않아도 되리라고
나는 믿는다.

07 3. 30.

통일된 강원도와 DMZ

나는 군복무를 최전방 소총분대에서 했다. 중부전선 001부대였다. 전곡 보충대에서 10여일간 있다가 11월 초순경 사단 1대대 3중대로 명을 받았다. 중대를 찾아 어느 계곡을 지나가는데 서까래만큼씩이나 굵은 냇가의 갯버들이 제법 수형(樹形)이 잡혀 숲을 이루었고, 그 사이로는 맑은 물이 흐르는데 1급수에서만 산다는 버들치가 떼를 지어 유영하는 모습이 그렇게 태평할 수가 없었다.

인적이라고는 없는 계곡. 늦가을 골바람은 스산하게 부는데, 고개를 들면 억새꽃이 바람을 타고 눈송이처럼 떠돌던 골짜기. 5~6명의 이등병들은 인솔자를 따라가면서 그 누구도 입을 여는 사람이 없었다. 산기슭 몇 굽이 돌고 쳐다보아도 멀게만 보이는 산 정상, 어디 사람이 발붙일 곳도 없을 것 같은 산과 산, 다시는 찾아나올 수도 없을 것 같은 골짜기는 끝도 없을 것만 같았다.

이렇게 찾아가서 다시 중대로, 소대로, 분대로 배치를 받고 들어선 분대 막사는 토굴같이 땅 속에 있었다. 거의 산 정상을 파고 철도 침목 같은 원목을 토막집처럼 쌓고 바깥은 아예 흙으로 덮어버렸다. 직사각형인 내부는 4m에 8m는 됨직하다. 긴 벽 한편으로는 선반을 매고 배낭을 얹어 놓았고, 다른 한편에는 신이나 벗어 놓을 수 있을 정도의 통로는 바로 출입문과 연결된다. 보초는 실내와 출입문 밖과 두 곳에서 섰다.

하늘의 별들도 조으는 듯한 밤, 자정쯤에 외투 깃으로 목을 감싸고 M1총을 가슴에 안은 채 앉아 있으면, 온갖 소리가 다 들린다. 바람에 낙엽 날리는 소리, 가랑잎 갈리는 소리, 산짐승들의 발자국 소리. 얼마가 지나고 그 소리에 익숙해지면 그 소리들을 구별할 수 있게 된다. 사람의 발자국 소리와 가장 비슷한 것은 노루가 아주 천천히 걸어 갈 때의 소리다.

그런데 이런 소리들로 겁에 질리는 이유가 있다. 작업 터에서나 식사시간, 취침 전 시간에 오가는 대화는 언제 어디서 간첩이 와 귀를 베어 갔다느니, 코를 베어 갔다느니, 목을 잘라 갔다느니 등 등의 이야기다. 휴전회담으로 전쟁이 소강상태에 있을 무렵의 이야기지만 온 세상이 잠든 자정, 산으로만 둘러싸인 어느 능선에서 이런 이야기들이 떠오르면 촉각이 곤두서고 가슴이 짜릿짜릿한 전율을 느낀다.

그러나 무사히 밤을 새우고 생긋이 웃는 것 같은 아침해가 떠오르면 익숙해진 산 사람으로 어느 산에 등산이나 온 기분일 때도 있다. 그러나 북녘을 바라보면 아스라한 북쪽, 산기슭으로 말 마차가 지나가는 것을 볼 때도 있다. 그런데 비무장지대(DMZ)는 이 최전방에서도 더 북으로 들어가야 한다. 남·북 경비병 외에는 군인들도 출입이 불가능한 지역이다. 태초가 재현된 곳이라면 과장일까! 이 곳을 직접 가보지는 못하였지만, 내가 복무한 최전방만 하더라도 동식물이며 곤충들까지도 아무 것에도 시달리지 않고 천부의 본능대로 살아가는 안락한, 개성대로의 땅이다.

그것도 세계에서 유일한, 인간들이 「이념」이란 차이로 만들어진 비극의 땅이었다. 그런데 통일이 된다고 하자. 누가 고대하지 않았던 사람이 있으랴! 하지만 통일에 앞서 이 땅을 어떻게 관리할 것이냐 하는 문제가 먼저 논의되어야 할 것 같다.

방법이야 두 가지다. 원래의 모습대로 소유주들에게 환원하는 방법과 현재대로 원영히 보전하느냐다.

전자일 경우에는 많은 문제점이 따른다. 개간을 소유주 각자가 할 것이냐 국가에서 할 것이냐 하는 문제도 있지만, 누가 하든지 매설된 지뢰, 포탄 기타 사고로 인한 인명피해도 간과할 수 없는 일일 게고, 그것보다도 약 반세기란 긴 세월 속에서 이루어진 생태계가 영영 업어진다는 생각을 하면 남는 것은 너무나 큰, 영원한 아쉬움이다. 인위적인 것이기는 하지만 다시 만든다고 가정해 보면 절대 불가능한 일이다.

나는 후자를 선택하고 싶다. 불행한 일이었으나, 남·북전쟁이 아니었으면 형성 될 수 없는 땅이었다. 전쟁과 한과 비극만이 연륜대로 켜켜이 쌓인 땅이지만 이제부터 시작한 통일이 완수되면 환희의 땅, 희망의 땅, 민족의 보고로서 영원히 전해질 수 있는 금싸라기 같은 땅으로 만들었으면 하는 생각에서다.

우리는 각종 건물의 대지로, 이농현상으로 면적도 알 수 없을 만큼의 엄청난 농경지가 농사를 할 수 없는, 하지 않는 땅으로 전환되었다. 그러고서도 쌀만은 남아도는 실정이지 않은가. 물론 비무장지대를 개발한다고 전면적을 농경지로 환원하는 것은 아니겠지만, 어떤 형태로 바꾸던 간에 그대로 보존하는 것 이상의 것으로 꾸민다는 것은 불가능한 일이다.

그대로 보존하는 것을 원칙으로 해야한다. 그래서 세계 유일의 생태계, 연구지 또는, 관광지로 설정하고 선별적으로 출입을 제한

한다면, 행정적으로나 경제적 시간적으로도 큰 문제가 되지 않을 것이다. 그리고 도로 개설은 이미 결의된 것 외에는 북측에서 파놓은 땅굴을 이용하는 방법도 생각할 수 있다. 당장은 북에서 응하지 않을는지도 모르겠으나 만일 불응한다면 그것은 너무 근시안적인 태도다. 언제고는 이루어질 통일 후의 세대들은 오늘과 같이 「이념」을 달리 하지는 않을 것이다. 만일 「이념」을 달리한다면 그것은 완전한 통일 수가 없다.

그리고 이 비무장지대의 처리문제는 물론 거국적인 중대사이지만 행정 구역 면에서는 약 이 강원도에 속해 있으므로 강원도로서는 더욱 적극성을 가지고 누구보다도 한 발 앞서야 한다. 그래서 비무장지대(非武裝地帶)를 신비가 무성한지대(秘武裝地帶)로, 다시 말하면 온갖 신비로움으로 가득 찬 땅으로 만드는 것이 거시적인 강원도의 과제라고 하겠다. 그래야 미래의 땅이란 강원도의 명분도 기리 빛날 것이다. 임시발복이란 단편적인 안목보다는 천추(千秋)를 바라보는 원대한 숙고(熟考)가 요구되는 문제일 게다.

2002. 10. 11.

우리 나라의 수해

세계의 기후가 예측할 수 없는 시대가 되었다. 아주 옛날에는 일기예보가 있을 리 만무했다. 각자 경험에 의하여 짐작했을 것이다. 일기예보가 언제부터 시작되었는지 서민들은 잘 모르고 현대를 살고 있다. 내가 경험한 50년대만 해도 일기예보의 적중률은 매우 낮아서 그나마 라디오에 의존했다가는 낭패를 당하는 사례가 더 많았다. 그런데 최근에는 시간단위까지 접근하는 신빙성이 있어 우리 생활에 적지 않은 편의를 제공하는 것만은 사실이다.

그러나 문제는 그 예보를 알고도 피할 수 있는 방법이나, 시간적인 여유가 없어 속절없이 피해를 당하고 마는 경우가 대부분이다. 이런 경우는 설마' 하는 요행을 기다려 보는 심리이고 또, 하나는 알고도 피 할 방법이 전혀 없는 막다다른 골목의 입장이다. 그러니 자연재해라기보다는 인위적인 경우라고 하겠다. 작업장에서도 '안전제일' 이란 문구를 자주 볼 수 있고, 사고가 발생했을 때 '안전불감증' 이란 말도 귀에 익은 말이다. 그런데도 각종 사고가 빈발하는 것은 담당자나 당국의 책임의식이나 사명감 결여에서 오는 것이라고 생각된다. 사실 그보다 더 큰 원인은 사회적인 불신심리라고 하겠다. 이 사회적인 불신심리는 어디서부터, 무엇으로 연유되었는지 등은 사회심리학자의 연구과제라고 보아야하겠다. 그리고 어떤 결과이던 간에 수습은 자신이 물신 양면으로 책임지는 것이 아니라는 데도 문제는 있다 .좋게 말하면 多情일 수도 있겠지만, 다정도 병이 된다는 것은 옛 시조를 통해서도 우리는 다 알고 있지 않는가.

우리는 태풍의 계절만 되면 수해는 연례 행사인 양 한다. 06.7.28일 18.40분 경 YTN 뉴스에서는 금연의 강우량은 작년도의 배이고, 73년만에 최대 강우 양이라는 보도였다. 전국적인 피해도 피해려니와 도별로는 강원도가 가장 피해가 큰 지역으로 알려졌다. 그 중에서도 인제 지구가 가장 피해를 많이 당한 것으로 알고 있다. 나는 인제며 원통, 서화, 기린도 더러 다니기도 했다. 그럴 때마다 인제 원통간의 하천의 넓이가 지나치게 넓은데도 그대로 방치했고 있다는 생각도 했다. 그리고 인제 원통간의 우회도로라도 개설했으면 하는 생각도 했었다. 그러나 이번 수해를 화면을 통하여 보고 듣고 그곳 하천의 넓이가 넓어야 했던 이유를 알았다. 나는 여기서 깨달은 바도 크지만, 그에 앞서 증오의 대상도 보았다. 아주 오래도록 기억에 남을 애석함도 있었다. 망연 자실 하는 당사자들, 땀을 아끼지 않는 자원봉사자들, 군인들. 이들은 모두 복구공사로 땀에 절은 옷을 소나기로 헹구는데, 그들 앞에서 같은 색으로 옷이나 갖추어 입고, 몇몇 사람과 악수나 하고, 귀로에는 골프장에나 들른 것이 사실이라면, 그것이 무슨 의미를 가질 것인가. 만일 골프장에서 공이 눈에 보였다면 그보다 더 파렴치함은 없을 듯하다. 어느 부인은 콘테이너 안에서 땀으로 범벅이 된 얼굴에 철없는 아들은 새 신발을 사 달라고 발버둥을 치고, 남편은 간 곳을 알 수 없는 입장이 된 처지로서 주체할 수 없는 눈물이 닦을 겨를도 없이 흐르는 모습을 보기나 했는지. 현실은 그런데도 민족을, 동족을, 운운하며, 언젠가는 관내의 유권자 여러분 할 수 있을까. 그들 중에는 맨땅에 엎드려 '일꾼이 되겠노라. 지역을 어떻게 하겠노라' 하고 또 표 구걸을 할 면목이 있을까. 만약 이런 인간에게 다시 공직을 맡긴다면 임명권자도 표를 던진 사람도 같은 사람으로 간주할 수밖에 없으리라.

한 때는 책임행정제도 있었다. 어떤 지역에 산불이 나면 책임자를 면직시켰던 실례 말이다. 그리고 치산치수만 웬만하게 된다면 수해는 줄일 수 있고,책임 행정만 실천되어도 기타 사고도 격감되리라고 생각된다.

끝으로 하(夏)나라 우 왕을 생각한다. 그는 천성이 겸손하고 성실한 사람으로 알려졌다. 순(舜)으로부터 치산치수를 부탁 받고 나보다 더 잘할 사람도 있지 않으냐고 사양했을 뿐 아니라, 직을 맡고서 13년간이나 집 앞을 지나면서도 집에 들른 적이 없다고 한다. 그는 기역자 자와 먹줄. 수준기를 항상 들고 다였으며, 물도 흐르고 싶은 곳으로 흐르게 한 것이 아니고, 흘러야 할 곳으로 흐르게 하였다고 한다. 중국을 9주로 나누고 길을 터서 교역을 하게 하였으며 개척, 개간도 하고, 둑을 쌓아 저수도 하여 우역(禹域)이라는 말도 생겼고, 13년간의 도보로, 등도 굽고 걸음 거리도 그만의 틀이 있어 후세 사람들이 우보(禹步)라는 말도 했다고 한다.

인제의 경우도 백담사 계곡, 서화, 기린방면의 물, 진부령, 미시령에서 흐르는 원류(源流)와 유속, 수량, 논을 경작했을 때 저수되던 수량, 밭으로 스며들던 수량등을 시·공간적으로 측량하여 민·관의 연구와 사전의 대비가 있었다면 매년 되풀이되는 수재는 최소화 할 수 있을 것도 같다. 그리고 일정 기간만 지나면 책임지

지 않는 업체들의 근시안적인 수로의 개설, 무리한 공사의 진행,
하상의 상승, 등 구체적인 측정이나 연구의 부족일 수도 있겠다.
이것은 비단 인제의 경우에만 국한될 문제는 아니다. 전국 어디서
고 지역 특유의 특성대로 깊은 연구와 노력으로 재해의 최소화를
성공하였으면 하는 기대로 어설픈 원고나마 작성해 본다.

06. 8. 21.

註 : 본고에는 일부내용이 타 원고와 중복되었음을 밝혀둡니다

암하고불巖下古佛의 심성心性

출전은 확실하지 않지만 옛날 우리나라 도 단위 행정구역이 8도로 되어있을 때, 강원도의 민심을 암하고불 또는, 암하노불이라고 하였다는 것은 누구나 다 아는 사실이다.

그래서 나는 이 고불의 심성과 강원도민의 심성을 강원도의 모든 것과 함께 다시 생각해 본다.

우선 고(古)자의 뜻은 옛날을 의미한다. 그러면 옛날이 우리에게 시사하는 것은 무엇인가, 온고지신(溫故知新)이나, 독서의 비율로서 고칠현삼제(古七現三制) 그리고, 어느 나라에서나 역사를 교육과정에서 중요한 일부로 편성하고 있다는 것을 살펴보면 답은 스스로 알게 된다. 다음은 불(佛)자인데, 곧 부처님을 의미한다. 각오군생(覺悟群生)을 할 수 있는 법력과 혜안을 가지신 부처님이시다. 다시 말하면 이와 같은 혜안을 갖춘 분은 부처님 한 분밖에 없다는 것이 불교의 정론이다. 그렇다면 고불(古佛)이란 부처님 중에서도 원로격의 부처님이 아니신가. 이 원로격의 부처님의 심성은 어떤 것이라고 해석하여야 할까.

심성이란 심성정(心誠情)을 말하는 것인데, 불교에서는 변하지 않는 참된 마음 즉, 진심(眞心)이다. 진심보다 더 소중한 것이 있을까. 이것이 발현되었을 때의 그 찬란함은 정말 가슴을 뛰게 할 것이다. 그런데 암하노불을 사전에 찾아보면, '산골에 착하기만 하여 진취성이 없고 어리석은 사람이란 뜻으로, 강원도 사람의 별명'이라고 되어있다. 그대로라면 강원도 사람은 착하기는 하나 진취성도 없고 어리석기만 하다는 말인가. 납득할 수 없는 말이다.

불계(佛界)에서는 우주에 충만한 것이 법신(法身)이라고 한다. 그러면 고불이란 바로 법신이시다. 이 법신이 강원도를 주관한다고 하면 영광이기도 하다. 그리고 강원도민의 심성이 고불의 심성과 같다면 오직 착한 마음으로 강원도를 운영하고 나아가서 전국을 그리고, 세계로 진출할 수도 있겠는데 왜, 진취성이 없다고 하였을까. 모를 일이다.

먼저 강원도를 구성하고 있는 각 분야의 요소를 살펴보자. 나는 현직에 있을 때 업무 차 도내는 가보지 않은 곳이 없을 정도로 다녀 볼 기회가 있었다. 가는 곳마다 명승지이다. 어느 곳이나 그 이름 앞에 명(名)자를 붙여도 손색이 없을 곳이라는 것을 절감하게 한다.

어느 도 단위 지방이라도, 그 지방을 대표하는 명승고적은 있게 마련이다. 그러나 우리 강원도만큼 빼어난 자연조건을 고루 갖춘 지방이 있던가.

현재 금강산만은 북에 있지만 그 면적으로는 2/3가 휴전선 이남이라고 한다. 성삼문의 '금강산 제일봉의 낙락장송'도, 고성의 금강산 화암사 맞은 편에 있는, 화암 옆에 있다는 TV 보도도 보았다. 그리고, 금강산에 버금가는 설악산은 국내는 물론 세계적인 산이 아닌가.' 외설악, 해금강, 여기서 흘러내려 하늘과 함께 출렁이는 맑고 푸른 동해, 비경(秘境)의 관동팔경, 그 외에도 각 현마다 진산(鎭山)이었던 산들도 있고, 오대산, 치악산, 대성산, 금학산, 등도 명산대열에서 부족함이 없을 듯하다. 영(嶺)으로도 대관령, 한계령, 진부령, 광치령은 영 중의 영이라고 하면 과장일까. 명산마다 의연한 명찰, 신흥사, 낙산사, 월정사, 백담사며, 파도가 들고나는 홍연암도 암자(庵子) 중의 명암자가 아니랴. 낙산의 해수관음상도 잊어서야 되겠는가.

　뿐이랴. 강하(江河)도 타도를 불허한다. 내륙 고원지대를 가로지른 한탄강, 일백굽이나 된다는 정선의 조양강, 한강의 상류도 강원도가 발원지이고, 소양강은 대중가요로서 각국 교포들의 애창곡이라고 하지 않는가. 호수로도 청초호, 신라 때 국선(國仙)이 머물렀다는 영랑호, 송지호, 비록 인위적이기는 하지만 소양호, 중공군 1개사단을 물리쳤다는 파로호, 등도 명자를 붙인다고 허물이 될까?

　냇물(川)로도 송강이, '태백산 그림자를 동해로 담아가니' 라고 한 삼척의 오십천, 단오제로 유명한 강능의 냄대천, 연어의 회귀천인 양양의 남대천이며, 평야로도 평강평야와 이어지는 철원평야는 강원도 쌀 생산양의 1/5이 이 평야에서 생산된다. 그리고, 머지 않은 옛날까지도 강원도의 주식이었던 감자 ,옥수수 ,메밀, 산채까지도 이제야 진가가 나타나지 않는가. 한 때 도읍지이기도 했던 철원, 고석정은 그림엽서 그 자체이다. 그리고 백마고지, 노동당사. 샘통은 천연기념물 245호이고, 도피안사의 비로자나불은 국보 63호이다. 특히 비무장지대는 인위적인 것이기는 하지만 전 세계에서 단 한 곳밖에 없는 생태계의 원시림이므로 통일 후에도 그대로 보전되었으면 하는 여망이 머무는 땅이기도 하다.

　끝으로 인맥도 살펴보자. 서면에서 영민하는 고려의 명장 신순겸, 성리학의 대가 이율곡, 의병장 유인석 윤희순 여사 부부, 김제

남, 남궁억 선생님, 현재도 대관령 시비에 새겨진 사임당의 자모시, 그의 그림 초충도, 여류시인 허난설헌, 이미 그 당시에 해외 진출을 종용했던 허균, 그의 홍길동전, 신문학의 이효석, 김유정, 그 외에도 강원도를 연고로 한 시인묵객은 얼마였으며, 짧았던 임기가 아쉽기만 하지만 최고 통치자까지 배출한 강원도인데도 폄척(貶斥)하는 것은 천부당 만부당한 일이 아닐 수 없다.

게다가 현재로도 양양의 국제공항, 경의선의 복원, 육·해 항로의 개설, 한 때 무연탄의 대규모 집산지였던 태백의 카지노, 거의 확실시 되어가는 2014년 평창의 동게 올림픽의 개최는 국제적으로도 대표적인 행사가 아닌가. 도정(道政)의 수반을 비롯하여 관계 관들에게도 감사의 뜻을 보내고 싶다. 이와 같이 단계적으로 약진하는데도 어리석고 진취력이 없다는 견해는 옛날 어느 한 때의 근시안적인 소견이라고 해야 할 일이다.

지리,역사적으로나 자연 인문 분야로 보아도 부족함이 없는 강원도인데도 어리석다느니, 감자바위라느니 하는 비유는 그야말로 구시대의 편견이 아닐 수 없다.

누가 무어라고 하더라도 고불의 심성같은 마음과 혜안같은 지혜로 뜻을 모으고, 강원도민은 강원도를 사랑한다는 일념으로 아끼고 가꾸어나간다면 강원의 참모습과 진실, 그리고 이상의 실현도 그렇게 어렵지만은 안을 것으로 믿어진다.

부처님은 정리(正理)를 깨달으신 성자(聖者)이시고, 우주를 주관하시는 주체이신데 무었을 탐하시랴. 강원도와 같이 수려한 땅에서 중생들은 알듯 모를듯한 신비로움으로 강원도의 다음 세기를 헤아리고 게실 것이 분명하지 않은가 !

2003. 4. 23.

3

은행잎이 지던 날 밤

鴨綠江은 흐른다

압록강은 흐른다. 그래 물이니까 흐르지. 그저 그렇게 보아 넘길 수 없는 것이 압록강이다. 그것은 천하에 큰 물이 셋이 있으니, 황화와 장강, 압록강이다. 열하일기 도강록 서에 있는 말이다. 따라서 물빛이 오리 대가리처럼 푸르기 때문에 압록강이라고 했다는 말도 기록되어 있다.

어제는 두만강을 보고 오늘은 압록강 변에서 신의주를 건너다본다. 배의 국적도 헤아릴 사이도 없이 배에 올랐다. 모두 2층으로 갔다. 조금이라도 더 멀리 보고 싶은 마음에서일까. 갈 때는 뒤로 가던 배가 강심을 조금 지났는가 했는데, 올 때는 앞으로 와서 떠나던 자리에서 멈춘다. 꿈에 떡 맛보듯 하는 유람선이다. 한강의 유람선과는 비교가 되지 않는다. 옛날 고깃배 정도인데 다만 2층이라는 것뿐이다. 잠간사이다. 너무 싱겁다고나 할까. 우리가 돌아서자 조금은 큰 배에 남녀 군인, 사복한 사람들이 탄 배가 물결을 따라 사선으로 흐르는 듯하더니 철교 못미처서 선다. 전시용인지도 모르겠다. 물은 흐렸다. 오전까지도 비가 내렸다. 아직 구름은 개이지 않는다. 부유물들이 강변으로 밀린다. 상류에서 비가 내린 탓일 게다. 건너다보이는 강가 2m정도의 시멘트 옹벽 위로는 주민으로 추정되는 사람들이 앉아있고, 강변에는 폐선 몇 척이 바람에 밀린 듯이 정박해 있다. 아희들은 그 흙탕물 속에서 목욕도 하고, 족대를 들고 고기도 잡는다. 누군가 저것도 어구라기에 건너다보니, 처음 보는 것이다. 직경이 5~6m 쯤으로 보이는 삿갓 모양의 어구다. 아마도 물에 갈아 앉히었다가 끌어 올려 고기를 잡는 모양이다. 버드나무 숲 사이로 3층 건물이 두어 채 보인다. 아래쪽 건물은 북한의 조선소란다. 그 너머로는 아희들 놀이터라는데 '런던아이' 같은 큼지막한 원의 상부만 쓸쓸한 표정으로 서 있다.

강변으로는 시멘트로 포장된 도로가 뻗어있다. 의자와 등나무를 올린 쉼터도 마련되었다. 이곳이 강변 공원이란다. 이 길 뒤편은 일반대로, 길을 건너면 상가가 즐비하다. 단동이라는 곳이다. 나는 한국에서 남의 나라를 바라보는 기분이었다. 그러나 실은 남의 나라에서 내 나라를 보는 것인데, 이와 같은 착각에서 다시 건너다보곤 했다.

물은 많은 것을 상징한다. 창조의 원천, 생명력, 생산력, 정화력, 신의 처소, 그러나 대표적인 것은 풍요다. 하지만 강은 경계선이나 이별을 대표로 한다. 그래서 애상과 애조를 띈다. 나는 고려가요 공무도하가나 월인천강지곡을 수업하던 내용도 상기해보았다. 정지상의 송군(送君)도 연상되었다. 이 시의 배경은 대동강이다. 신의 시상이라고 극찬을 받았던 것은 '대동강물은 영원히 마르지 않을 것이다. 해마다 이별의 눈물을 더하기 때문' 이라고 읊은 대목이다. 압록강인들 무어 다르랴. 끊어진 철교 아래쪽으로 다리를 새로 건설했다. 트럭이 가끔 단동으로 들어오는 것도 보인다. 다리를 건널 때는 천천히 조심해야 하는 모양이다.

  서지자료에 의하면 이 철교는1908~1911. 10월에 준공되었고, 연 인부 5만 명, 건설비 175만원, 944Km, 동양무비의 다리다. 아치 12연으로 중간에 개폐식 장치를 갖추었던 다리라고 한다. 특색은 자동차와 가운데로는 궤도를 깔아 기차가 통행할 수 있는 다리였다는 것이다. 그러나 6.25라는 비운을 만나 중심부가 끊어지고, 신의주 쪽으로는 다리발만 임 잃은 나그네처럼 쓸쓸한 모습으로 서 있다. 압록강. 해모수와 유화가 사랑을 나누던 신화는 삼국사기, 삼국유사, 동국이상국집, 제왕운기, 신증동국여지승람에도 남아 있고,중국의 역사 기록물에도 남아 있다고 한다. 이 상국집에서는 신화적 사유의 대상이던 압록강이 후대에서는 시적 정서를 표출하는 배경으로, 이 현재의 시에서는 이한림을 조정으로 보내는 이별의 정을, 권근의 압록강을 건너다. 강희맹의 압록강을 지나면서. 성주엄의 성에 올라 압록강을 바라본다. 이들 시에 나타나는 이미지는 상록, 흘러간 뱃놀이의 풍치 등에 속한다고 하겠으나, 같은 사람이라고 하더라도 또 다른 시에서는 그 정서를 달리 하기도 한다. 뭐니 뭐니 해도 압로강이 문학 작품 속에 나타나는 주된 이미지는 변방, 국경으로서의 이미지라고 하겠다. 시조로는 병아가곡집과 진본청구영언에 있는 홍서봉과 장 현의 작품을 들 수 있다. 병자호란으로 효종이 인질 수란을 당할 때 수행한 홍서봉과 배웅한 장현의 시조에서는 처절한 정한이, 강변의 풍경과 함께 애절하게 읊조리고 있다. 우리나라 북방 국경이었던 압록강은 시대변화와 중국과 교류가 많아지면서 문학작품 속에서도 구체적인 모습으로 들어 난다. 박지원은 열하일기에서 그의 주된 실학사상과 박진감 넘치는 표현, 묘사며 풍취 느낌, 심리적 기대감 등을 통하여 압록강은 대륙과의 경계를 의미하기도 한다. 또 일제 강점기에 들어서면 압록강은 통한의 강, 눈물의 강이 된다. 광복 이후에는 김만

선의 소설집(1946)에 신경에 살던 조선인이 귀향하는 차 속에서의 이야기를 소설화 한 것이다. 여기서의 압록강은 조국과 등가적 의미를 띤다. 이미륵은 독일에 살면서 정직 선량함이 최고의 가치라는 것을 '압록강은 흐른다'. 라는 소설로 독일에서 베스트 셀러에 오르기도 했다. 이방인인데도 자기의 것을 포기하는 것이 아니고 파고 들어가 실천해 나가는 데 있다고 하였다. 여기서 자기의 것이란 압록강으로 표상된 뿌리 깊은 전통의 맥을 의미한다는 것이다.

그외에도 엄청난 사연과 역사를 함축하고 흐르는 압록강 변에서 나는 압도당하고 마는 무력함을 느꼈다. 압록강은 우리의 시조가 탄생한 신화적 공간이면서 시대적 변화에 따라 다양한 모습으로 민족의 심성에 비추어진 민족의 강이라고 하겠다. 앞으로 또 어떤 변모를 가져 올 것인지 말 할 이 있을까? 온 민족이 평화와 행복을 구가할 변모나 기원해 본다.

08. 7. 10.

석사천변의 풍광

냇가 길로 나선다. 매일 걷는 길인데 날마다 다른 풍광이다. 관심을 어디에 두느냐에 따라 다르겠지만, 나는 자연 풍광에 먼저 눈을 돌린다. 제일 먼저 눈에 들어오는 것이 잡초들이다. 파릇파릇 보일락 말락 하던 풋 싹들이 온통 초록 벌판을 이루었다. 약 8Km, 폭도 1Km는 됨직한 하천이다. 물이 흐르는 곳은 4~5m나 될까. 나머지 수십만 평이 잡초들의 각축장이다. 제각기 있는 힘을 다하며 용트림을 하는 것도 같다.

'착한 일을 하는 사람은 봄 동산의 풀과 같아서 나날이 자라는 것은 보이지 않으나 날마다 자라고, 악한 일을 하는 사람은 칼을 가는 숫돌과 같아서 갈리는 것은 보이지 않으나 날로 닳아 없어지는 것과 같다'고 한 동악성제의 옛 글귀를 떠올리면서 느린 걸음으로 걷는다. 노란 꽃이 지천이다. 아기똥풀, 국수뎅이, 국수맨드라미, 미나리아재비 등이 한창이다. 어설픈 유채밭을 연상케 한다. 냉이 꽃은 하얀색이다. 슬프리 만치 간여린 줄기에 좁쌀 같은 꽃이 닥지닥지 붙었다. 그 외의 고들빼기, 엉경퀴, 솔구쟁이, 시금, 며느리 밑씻개, 볼그닥지, 메, 쇠뜨기, 질경이, 명아주, 닭기장, 쥐손풀, 야생 귀리, 보리풀, 씀바귀, 크로버 물갈대, 달맞이 꽃은 한뼘쯤 자랐고, 황새냉이는 밀쑥한 키에 망울만 맺히었다. 하늘의 별만큼이나 잡초의 수효도 많다. 문득 생각해본다. 하늘에 별이 없다면 얼마나 단조로울까 하는 생각을 한다. 만일 땅에도 풀이 없다면 얼마나 황량할까. 인간들이 편의상 잡초라고 이름 하여 일괄적으로 밀어붙이고 저희들 마음대로 다루지만 얼마나 존귀한 생명들인가. 저도 하나 나도 하나인 생명인 것을. 내 주변을 지켜주는 파수꾼들이 바로 그들이 아니겠는가. 봄나물을 뜯는 여인네의 모습은 한 폭의 민화다. 하지만 다래끼 대신 비닐봉지다. 머리 모양도 댕기꼬리나 비녀쪽이 아니다. 머리도 옷도 서양풍이다. 시대의 변천인 것을 어찌하랴. 모르는 체 지나친다. 그러면서도 한편의 아쉬움을 느낀다. 대부분이 쑥을 뜯는다. 쑥은 부황식물이다, 참쑥, 머리쑥, 제비쑥, 어디에서나 자생을 하면서도 흉년에는 인간의 생명을 구해주는 것이 쑥이다. 한국 사람이면 쑥국이나 쑥 된장의 맛을 모르는 이도 있을까. 원자폭탄이 떨어진 자리에 제일 먼저 돋아 나온 것이 쑥이었다는 이야기도 들었다. 그러나 쑥 자체에는 독성이 없다. 잡초 중에서는 인간과 가장 친숙한 관계의 풀이 쑥일 것이다. 그래서일까. 이른 봄 양지바른 언덕에 쑥이 고개만 내밀었어도 '쑤욱' 나왔다고 농담을 하고 반가와 하기도 한다. 이제는 쑥도 상품화 되었다. 살기에 바쁜 아낙들이 쑥 맛을 잊지 못하여 사서라도 맛을 보아야 하는 것이 쑥이다.

오늘은 비가 내린다. 우산을 받고 나갔다. 밤새 내린 비로 냇물이 제법 늘었다. 물은 검회색이다. 여울도 지고 소리도 내면서 흐른다. 비는 우산을 쓰고도 옷이 젖을 정도로 내린다. 소나기는 아니다. 오가는 사람들이 많이 줄었다. 없으려니 했는데 우산을 쓰고 스쳐가는 사람들이 그래도 있다. 아마도 궁금한 습성 때문일 것도 같다. 하얀 스치로폴 상자가 두둥실 떠나려간다. 어디로 갈까. 누가 버렸을까. 우유팩, 요구르트병, 깡통, 비닐조각 등이 래프팅 이라도 하는 것일까, 물은 왜 검회색인가. 나는 왜 이런 생각을 한다지? 아무 보람도 없는 생각을 하면서 냇물을 바라본다,

　비교적 이른 아침이다. 새들도 이리저리 날아다닌다. 채신머리 없는 할미새가 땅에 떨어지자마자 쪼르르 달린다. 겨울을 지키던 오리들은 떠나고 원앙만 남았다. 파란 색의 물총새도 날고 비둘기 참새는 단골손님이다. 이들도 밤을 지나고 배가 고파서 나선 것일까. 이렇게 조용히 비가 내리는 날, 정을 가지고 올 사람도 없는데 기다려지는 마음은 무엇 때문인가. 저것들이라도 없다면 얼마나 허전할까. 어느새 왜가리도 왔다. 한 마리가 정물처럼 서있다. 그런데 재미로운 것은 쇠백로 한 쌍이다. 옛날 같으면 대표적인 철새인데 이들은 그 추운 겨울을 이곳에서 났다. 무엇으로 연명을 했는지 신기하다. 고향도 타향도 없는 그들에게는 와도 그만 가도 그만일 터인데 삼동을 떠나지 않고 머물러 있는 사연은 내내 궁금하기만 하다.

2006. 5. 6.

註 : [석사천] 춘천시 석사동과 퇴계동 사이를 통하여 서쪽으로 흐르는 개울

해발 칠백 고지에 올라

사람의 수령(樹齡)을 표고(標高)에 준한다면, 하루를 1미터로 치면 너무 높을 것 같고, 10년을 1미터로 치자니 너무 낮을 것 같아서 1년을 10미터로 계산해 보았더니, 나는 금년에 해발 700미터 고지 능선에 오른 셈이다. 그것도 두보의 시구(詩句)대로라면 대단한 것이다. 인간이 칠십을 산다는 것은 드문 일이라고 한 것을 보면 예사로운 일은 아닌 것 같다.

게다가 인간의 수명에는 목표가 없다. 신의 뜻이라고 해야 할까. 그저 살다보면 세월이 가고, 세월이 가면 그 세월들에 따라 살아온 제 나름대로의 발자취가 아로새겨진 나날들만 스쳐갔는데, 더러는 망각의 무덤에서 잡초로 자라 피고 지고 또, 더러는 사랑으로, 상처로, 영광으로, 치졸이나 치욕으로, 행과 불행이 교차하면서 잊혀지지 않고 기억으로 남는 것을 우리는 추억으로 간직하게 된다.

그런데 나에게 가장 진한 추억으로 간직되어 있는 것은 3가지의 착각이다. 지난 11월 18일은 내가 700고지의 정상에 설 수밖에 없었던 날이다. 실제로는 11월 27일, 음력으로는 11월 2일이었는데,

아이들(5남매)의 각자 사정에 따라 18일로 날을 앞당겨 잡았다. 그리고 그날은 나의 칠순만이 아니고, 석달 아래인 아내의 칠순과 나의 『수필집』 "철(사리를 분별하는 지혜와 계절의 뜻으로) 잃은 뻐꾸기네들" 출판기념회와 3가지를 겸하여 팔래스 호텔에서 소연(小宴)을 갖기로 했다. 그때 답사에서도 나는 이 3가지의 착각을 말한 적이 있다.

나의 그 3가지의 착각이란, 첫째가 내 부모님은 돌아가시지 않으실 것으로 믿었었는데 이미 작고하신 지 30여 년이 지났고, 둘째로는 돌아가신 후에는 나를 위하여 전 여생을 희생하셨던 부모님이시기에 만득자인 나와 손자들의 재롱이 궁금하시어, 꼭 한번 다녀가실 것 같은 기다림으로 살고 있는데 아직 다녀가시지 않았으며, 셋째로는 나는 학생들이 불러주었던 별명처럼 만년 청춘으로 살 것을 믿어왔는데, 내가 이 인생의 해발 700고지(70고개)의 능선에 이르렀다는 점이다.

그날 나의 이 착각에 더욱 새로운 단청을 해 준 것은 모대학 오교수님의 축사다. 고희연이나 출판기념회라기 보다는 결혼식 같은 분위기를 느끼게 한다는 내용에서 하객들도 동의한다는 듯이 환한 웃음을 띤 표정들이었다.

그 자리의 주인공인 나는 상차림을 한 단상에 앉아 있었다. 앞에는 잔치상이 차려져 있었고, 우측에는 창수회에서 보내주신 화환이 서 있고, 좌측에는 이윤근 교감과 김원자 원장 부부 제자가 대형 자기 접시(직경 70cm)에 축하한다는 큰 리본을 느려 놓았고, 자식들로부터 시작하여 질항(姪行)들이며 친지 분들까지도 권하는 잔을 받다보니 취기도 어느새 나를 감고 돌았다.

게다가 우리나라 인간문화재인 양승희 박사의 문하생들이 가야금 산조와 병창을 연주할 때, 나는 책에서나 보았던 선연(仙緣)이라도 맺어 지는 듯한 감흥도 느꼈다.

그러나 어느새 나를 밀치고 지나간 세월이 나를 이 칠십이란 고개마루에 세운 것이다. 실감할 수 없는 이 고지에서 내게 밀려오는 추회도 만만치는 않았다. 꽃구름, 흰구름, 먹구름도 지나가고 돌풍과 폭설, 폭우도, 해일도 또 지나가고, 목이 메는 쓰라린 죄의식까지 지나가고 난 다음에야 5월의 하늘을 쳐다볼 수 있었다.

옛날의 울릉도 같이 바퀴 달린 기구라고는 없었던 마을, 어쩌다 지나가는 비행기를 쳐다보며 신기해 했던 시골에서 태어나, 지게 목발(지게 다리의 맨 아랫부분) 장단이나 치면서, '노세 젊어서 노세.', 초부(樵夫)의 노래가락이나 메아리치던 벽촌에서 탈출한 후 산전수전 다 겪으면서도 그나마 평생을 교육공무원으로 녹을 먹었고, 의식주 그리 아쉽지 않은 5남매를 바라보며 축배도 마셨으니, 범우(凡愚)로서 더 바라는 것이 있다면 그것은 나의 과욕이라고 생각했다.

그리고 나는 평소에 '자식이 부모만 못하면 그 가문이 망하고, 제자가 스승만 못하면 그 나라가 망한다'고 강조해 왔는데, 자식들이야 이제 제 인생은 제 몫이지만 인간문화재를 비롯한 훌륭한 제자들도 그 자리에서 많이 만났으니, 그것도 인생삼락(人生三樂)의 하나가 아닐까 하는 생각도 들었다.

그러나 이렇게 살다보니 그동안 친인척 간에도 소원했고, 선영(先塋)에도 소홀했으며, 질항(姪行)들이며 당내에도 할 일 다하지 못한 여죄는 아직도 남아있다. 그러니 어찌하랴.

그래서 나는 어떻게 살 것인가를 생각하지 않고 무엇을 할 것인가를 찾기로 했다. 그렇다고 이제 경천동지(驚天動地)라도 할 수 있는 꿈을 꾸겠는가, 아예 그러한 위인도 되지 못하면서, 사소한 일이라도 의의(意義)있는 일을 찾아 보자는 것이다. 이런 뜻에서 무식한 허물이나 한켜 더 벗어보려고 모 대학원에 응시했다가 영어란 벽을 넘지 못한 후, 부모님께 속죄하는 뜻에서 농사일도 조금 하면서 습작에 불과한 원고를 쓰며 소일하고 있지만 무엇인가를 찾겠다는 희망은 아직 버리지 않았다.

어떤 이는 건강이나 지키며 살라하고, 또 누구는 여생이나 즐기며 살라고도 하고, 또 더러는 여행이나 하면서 세상구경이나 하자며 권유도 한다. 그러나 나의 생각은 다르다. 없는 일을 만들어서라도 해야 마음이 편한 것은 나의 천성이라고 하더라도, 태어나면서부터 의의 있는 동작으로 시작된 것이 인간이라면 인생이 끝나는 날까지도 그 동작은 연속 되어야 한다는 것이 나의 지론이기도 하다.

2000. 12. 21.

은행잎이 지던 날 밤

은행잎이 지던 날 밤 이 교장은 떠났다.

그는 내가 동해 모 중·고등학교로 초임발령을 받고 부임했을 때 중학교 1학년이었다. 나는 고등학교 국어교사로 발령을 받았는데. 그 때만 해도 영어교사가 부족하여 반은 중학교 영어를 담당해야 했다. 초임인데다가 3학년 국어를 담당했으니 교단이 낯설기도 했다. 학생입장에서는 만족할 리가 없었을 것이다. 그런데도 연구수업도 해야 했다. 수업 평도 처음 들었다. 목소리가 너무 크다는 것이다.

이렇게 2년 여를 있다가 W시 여상고로 전근이 되었다. 그때는 현장에서 터득한 경험으로 그런대로 업무도 수업도 뒤지지는 않았다. 앞서려는 노력으로 일관했을 뿐이다.

이렇게 계절은 바뀌고 태양은 모든 것을 싣고 어디론가 지나쳐 가기만 했다. 근 20년 정도는 되었을 무렵이다. 나는 W시에서 C시로 왔다가 다시 W시 모 여고로 전근이 되어 주말 가장으로 오가곤 했을 때다. 서쪽 산 그림자가 강에 잠겨 씻기우는 무렵이었다. 차창으로 들어오는 햇살도 따갑지 않았던 기억으로 보아 가을이었던가? 초여름인 듯도 하고.

차표를 들고 차에 올라 자리를 찾는데 누가 일어서더니, 선생님 아니세요, 하고 육상선수로 열심히 훈련을 하던, 내가 담임을 했던 김양이다. 이어서 옆자리에 있던 남자가 일어선다

S선생님 아니세요. 인사를 한다. 이 군이었다. 그들은 어느새 성장을 하여 초등학교 교사로 근무하다가 결혼을 했다는 것이다. 그로 인해 부부교사가 되었고 나로서는 부부제자를 만나게된 것이다.

그 이후 세월은 또 꼬리를 끌고 달려만 갔다. 그러나 어떤, 극적인 동기가 있었던 것도 아니지만 잊혀지지 않을 정도로 서로 소식은 주고 받았다. 그러더니 어느 해인가 경기도로 타도전출을 했다며 소식을 전하더니. 교감으로 승진했다는 소식. 교장 연수를 마쳤다는 소식등 희소식만 전해 들을 때는 교직의 보람을 다시 상기하기도 했다.

그들은 참으로 어진 교사였고. 후회 없는 부부였다. 이 교장이 중학교 다닐 무렵 작달막한 키에 학생모자를 쓰고 시오 리 쯤이나 됨직한 시골 마을에서 타박타박 도보로 다녔고. 교단을 떠나 피아노학원을 경영해 온 김 원장은 그 무더운 여름날 오후에도 땀을 쏟으며 100m 연습을 하던 두 사람의 모습을 나는 지금도 기억한다. 이 교장은 주로 학교 운동선수들을 지도하면서 김 원장의 수입까지 선수들의 체력단련에 투자했던 폭넓은 선생님이었다. 교직을 천직으로 제자들은 자선으로 가슴에 품고 살아온 부부였다.

97년 내가 정년으로 퇴임식을 하던 날이다. 이교장 부부가 왔다. 정성스럽게 포장했던 상자에서 자기를 꺼낸다. 한쪽 면에는 김홍

도의 서당도를 그리고. 다른 한면에는 보은(報恩)이라는 제하에 S 선생님, 기나긴 세월 무던히도 인내하시며 사랑과 자혜로 감싸주심에 감사의 마음을 자기에 담아 영예로운 퇴임을 맞아 드리오니 부디 만수무강하시옵기를 기원합니다. 서기 1997. 2. 21일 제자 이윤근. 김원자 드림]이라고. 부부의 뜻을 담은 항아리였다. 나는 이 자기를 볼 때마다 어느 새 초로로 들어선 그들의 원숙과 관용에서 자신을 돌아보곤 했는데…….

지난 8월 문득 궁금한 생각이 들기에 김 원장에게 전화를 했더니, 이 교장은 간암이 다른 곳까지 전이되어 수술도 불가능하다는 진단을 받았고, 그 날 마침 퇴원을 하기로 했다고 한다. 전화를 바꾼다

허허 웃으며 이제 살만큼 살았는데요 뭐. 선생님 좋은 글 많이 쓰세요다. 그렇게 허탈한 웃음까지 웃는다. 생을 체념하기까지의 고민과 고통은 어떠했을까. 2년마다 실시한 공무원 건강 검진은 왜 실시했으며. 교감 교장으로 승진 할 때마다 검진은 왜 또 했는지. 무엇 하나 믿을 수 없는 제도를 고안한 사람에게도 보수는 지급했겠지?

어제 오후 전화를 받았다. '선생님 그이가 갔어요' 목이 메인 한 마디다. 무엇이라고 해야 할지 말을 잃었다. 며칠 전에 '9월 1일 신임 교장으로 부임한다기에 한번 찾아가 얼굴이나 보려고 했는데 생각에서 끝나고 말았다.

아침에 일어나니 기온은 갑자기 영하 4도 이하로 뚝 덜어졌다고 한다. 버스를 타고 믿기지 않는 한시간. 그의 빈소에 가니 영정으로 세워 놓은 사진은 여전히 미소 띤 모습 그대로 살아있다. 다시 보아도 그는 미소를 걷우지 않는다. 빈소에는 이 교장 외아들과 그의 형이 있다. 김 원장은 보이지 않는다. 입관할 때 쓰려져 응급실

로 갔다고 한다. 가슴은 한 계단 더 밑으로 구른다. 빈소가 빈집같이 허전하다. 허둥대는 걸음으로 그저 걷다가 터미널에서 차표를 샀다. 격동이 지난 비애가 잔잔한 슬픔으로 차바퀴를 따라 포장된 도로 위로 침묵의 선을 긋는다.

　돌아오는 길에 은행나무 가로수의 인도를 걸었다. 봄에 옮겨 심은 애송이 나무들이 아직 뿌리를 제대로 내리지 못하여 겨우 모양이나 갖춘 자그마한 잎들이 마치 강변에 모아진 조약돌들처럼 옹기종기 쏟아져 있다. 더러는 아직 단풍도 들지 않은 파란 잎들이 아스라하게 내려앉았다. '루사'가 비극만을 남기고 가더니, 기온도 급 하강을 한다. 오늘이 상강이기는 하지만 어제만 해도 영상이던 날씨가 하룻밤 사이에 영하, 그것도 영하 4도 이하로 급 하강이다. 그래서 파란 잎도 떨어지나보다. 조금 먼 곳에서 보니 수천 수만 마리의 종이학을 접어서 깔아 놓은 풍경이다. 다시 보아도 그렇다.

　어쩌면 이교장의 사연을 대신 표출하는 것일까. 아직 부임해서 정착도 못했고 낙엽으로 질 나이도 아닌데, 급강하하는 기온처럼 떠나야 했고, 그의 영혼을 종이학에 태워서 천국으로 인도하려는 하느님의 뜻이었을 것으로 믿고 명복이나 조용히 빌어주는 수밖에 없음이여.

2002. 11. 8.

수재민들을 위한 독백

또 비가 옵니다. 빗소리에 조이는 가슴으로 유리벽 앞에 섭니다. 이제는 세찬 빗줄기가 낭만이 아니라 겁에 질리게 합니다. 해마다 수해 복구를 하기도 전에 또 태풍의 계절을 맞이하게 되기 때문입니다. 복구비도 지원해주려면 신속하게 해야 할 것 아닙니까. 전액을 지원하는 것도 아니면서 방문이니, 위로니, 조사니, 하면서 늦장이나 부리고, 제 볼일 다보고 언제 하자는 것인지요. 게다가 복구공사까지도 부실공사라니 어처구니 없는 일이 아닙니까. 금년에도 벌써 태풍이 한 차례 지나갔는데 만약 앞으로도 몇 차례 또 태풍이 오면 어떻게 한다지요. 기억에 살아 남은 사례를 상기해 봅니다.

태풍의 이름은 미국 태풍 경보 쎈터에서 붙였었는데, 그 위력이 약하기를 바라는 뜻에서 여성적인 것을 선택하는 것이 통례였습니다. 그러던 것이 2000년부터는 태풍위원회 회원국이 명명하는 이름을 번갈아 쓰고 있다고 합니다. 그리고 97년 30차 태풍위원회의 결의에 따라, 그 나라 고유언어로 쓰기로 했고. 92년 32차 위원회에서 14개국, 140개의 이름을 결정했다고 합니다. ‘루사’ (삼바·사슴의 뜻)는 말레시아에서, 작년 8호 태풍은 우리나라에서 ‘고니’라고 하였는데 그 위력이 미미하여 느끼지도 못하는 사이에 지나갔다고 합니다.

그런데 지난해의 ‘매미’는 북에서 명명한 것으로 배경은 모르겠으나, 그 나라와 공통성이라도 있는 것인지 ‘사라’ 호를 능가했다고 하니 어이가 없습니다. 북의 핵문제가 연일 세계를 떠들썩하게 하더니, 무슨 상관관계라도 있는 것일까요? 미국의 테러사건, 이라크 전쟁, W.T.O. 경제문제등 세계도 소란하여 불안하고, 특히 우리나라에서는 I.M.F. 이후 구조조정, 퇴출, 합병이니 하면서 대기업은 차례로 무너지고, 중·소기업은 자금난으로 허덕이며, 실업율만 높아지고, 노숙자, 자살, 아파트나 한강의 투신자살, 고아, 화재 등의 뉴스들이 죄없는 서민들의 가슴을 조이는데, 그래도 명절이라고 고향의 부모형제, 선영에 성묘 차 밤을 새며 찾아간 귀성객들이 돌아오기도 전에 만조와 해일, 태풍까지 엎친 데 덮친 격이 되었으니 매미는 너무도 매운 매미였나 봅니다.

행여나 하고 T.V.의 체널을 돌려도, 껐다가 다시 켜보아도, 아수라장이 된 화면은 그대로이고, 기적이라도 기다리는 마음으로 아침 일찍 조간을 펼쳐도 같은 사진들입니다. 사망, 실종이 00여 명, 수확기에 접어든 수 10만ha의 유실된 농경지, 기우러진 해상호텔, 부서진 소형 어선들, 페차처럼 버려진 승용차들, S자 형으로 휘어진 철로, 끊어진 다리, 물위에 떠 있는 교각, 쓸어진 전주, 뿌리채 뽑힌 가로수, 상전이 벽해가 된들 이보다 더 혼란하겠습니까.

산사태로 쓸려간 내 살던 집, 난 데 없는 원목까지 출구를 막고, 만수의 수영장으로 변한 지하상가, 그곳에서 헤어나지 못한 최후의 순간을 상상해 봅니다. 얼마나 기막힌 최후입니까! 소름이 오싹

도치곤 합니다

손이라도 잡아야 잠이 들던 내 남편 내 아내, 쌔근대는 숨소리가 아직도 품에서 들리는 고, 귀여운 자녀들, 홀로 지키던 노모의 집을 쓸어 덮은 그 옆에서, 오열하던 어느 부인, 장미빛 약혼의 사랑도 물위에 떠 일렁였고, 만선의 희망으로 파도를 넘던 통통배의 어부님들, 부서진 배 조각이나 바라보는 영세어민들, 행방조차 묘연한 실종자들의 가족님들, 그 참절처절한 아픔, 가슴이 찢기고 대·소장이 끊기는 정과 정을 마감해야 하는 최후의 인륜을 누가 무슨 말로 위로 할 수 있겠습니까

강변 모래사장 같은 자갈밭에서 감자알을 모으던 농부님도 보았고, 된서리라도 맞은 듯한 배추 포기를 매만지던 아낙네도 보았으며, 쓸어진 벼포기를 묶어 세우는 군, 관, 민도 보았습니다. 쓰레기, 폐자재, 느닷없는 통나무까지 통로를 막고—. 그나마 가재도구의 안금을 씻어내는 아낙들의 부지런한 손길은 한층 더 가상스럽기도 했습니다만…….

이 순수한 서민들이 무슨 잘못이 있겠습니까. 이 원인의 대부분은 부정이요. 부패요, 부실공사라는 것을 자타가 공인하면서도 변명에 급급한 사례도 없지는 않나 봅니다. 변명은 현명한 것이 아니지요. 이유를 말하는 것은 자신의 비굴한 양심이랍니다.

어느 때이고 이 부정, 부패, 부실이 없어지는 날이 와야 국태민안하고 시화연풍하여 서민들도 격양가를 부를 터인데요. 그런데도 서울에서는 신당이야 구당이냐가 더 중요한 모양입니다. 참도 이상하지요, 벼슬이 높아지면, 호우도 태풍도 피해가나 봅니다.

오늘도 장대 같은 소나기가 쏟아집니다. 죄송한 말씀이오나, 그러니 이제 어떻게 하겠습니까. 희망과 의욕과 용기는 잃지 않으셔야지요. 어쩌다 살아온 세월이 3/4 세기를 지나고 보니 복구 현장

에 훌쩍 뛰어들어 흙 한 삽 뜨지 못하고, 앉아서 듣고 보기만 하다
가 하도 안타까와 몇 줄 보내오니, 충정으로 받아주시기 바랍니다.
 수재민 여러분 건강하신 의욕과 희망과 노력으로 복구와 재기의
영광 앞에서 밝은 웃음 보여주시고 만수무강하시기를 기원합니다

 지금도 붓듯이 쏟아지는 빗줄기 너머로 앞산이나 바라보는, 속
절없는 독백입니다.

2003. 9. 18.

알밤이 굴러오는 뒷들

알 밤은 사랑스럽다. 언제 누가 보아도 싫지 않은 것이 알밤일 게다. 현재 40대 이상이면 알밤과 대추에 대한 추억은 요즈음 젊은이들과는 사뭇 다르리라. 그 무렵에는 유일한 군것질 거리였기 때문이다. 배도 고팠던 시절이다.

그런데 나에게는 밤 망태기가 없었다. 고작 조끼주머니나 허리춤을 채우고 나면 밤을 넣을 곳이 없다. 밤 망태기를 만들 줄도 몰랐다. 하는 수 없이 같은 반 친구에게 어려운 부탁을 했다. 그는 시간이 걸릴 것이라고 하면서도 그러겠노라고 한다. 그날부터 나는 싱글벙글이다. 막상 밤 망태기를 받고 보니 한말은 들어갈 정도다. 그 큰 망태기에 한줌 정도로는 성에 차지 않고, 망태기에 반이라도 채우기는 그리 쉬운 일도 아니었다. 어쩌거나 설빔 입은 기분으로 날도 밝기전애 앞산 밤나무 밭으로 달음질을 친다. 신발도 집신이다. 무서리 내린 새벽이라. 이슬도 차다. 이슬에 젖은 바지가랭이에는 풀씨가 달라붙고, 도꼬마리, 도둑놈의 지팡이 씨는 하나하나 뜯기 전에는 떨어지지도 않는다.종족의 번식치고는 까다롭기도 하다. 서쪽 산에 해가 우리면 그제야 집으로 내려온다.

해질 무렵의 앞산은 가을 햇살에 따갑다. 대게 태풍의 계절이다. 바람이 불면 동리 아희들은 또 시새워 앞산 밤나무 밭으로 오른다. 밤을 줍다가 없으면 밤나무를 쳐다본다. 키가 멀쑥한 밤나무가 나뭇잎 갈리는 소리의 장단을 맞추며 바람에 일렁인다. 밤나무 맨 윗부분의 몇 송이가 아람이 벌어 발갛다, 돌팔매질을 한다. 물매도 던져본다. 밤송이는 여전히 바람에 일렁인다. 고개를 젖혀 쳐다보던 아희들은 서슴없이 오른다. 나도 그랬다. 나뭇가지는 바람을 타고 좌우로 오락가락이다. 낮은 산이지만, 4부 능선 쯤 다시 7~8m 나무 위에서 바람따라 흔들리며 바라보는 들판은 황금파로 출렁이고, 마지막 피사리를 하는 이웃집 할아버지는 움직이는 허수아비다. 나직한 초가에서는 저녁연기가 피어오른다. 이미 호박꽃은 꽃 입을 다물었는데, 청초한 박꽃은 이 어스름에 어떤 임을 기다리는 것일까. 물동이 머리에 얹고 잰걸음으로 가는 이웃집 아가씨의 뒷모습은 산촌의 동양화다. 새도 날아들고 꼴짐에 목 매기 송아지 앞세운 초동 또한 한국의 진풍경이다. 하지만 모두가 서나서나(방언)사라져만 간다.

나는 이렇게 이런 환경에서 성장했다. 그러다가 느닷없이 청운의 뜻을 품고 금의환향 하려고 출향한 것이 아차. 한순간의 착각으로 오가도 못하는 타향살이로 귀결을 기다릴 수밖에 없으니 이것 또한 운명인지. 울 안팎으로 자두. 복숭아. 사과. 오이. 창외. 수박. 부추 달래며 온갖 과일 채소를 길러 한차 싫고 자식들 찾아다니려고 했는데 세월만 가고 나는 아직 제자리에 있다. 벽난로나 하나, 자그마한 2층 서재에서 내려다보는 양어장, 거위나 한 쌍이면 족할 터인데, 하도 어지러운 세상이라 꿈자리만 어수선하다.

한 가지 다행이라면 나는 어디가나 집보다는 공간이 넓어야 한다. 현재 있는 집만 해도 그렇다. 도심지다. 경사진 땅이 45평, 대지가 86평이다. 건물 25평을 빼고 나면, 60여 평이 공간이다. 잡다한 것을 많이도 심었다. 그 중주에서도 첫째가 모란이다. 이것은 내가 50년을 곁에 두고 애환을 같이 했고 다음이 밤나무다. 모란의 풍요는 이를 데 없고, 밤나무는 세를 들었던 산림청 직원이 개량종이라며 준 것인데 밤알이 탁구공보다는 크고 달걀보다는 작은 편이다. 탐스럽기는 이를 데가 없다. 하지만 맛은 재래종같이 진하지 못하다. 밤알이 떨어지면 툇마루 밑으로 또르르 굴러들어간다. 찾기에도 불편하고 성가시기에 4~5m쯤 되는 오래 전에 쓰던 플라스틱 관으로 마루 밑을 막았다. 그랬더니 방에서 글이라도 쓸라치면 툭 떨어지는 소리가 났는가 하면 풀 깎은 비탈을 굴러 저 나름대로의 종착점으로 굴러온다. 통 하고 소리가 난다. 알밤이 한 알 떨어져 와 있노라고. 일전에는 어느 친구가 찾아 왔다. 둘이서 뒤뜰 툇마루에 걸터앉아 정담을 나누는데 알밤 한 알이 또르르 굴러 그의 발 앞에서 머문다. 나는 예사로운 일이라 미처 느끼기도 전에 '아니 알밤이 발 사이로 굴러오네' 그는 고개를 들고 밤나무를 쳐다보며 매우 신기한 모양이다. 나는 전과 다름없이 이런 생각을 했다. 그래 뒷동산의 밤송이도 때가 되면 버는 것을…….

2005. 9. 26.

꿩이 우는 풍경

내가 자주 가는 밭 주위의 산은 말 발굽 모양이다. 시 지구이기는 하지만 변두리의 나직한 야산 기슭이다. 뛰는 동물들은 거의 없으나 나는 종류의 새들은 많이 서식하는 편이다. 산비둘기, 뻐꾸기, 박새, 무당새, 개개비, 솔새, 찌르레기, 꿩, 후투티(철새)도 가끔 보인다.

계절이 봄으로 바뀌면서 파릇파릇, 산들산들 봄맛이 일기 시작하면 많은 새들이 제 각기 짝을 찾는 소리로 봄날은 한결 더 생기가 돈다. 그런데 그중에서도 가장 자주 만나는 녀석이 꿩이다. 체구도 크지만 '꾸엉, 꿩' 하면서 우는 소리는 맞은 편 산까지 울린다. 게다가 장끼는 긴 꼬리에 의색(依色)이 화려하여 눈에 잘 뜨인다. 뿐만 아니라, 어딘가 장부다운 늠름한 기골에 호탕한, 낭만적인 멋까지 풍긴다.

맑은 봄, 하늘은 옥물이 흐르는 것 같은데, 흰 구름 한 자락이 머물고 동부새가 스치듯 지나강을 건너서 편도 6.7키로 미터를 걸어서 다녔다. 그 고개의 양쪽 구릉은 모두 외진 곳이라 꿩이 우는 소리는 귀에도 익숙했다. 그러나, 그 무렵에는 꿩의 울음 소리보다도 길섶에서 느닷없이 퍼드득하면서 날아가는 소리에 얼마나 가슴이 뛰고 머리칼이 쭈볏할 때도 많았다. 고개마루 성황당에는 금줄이 매어져 있고, 앵막이로 달아놓은 청 적 백색의 천 조각이 나부끼는 것으로도 겁을 먹었다.

그러나, 아침 일찍 등교할 때는 친구들과 같이 넘으니까 든든하지만, 귀가할 때는 학년차 때문에 혼자서 고개를 넘을 때가 많다. 특히 한 여름, 나뭇잎도 하나 흔들리지 않는 적요한 오후, 자글자글 쏟아지는 폭념을 헤치고 걸을 때는 깊은 바다속을 유영하는 느낌이다. 지금 회상하면 깊은 산사(山寺)의 동자승이 숲속 산길을 가고 있는 뒷모습을 연상케 한다.

그래서, 혼자 고개를 넘을 때에는 산 기슭 굽이를 돌며, 제발 오늘은 풀밭에서 꿩이 놀라지 않게 해 달라고 성황당을 바라보며 마음속으로 기도를 하기도 했다.

경사가 가파른 골짜기라 농경지도 별로 없는데다가 산으로 둘러싸여 후미진 곳은 무인지경(無人之境)이다. 안개가 낀 가을 아침에는 여우도 가끔 나타나고, 노루가 우는 소리에도 가슴을 떨곤 했다. 어느 날엔가는 몇 뙈기 안 되는, 다락논의 수원인 샘물에 엎드려 물을 먹는데, 저도(장끼)목이 말랐는지 느닷없이 날아와 성큼 앉자마자, 나를 발견하고는 화들짝 날아가는 바람에 나는 샘물에 얼굴을 콱 박고 꼬꾸라진 적도 있었다. 그 후로는 아무리 갈증이 나도 그 샘물에 가 물을 먹을 용기를 내지 못했다.

어느 봄날에는 장끼 두 마리가 진흙 밭에서 탈진할 때까지 싸우는 것도 보았다. 지금 생각하니 영역과 암컷의 독점을 위한, 필사적인 싸움이었는데 당시엔 그런 것은 몰랐다. 그저 예사로운 닭싸움 같은 것이라고 생각했을 뿐이다.

수구초심(首丘初心)이란 말과 같이 농촌태생이라, 퇴직 후에도 그나마 소일거리가 이 200여 평의 밭이다. 아무거나 되는대로 심고 가꾸노라면 남실남실 자라고 꽃피고 열매 맺는 것이 사랑스러워 밭에 들르지 않는 날에는 공연히 허전하고, 며칠 출타라도 했다가 돌아오는 날에는 우선 밭에 먼저 들르게 된다.

한 번은 늦은 아침에 밭에 갔을 때다. 밭 두렁에서 장끼란 놈이 상체를 일으킨 채, 치켜 든 머리에는 딸기같은 빨간 볏을 번득이며 두죽지를 반쯤 벌리고 우뚝 서 있다. 마치 이 골의 추장이라도 되는 듯한 기개(氣槪)를 보이면서.

소나무와 참나무, 더러는 밤나무들이 어우러진, 편자를 거꾸로 놓은 것 같은 산골짜기, 그 중간 지점으로는 거렁풀이나 자라던 옛 오솔길이 작은 고개 넘어로 이어져 초등학교 때의 내 모습까지 연상케 한다.

자연은 말이 없다. 그러면서도 5월의 자연은 은밀한 정으로 넘쳐난다. 모두가 단잠 깬 얼굴처럼 미소가 생글거리고 생활에 힘겨운 사람들에게도 활기를 넣어준다.

언젠가는 까투리가 몇 마리의 병아리를 데리고, 길에서 모이를 줍다가 차를 피하여 풀속으로 숨는다. 나는 사랑스러운 마음에 차를 세우고 살폈다. 새끼들은 풀에 묻혀 감감하고 어미(까투리)는 긴장된 모습으로 고개를 고추 세우고 경계하는 모습이 영역하다. 장끼보다는 살망한 몸매로 담·황·갈색에 담 흑색의 잔 무늬가 전신을 감싸 잔잔한 느낌을 준다. 고개를 고추 세우고 조금은 긴 편인 꼬리는 돌창살 같으면서도 가볍게 보인다. 나는 순간적으로 지극히 한국적이라는 느낌을 받았다. 한복 차림의 열 여섯 춘향이의 모습을 연상했다. 아니면 내 어릴 적 고향 마을 이웃에 살았던, 설빔을 입은 경이를 담 넘어로 훔쳐보던 기억이다. 상큼하면서도 날렵한 모습이 그랬다.

식품으로는 꿩하면 만두다. 일인들은 요사이 꿩의 요리로 샤브샤브를 별미로 친다지만, 어디 만두국에 비할 수 있으랴.

어느 날 문득 장끼를 잡아 보겠다는 생각을 했다. 그리고 아직 먹어보지 못했을 아희들과 꿩만두의 시식회라도 하고 싶다는 생각에 이르자 은근한 자신감도 싫지 않았다.

다음날부터 꿩이 제일 좋아하는 콩을 유인책으로 밭머리 으슥한 곳에 뿌려 놓았다. 예상대로 언제 와서 먹었는지 콩은 한알도 남김없이 없어졌다. 장소를 산속으로 옮겨 굵은 소나무 옆을 편편하게 고르고 콩을 뿌리고 덮었다. 콩이 콩나물 대가리처럼 싹이 트자 그것도 깨끗이 먹어버렸다. 일차적인 유인책은 성공을 한 셈이다. 콩이 콩나물처럼 싹이 터 올아 올 때, 콩쪽이 갈라진 사이에 낚시를 끼워 놓으면 되겠다는 방법도 생각해 보았다.

며칠 후의 일이다. 그날은 노을 질 무렵까지 있었다. 까투리 두 마리가 날아와 나리더니, 조금 후에 좌우로 헤어져 다시 숲속으로 든다. 아마도 서로 달리 둥지를 튼 모양이다. 그리고 밤에는 새끼들을 다독이는지도 모르겠다. 조금 후에는 장끼가 날아든다. 아마도 이곳은 그들의 영역이고 장끼는 작은집까지 두고 호탕(豪宕)한 삶을 누리는 모양이다. 그리고 보니 장끼는 두 마리를 동시에 본 적은 한번도 없다. 어쨌던 오늘 확인된 것이 세 마리. 잡힐 확률은 세배로 늘어난 셈이다. 기왕이면 그 늠름하고 화려한 장끼가 잡혔으면 좋겠다는 생각도 했다.

비가 개고 청명한 아침이다. 밭 근처에 이르니, 여전히 장끼란 녀석의 우는 소리가 들린다. 언덕으로 성큼 올라섰다. 목을 길게 세우고 화려한 깃털을 아침해에 번쩍이며 뒷짐을 진 마을의 어르신네처럼 젊잖게 서 있다.

장끼전이 생각난다. 풍채 좋은 장끼가 까투리와 아홉 아들 열 두 딸을 거느리고 눈으로 하얗게 덮인 밭에서 제 각기 먹이를 찾아 가 다가, 장끼가 소담스러운 콩을 발견한다. 하늘이 주신 복이라고 먹 으려고 하자, 까투리가 눈 위에 사람 자취며 입으로 홀홀 불고 비 로 싹싹 쓴 흔적이 수상하다고 제발 먹지 말라고 말린다. 그러나 고집 센 장끼는 까투리의 만류를 받아드리지 않는다. 까투리는 지 난 밤 남편(장끼)의 꿈이야기며, 자신도 이·삼·사·오경(更)까지 불길한 꿈만 꾸었다고 제발 그 콩을 먹지 말라고 애원을 한다. 진 시황은 쓸 데 없는 고집으로 부소(扶蘇)의 말을 듣지 않다가 나라 를 잃었고, 초패왕은 어리석은 고집으로 범증(范增)의 말을 듣지 않다가 8천 제자 다 죽이고 마침내 자결하지 않았느냐고 간청하지 만, 오히려 장끼는 태고적 천황씨, 태호복희씨, 강태공, 이태백 등 콩태(太)자가 든 사람들은 다 잘 되었다며 자신도 이 콩 먹고 태을 선관(太乙仙官)되겠다고 콱 쪼는 순간 창애에 치어 퍼덕이다 죽는 다.

'남자가 되어 여자의 말 잘 들어도 패가하고 안들어도 망신하네' 까투리가 아홉 아들 열 두 딸을 데리고 땅을 치며 애걸, 탄식을 한 다. 누구의 충고이든지 이유와 근거가 분명할 때에는 그 충고를 받 아 들어야 한다는 작자의 경고이리라.

내가 꿩을 잡겠다는 것은 욕심이다. '지나친 욕심은 반드시 실패 한다' 는 말도 있다. 요즈음 과욕과 허욕으로 패가망신도 불사하는 치인(癡人)들이 얼마나 많은가. 그리고 이곳의 장끼는 나보다도 먼 저 이땅에 자리잡은 터줏대감으로, 아홉 아들 열 두 딸 거느리고 단란한 가정을 꾸며가며 살아가는 가장이 아닌가. 그런데 그들을 해친다면 나는 그들의 가정 파괴범임을 면하지 못할 것 아닌가.

그리고 그 장끼의 화려하고 번뜩이는 모습, 장부다운 기개, 우렁

찬 산울림마저 사라지고 들을 수 없게 되면 나는 밭에 와서 얼마나 허전하고 적적할까. 안 될 일이었다. 눈에 삼삼해질 그 화려한 모습, '꾸엉, 꿩' 하는 장부다운 기상, 이 고을의 주인을 몰라보다니. 그것도 5년간이나 같이 살아온 터인데.

　마음을 고쳤다. 올 때마다 콩이나 한줌씩 가져다 뿌려주기로.

2002. 6. 29

지자_{知者}와 각자_{覺者}

나는 가끔 지자와 각자에 대해서 생각해 본다. 그리고 생이지지(生而知之)란 배우지 않고서도 알 수 있다면, 그 얼마나 다행한 일인가도 생각해본다. 그러나 세상의 사물들이 서로 달라서 구별을 할 수밖에 없었으므로 평가가 시작되었던 것으로 추측된다.

대·중·소, 상·중·하 라는 평가기준은 언제 누가 정한 것인지 알 수는 없으나, 우리는 모든 사물의 평가기준을 대·중·소, 상·중·하 로 정하고 그 기준에 따라 평가 해 왔고 또, 현재 적용하여도 큰 무리가 없음을 본다. 그리고 이것을 각각 3 단계로 세분하면 9 단계 평가도 가능하다. 상대평가, 절대평가, 5단계평가, 논술등 운운하지만 대·중·소, 상·중·하 만큼 역사가 깊고, 대중적이며 무난한 방법도 없는 것 같다.

그래서 사람도 대인·중인·소인으로 구별하기도 한다. 구체적으로 말하면 지자(대인)란 지식이 많고 사리에 맑은 사람이다. 그러나 지식이란 남의 것을 잠시 소유하면서 관리 운용 이용하는 데 따라 변모한다. 학자도 되고 선비도 된다. 학자는 권리나 권력보다는 권위를 지킨다. 선비는 '피(피) 멍석이 소나기에 다 떠내려가도 모르는 체하고 책만 읽는다'고 했다. 이것이 선비의 정신이다.

지자가 권리와 결탁하면 정상배(정상배)가 되고, 그렇지도 못하면 모리배(모리배)일 수밖에 없다. 모든 사람의 등불이 되는 지식을 정상이나 모리의 수단으로 이용하기 때문이다. 우리는 국내에서도 저명했던 학자들이 학계를 이탈했다가 성공하지 못한 사례를 잊혀지지 않을 정도로 경험도 했다. 중인은 그저 무해무덕하게 생존하는 계층이다. 반·상 계층에서도 중간 계층을 이르는 말이다. 소인이란 체격과는 무관하다. 간신 형이다. 본래가 간사하고 남의 앞에 나서기를 좋아하며 신의나 윤리, 도덕 등은 내심에도 없다. 비윤리, 비도덕 반 정의적인 것을 정당화 하려는 변태에 급급하다. 수단과 방법을 가릴 양심조차도 없다. 그래서 소인은 천하고 비굴하다. 음해나 음모도 서슴지 않는다. 바른길을 가려고 하지 않는다. 인간 관계에서도 배신도 예사다. 자신에게 다소라도 유리하다고 판단되면 강자 앞에서는 손이나 비비면서 약자 앞에서는 영웅인 양한다. '중이 고기 맛을 보면 빈대까지 다 잡아먹는다'는 식이다.

나는 평생을 교직에 종사하면서 수천 명의 학생들과 12~13십여 년을 전문직으로 근무하면서 수백 명의 선생님들과 상의, 지도, 감독을 하면서 상담, 대화를 하는 과정에서 많은 것을 배웠고 경험도 하였다. 물론 이론을 토대로 하여 보고, 듣고, 느낀 현실의 실체다. 스님들 중에서도 학위를 10여 개나 가진 스님이 있는가 하면, 소학교도 나오지 못한 스님이 한국의 새로운 종파를 창시하여 불교계의 거두로 존립했다는 이야기도 들었다. 앞의 스님이 지자라면 뒤의 분은 각자라고 하는 것이 옳겠다.

그런데, 각자는 정상배와 모리배와는 애당초 거리가 멀다. 각자는 지를 토대로 하되 천하거나 속됨이 없다. 공자가 능력이 부족해서 정치를 하지 못했다고는 아무도 생각하지 않는다. 지적 경지를 지나 각의 세계에서 학문과 관조와 조망으로 후학이나 양성하지 않았던가. 그러나 그분은 세계적인 철인이요, 스승이 아닌가. 그러기에 우리 서인은 그분의 가르침이라도 몸에 지녀야 할 터인데, 너무 사소한 명리로 제 얼굴에는 흙칠을 제 손으로 하고도 금칠로 알고 좋아한다. 이것이 오늘날 우리의 자화상이 아닐는지. 각자(覺者)에게는 너무 슬픈 일이다.

조용히 생각해 본다. 3 1운동 때의 33인이나 그 외의 독립투사들, 애국애족으로 살신구국한 문인 학자들, 이분들은 모두 각의 경지에서 생을 마감한 분들이다. 대중 앞에 나선 적이 없어 이름은 전하지 않지만 독립자금을 비밀리에 마련하여 투사들의 뒤를 돕던 촌부들이며, 두만강 변을 오가다가 잘못되어 유해조차도 거두지 못하고 이름까지 전하지 않는 그분들의 영혼은 누가 무엇으로 위로할 것인가. 그 분들을 위로할 수 있는 것이 학문인데 그 중에서도 그것은 문학의 몫이다. 그래서 문학의 유 무명을 따지기 전에 문학에 뜻을 둔 사람이라면 먼저 그분들의 사상을 생각하고 붓을 들어야 한다. 이미 지나간 시대의 낡은 생각일 수도 있겠다. 하지만 문인이 되기 전에 인간이 되어야 한다는 것은, 문학에 뜻을 두는 사람이라면 버릴 수 없는 사명이다. 그것은 개는 개소리를, 소는 소 소리를, 닭은 닭 소리를, 돼지는 돼지 소리를 낼 수밖에 없기 때문이다. 한 용운의 님의 침묵, 윤 동주의 별 헤는 밤, 황 순원의 학, 정 한숙의 '금당벽화'에서의 '담징' 그 외에도 각종 예술가의 작품을 교과서에 수록하고 후학들에게 가르치는 이유는 어디에 있다고 보아야 할까. 구국, 애족, 인간애, 신의(信義)등은 이런 것이라는 것을 후인들에게 전하기 위한 것이 아니겠는가. 물론 예술이란 시대에 따라 사조에 따라 작가에 따라 그 모습을 달리 할 수는 있지만, 그 나라의 법률이나 윤리, 미풍양속에 위배되어서는 안 된다. 더욱이 나라가 위태로울 때는 목숨이라도 던져야 한다. 글은 격에 맞지 않더라도 사명감을 잊어서는 안 된다. 그래서 문은 무보다 강하다고 하지 않았던가.

밀턴을 생각해 본다. 그는 대학시절에는 목사가 되려고 했으나, 당시 교회들의 타락을 분개하여 목사의 꿈을 단념한다. 그 외에도 유망한 길이 있었으나 고향에서 독서와 시에 전념하다가 문학으로 전향한다. 29살 때의 일이다. 이탈리아 여행에서 많은 석학들과 교류하면서 영국을 대표하는 서사시를 생각하다가, 본국에 내란이 일어났다는 소식을 듣고 시칠리아 섬 여행을 단념하고 귀국한다. 마침 영국은 왕정으로 복고되고 그는 문학적 재질로 사면을 받는다. 50세. 그는 초혼의 실패, 재혼녀와의 사별, 실명으로 그가 구술하는 것을 어린 딸이 받아쓰고, 다시 읽히고 고치고를 거듭하여 완성한 것이 저 유명한 '실낙원'이 아닌가! 러스킨은 책을 쓰는 사람은 '이것만은 진실하고 유익하다 유익하고도 아름답다'고 스스로 말해야 할 의무를 가져야 한다고 말했다. 릴케는 밤과 밤사이 가장 조용한 시간에 네 자신에게 물어보라. '그것을 쓰지 않고서는 죽을 수밖에 없는가'라고 하지 않았던가!

밀턴의 생애나 러스킨, 릴케의 말 등. 모두 얼마나 무서운 충고인가. 그런데도 요즈음 글을 쓴다는 사람들은 과연 어떤 양심과 어떤 생각에서 글을 쓰는지. 시랍시고 몇 편, 수필입네 하면서 몇 줄 써보고 나는 글 쓰는 사람이라고 자처하는 치한도 있다. 공연히 읽는 이의 헛수고나 시키는 게 아닐까 하는 기우까지 하게 된다. 우선 나부터 말이다.

05. 4, 17.

포돌이와 차차차車車車

차가 갑자기 멈췄다. 그렇게 개운할 수가 없다. 한 번도 이렇게 개운한 기분을 느껴 본 기억이 없다. 아무런 충격도 받은 것 같지 않았는데 차가 다리 입구의 우측 지주 표석으로 올라가다 비스듬이 멈추어 선 것이다. 마치 비행기가 이륙할 때처럼 운전석 등받이를 지고 앉아 있는 나를 발견하고 빙긋이 웃었다. 기분이 그렇게 상쾌할 수가 없었다.어쨌든 차를 빼야 할 입장이라 날아 갈 듯한 느낌으로 안전벨트를 풀려고 하는데 운전석 문이 열린다. 포돌이 두 명이 와서 빨리 내리란다. 그때까지도 나는 영문도 모르고 내렸다.

'음주잖아' 조금 전과는 달리 가슴이 섬뜩해진다. 운전을 한지 10여 년이 되었지만 어떤 일이 있어도 술과 운전과는 엄격히 경계하여 왔으므로 음주운전이란 상상도 못했던 일이다.

그런데 포돌이들은 양옆으로 내 겨드랑이를 끼고 파출소로 연행한다는 것이다. 나는 음주라는 말에 기가 죽어 중대한 현행범처럼 개 끌려가듯이 파출소로 갔다. 포돌이들에게 연행되어 가면서도 정신을 가다듬을 수가 없었다. 자신에 대한 증오감이 입술까지 바싹바싹 마르게 한다. 통행금지도 위반하지 않고 살아왔는데, 파출소에 들어서니 유들유들한 포돌이 한 명이 앉아있다. 나를 연행했던 포돌이가 종이컵에 물을 한잔 준다. 파출소라고는 가본 적이 없는 나는 역시 '민주 경찰이구나' 하는 생각을 하면서 조금은 마음이 안정되는 것 같았다.

그런데 조금 전과는 달리 나를 연행했던 깡마른 포돌이가 측정기를 내밀면서 느닷없이 '불어요, 안돼요, 다시 불어요' 3번을 반복하자 나는 치밀어 오르는 감정까지 몰아 불었다. 그제서야 측정기를 살찐 백곰 같은 포돌이 눈앞으로 불쑥 내민다. 그 포돌이는 한마디의 말도 없이 빨간 적발 전표에 결과를 적어서 내게로 넘겨준다. 나는 대수롭지 않게 생각하고 받아 넣었다. 그런데 이상한 것은 음주 측정기에는 하얀 파이프가 달려 있는데, 내가 분 것은 011 핸드폰 같은 표면에 불었다. 표면 우측 상단에 뾰족한 안테나 같은 것도 있었다. 그 당시에는 극도로 긴장되어 여유 있는 마음으로 사물을 살펴볼 정신적 여유도 없었다. 물론 그 때까지 만취되어 있었던 것은 더욱 아니다. 나는 그저 포돌이들을 믿었다. 그런데 나를 속였을 리는 없겠지만 지금도 그 의구심은 가시지 않는다. 강원도 차에다 술냄새도 풍기고 게다가 측정기도 대용이었다면 그때 포돌이들의 기분은 차차차 였을 것도 같다.

정비 공장에 차를 맡기고 살펴보니 앞부분이 망가지기는 했으나 생각보다는 대단한 정도는 아니었다. 주인의 실수로 깨지고 찌글어진 모습이 애처로와 가슴이 찡하게 아려 온다. 무생물인 쇠쪼각의 조립품이 생명체로 느껴지면서 마음은 더욱 그랬다.

집에 와서도 영 실감이 나지 않는다. 어이없는 기분이나 바꾸려고 책을 펼쳤다. M씨의 「길우에서」란 수필이다. 부인과 경상도 모

지방에 갔을 때, 매연만 날리는 앞차를 추월하자 숨어있던 포돌이가 차를 세웠다. 그러나 이 포돌이는 정중히 인사를 하고 '중앙선을 침범 하셨습니다. 안전띠도 매지 않으셨군요.' 하면서 위반 내용을 기재하는 것을 보고 안절부절 하면서 차에서 내리려고 하자 '앉아 계십시오. 내리실 필요는 없습니다.' M씨는 촌지라도 좀 주고 사정이라고 해보려고 하였으나 포돌이는 '그러시면 대한민국 경찰관을 모독하는 것이 됩니다.' 이러지도 저러지도 못하는 M씨에게 적발 전표를 주면서 '중앙선 침범은 벌점도 부과되므로 불가항력적이었다고 하더라도, 안전띠를 매지 않으신 것은 과태료를 내셔야 하겠습니다. 우리 고장에 사모님과 관광차 오신 것 같은데 좋은 인상 많이 담아 가지고 가십시오.' 다시 거수경례를 하면서 '안녕히 가십시오' 하더라는 것이다. 그래서 M씨는 그 포돌이를 만나기 위해 다시 한 번 그곳에 꼭 가야 하겠다는 이야기다.

그리고 보니 나를 연행했던 S.S.C란 포돌이는 나이로 보아서는 내 나이에 1/2정도였는데 '어디 다치신 데는 없으십니까. 놀라셨지요. 잠시 의자에 앉아 진정하십시오.' 등의 의례적인 인사말도 없었다. 그리고 측정 결과를 보여주거나 일러주지도 않았다. 자식을 낳아 순사나 시키려면 차라리 낳지 않는 것만 못하다는 말을 일제 때나 있었던 말로 알았는데, 그것만은 아닌 것 같기도 했다. 경상도와 경기도의 포돌이 수준은 이렇게 대조적이다. 하기야 인간성의 차이겠지만…….

다음, 다음 날이다. G경찰서에서 다시 조사를 받았다. 1년간 면허취소라는 것이다. 훈방이 아니면 벌금정도이겠지 했는데 그야말로 청천의 벽력이다. 같이 갔던 아내도 말을 잃는다. 음주 측정치는 0.096이었는데 여기에다 위드마크 공식에 의한 산출치가 0.007이라는 것이다. 0.096+0.007=0.103이 되므로 1년간 면허

정지 처분이란다. 조서를 다 작성한 M경장이 더 할말이 없느냐고 묻기에 '면허 취소만 되지 않도록 해 주었으면 좋겠다'고 하였더니 그 백곰 같은 포돌이가 무슨 더 할말이 있느냐고 제법 호통을 치다시피 한다.

참으로 가관이다. 상스러운 말로 에미, 애비도 없단 말인가. 흰머리가 부끄러워 벌레 씹은 기분으로 조사실 문을 나섰다. 내가 싫어하는 말이기는 하지만 '죄는 미워하되 사람은 미워하지 말라'는 말도 있는데, 하지만 악법도 법이라고 하지 않았던가.

정문을 나서며 다시 돌아보니 귀엽게 보이던 포돌이의 심벌 마크가 일그러진 꽃잎으로 보인다.

이렇게 되기까지의 동기는 지극히 평범한 일상사에서 연유되었다. 그러니까 2001년 6월 26일. 친지가 방문하여 술을 마시고 자정쯤 자리에 들었다. 한숨 자고 잠이 깨었다. 전화기의 녹음 버튼이 깜빡인다. 내용인즉 서울에 있는 아내가 손을 많이 다쳤다는 내용이다. 밖을 보니 미명이었다. 아무 생각도 없이 지하 주차장에서 차를 몰고 서울로 떠났다. 경춘가도에서 가장 굴곡이 심한 가평을 지날 때 두어 번 졸음을 느꼈지만 안전운전을 했다. 청평을 바라보며 평탄한 길을 달리다가 그만 깜박 졸았던 모양이다. 사고지점은 우회전하면 철원, 현리로 들어가는 3거리다. 서울 방향의 다리 「조종교」 우측 지주석으로 차가 올라가다 멈춘 것이다. 바로 검문소 맞은 편이다. 04:35경. 평소 잠이 깨었다 재차 잠이 들 시간이다. 아내는 열린 출입문의 문설주를 집고 섰다가 바람에 문이 닫히면서 왼쪽 손 넷째 손가락의 뼈가 으스러진 것이다. 아내의 손을 보여주어도 포돌이들은 심드렁이다. 아랑곳도 하지 않는다. 며칠 후였다. 친구와 현장을 답사했다. 적발 당시 30분으로 계산했던 거리는 15분 정도였다. 현지 초소장과 파출소장에게 어떤 방법이 없겠느냐고 해보았지만 이미 컴퓨터에 입력이 된 이상 방법이 없다는 것이다. 컴퓨터 조작은 누가 하기에…….

더위는 삼복으로 접어들고 폭염은 불줄기라도 쏘아대는 것 같은데, 가드레일 보수업자를 탐문하여 보수한 사진을 찍어 가지고 의정부 국도유지건설사무소에 제출한 후 합의서를 의정부 검찰청에 제출해야 했다. 두 곳의 담당자들은 친절했다. 더운 날씨에 손수 오셨느냐며 위로의 말도 잊지 않는다. 그럴수록 상례적인 인사도 없었던 포돌이들의 인상이 더욱 부각된다.

면허 취소만은 피할 수 있는 방법을 찾아야 했다. 처음 알게 된 일이지만 행정 심판을 청구하는 일이었다. 파출소장도 경찰서 사건 담당자도 절차를 소상히 일러 주지도 않는다. 그러나 나는 행정 심판을 청구하기로 마음을 굳혔다.

파출소장은 형식적으로나마 본서로 전화를 걸어보는 친절이라도 보이는데 지서장은 가능성이 전혀 없다는 막다른 골목이다. 행정 심판 청구를 담당하는 기관은 당해 경찰서도 경찰청도 아니었다. 거주지 경찰청을 경유하여 국무총리 행정심판 위원회, 법제처 행정심판 관리국에 청구해야 한다. 그것도 변호사를 통해서 알았다.

서류도 간단하지 않았다. 행정심판 청구서, 진료소견서, 진술서, 탄원서, 탄원인 연명부, 대법원 위드마크 음주측정치 증거 불인정 판례, 훈포상 사본 등 60여 페이지나 되는 서류를 갖추기에도 상당한 시간과 노력이 필요했다. 무엇보다도 교직의 선후배님들이며 경향(京鄕)의 무인들이 서슴없이 서명해 주신 100여 명, 그분들의 은혜는 각골지은(刻骨之恩)이 아닐 수 없다.

8월 중순경 행정심판청구서를 도경에 접수 시켰다. 담당자들이 서류를 보고 잘될 것 같다며 당분간 기다려 보란다. 나는 그제서야 다소 안도감을 느낄 수 있었고 마음의 평온도 얻을 수 있었다. 결과야 어떻든 포돌이들에게도 인간의 체취는 있어야 하지 않을까.

11월 중순경이다. 행정심판위원회로부터 개최 일시도 엽서로 보내주었다. 그리고 하순초에는 행정심판 의결에 따른 재결서도 받았다. 재결서의 주문에는 '면허 취소를 명허정지 처분으로 변경한다.' 라고 하였고, 판단 내용에서는 '면허 취득이래(11년 7개월) 무사고 운전을 하여 온 점, 사고 원인은 졸음이었는데 조사 과정에서 음주운전으로 적발되었다는 점, 당시의 음주정도를 고려할 때 이 처분은 다소 가혹하다고 할 것이다. 그리고 결론에서는 그렇다면 청구인의 청구는 일부 이유 있다고 인정되므로 이 건 처분을 감경하기로 하여 주문과 같이 재결한다.' 라고 하였다. 그래서 면허 취소는 면하였으나 벌금 백만 원은 고스란히 국고에 보조했다.

동·식물도 제 각기 고유한 맛을 가지고 있다. 그러면 포돌이는 포돌이의 맛이 나야 하지 않겠느냐는 논리도 성립된다. 하지만 포돌이는 포돌이이기 전에 인간, 즉 사람이 아니던가.

11월 말경, 포돌이가 나를 연행할 때의 기분처럼 나도 다시 핸들을 잡고 포돌이의 차·차·차(車·車·車) 기분으로 그 길을 오갈 때마다 그 포돌이들의 모습이 떠 오르곤 한다.

2002. 7. 18.

참고: 위드마크 공식은 독일에서 개발된 것으로 음주측정을 즉시 할 수 없을 때 음주싯점에서부터 시간당 평균 0.015%의 알콜 농도가 감소하는 것으로 보고 알콜 농도를 계산하는 기법인데, 이것을 정확히 하려면 성, 비만도, 신장, 체중, 체질, 인종, 지역, 풍습, 시대, 음주속도, 음주 후 신체활동, 알콜분해 소멸의 개인차 등 외에도 관계되는 소요들이 많으므로, 이것을 과학적으로 산출하기엔 거의 불가능하기 때문에 적용하지 않은 것이 상례라고 함.

오늘의 교통문화

우리의 교통문화는 혼잡스러운 편은 아닌지. 차가 늘어남에 따라 미숙한 운전자의 증가에도 문제는 있다. 그러나 문제는 거기에만 있는 것은 아니다. 능숙한 운전자에게도 문제는 있다. 궁극적으로는 법규를 잘 지키지 않는 데서 오는 병적인 증세의 하나다. 구체적으로 지적한다면 종횡으로 숨바꼭질하는 소형 트럭이다. 틈만 있으면 요리조리 갈지자로 차선을 바꾸면서 앞질러 간다. 영업용 택시는 승강장이 없다. 있어도 승강장을 이용하지 않는다. 이것은 승객보다도 택시 기사들이 아무데서나 차를 세워주는 데서 오는 무질서다. 익숙한 도로에 능숙한 솜씨로 자신이 편리한 대로다. 아무데서나 내리고 태우고다. 시내 버스도 택시를 닮아가고 있는 것 같다. 출퇴근 시간만이라도 전용도로 제도가 있었으면 좋겠다는 생각이다. 대형 트럭들은 덩치만으로도 위압감을 느끼는데 바싹 따라와서 '뿌웅' 하고 경적을 울린다. 깜짝깜짝 놀란다. 때로는 핸들이 휘청할 때도 있다. 일반적으로 모든 차량들이 신호를 잘 지키지 않는다는 것이 문제의 동기가 된다.

보행자도 건널목을 제대로 이용하지 않는다. 건널 목이 아닌데 서도 한쪽 손을 들고 길을 건넌다. 그것도 어슬렁 어슬렁이다. 건널목을 지키지 않는 것은 아희들보다도 어른인 경우가 많다.

어느 도시고 공통적인 현상은 편도 2차선일 때. 우측 차선은 불법주차로 직진을 불편하게 한다. 진행 도중 차선이 막힌다. 좌측 깜빡이를 넣고 1차선으로 피해 가려고 하면, 1차선으로 직진하던 차까지 불편을 준다. 어떤 운전자는 경적을 울리며 더 빨리 앞질러 간다. 시내 주행속도는 길의 사정에 따라 다르지만 60Km 내외인데 그것을 지키는 운전자도 드물다. 안전거리를 지키려고 하면 깜빡하는 사이에 끼어든다. 가슴이 철렁한다. 이렇게 하다 보면 자연 뒤로 밀릴 수밖에 없다. 무엇이 그렇게도 바쁜지 사정이 바쁘면 조금 일직 출발하면 될 터인데, 저 혼자만 바쁜 사정이 있는 양한다. 저만을 생각하는 이기주의는 사회 구성원으로서 바람직하지 못하다.

사고의 경우도 애매하다. 누가 잘못 하였느냐의 기준을 두는 것이 아니라. 길이 큰 길이냐 작은 길이냐에 기준을 둔다. 작은 길에서는 서있다 당하여도 가해자가 된다. 운전자의 숙달 정도나 주위 상황도 참고로 하지 않는다. 큰길이 우선. 직진이 우선이란다. 신호등이 없는 뒷길에서는 더욱 더 그렇다는 것이 현장으로 출동한 경찰관의 판정기준이다. 큰길과 직진의 우선이라는 것은 거의 다 알고 있는 상식이다. 목격자가 암시를 해 주어도 제 멋대로 판정을 한다. 당시의 상황이나 정상 같은 것은 알려고 하지도 않는다. 자신이 생각한대로 판정을 한다. 그래서 가해자와 피해자가 바뀌기도 한다. 결과 가해자가 된 사람은 손해가 이만저만이 아니다. 보험회사 직원도 그 판정대로 이의가 없다. 이들은 경제적으로 자기 부담이 아니니까 누가 가해자가 되고 피해자가 되던 사건처리나

빨리 하려는 눈치다. 모두가 자신과의 이해관계는 없으니까 형식적인 절차의 처리다. '에이그 내가 다 보았는데 쯧쯧' 혀를 차며 목격자도 돌아선다. 가해자가 아닌데도 가해자가 된 사람만 벌레 씹은 표정이다. 어느 시대 어느 사회고 국가의 기강이 무너지면, 그 나라에서는 다른 분야에서도 질서의 확립이나 인간적인 양심은 찾을 길이 없다.

  기름 값이 오르니 대다수가 경유 차를 샀다. 아마도 40% 정도는 경유 차인 것 같다. 새 차다. 부분 정비업소도 안된단다. 또 한 분야에서 불경기를 감수해야 한다. 시설공단도 문제다. 실업자 구제책이라고 하더니 목적은 내수의 충당을 위한 것이다. 국민의 부담만 늘어났다. 어느 치자가 내수를 다 긁어 쓰고 내수 충당을 위하여 만든 제도란다. 카드제 도입도 같은 맥락에서 도입되었다고 한다. 불법을 조장하는 불법이다. 하루라도 빨리 폐기하는 것만이 서민들에게는 더 없는 다행이다.

  우리는 교통문화라는 말을 쓸 수가 없다. 지나칠 장도로 문란해서 문화라는 말을 붙일 수가 없기 때문이다.

  파란 불엔 가세요. 노란 불엔 기다리고요. 빨간 불엔 서세요. 신호가 질서입니다./ 과속하지 마세요. 끼어들지도 말구요. 앞지르면 안돼요. 양보가 미덕입니다./ 음주운전 마세요. 규정 속도 지키세요. 정지선도 보시구요. 양심이 문화입니다.

  이런 동요[운전가] 라도 불러보면 어떨는지.

06. 2. 22.

4

백로가 훨훨

잔잔한 정감의 땅

산에 오른다. 조그만 산이다. 안개가 자욱하여 옷깃까지 촉촉하게 젖어든다. 머리에도 이마에도 먼지 같은 미립자의 물방울이 땀으로 번지는 느낌이다.

암자의 뒷길로 접어든다. 목탁을 치며 독송하는 스님의 천수경 소리도 안개를 밀치고 나직히 들려온다. 낙엽송 숲길이다. 가느다랗고, 짤막한 수침(繡針) 같은 낙엽송 단풍잎이 노랗게 깔렸다. 한 자욱씩 떼어 놓은 발자국의 찹찹한 느낌이 마음까지 차분하게 한다. 그렇게 푸르고 잔잔했던 낙엽송 잎들이다. 마치 융단 위를 걷는 것 같은 느낌이 든다. 바람도 없는데 불티처럼 머리로 어깨로 내려 앉는다. 주위를 살펴본다. 노란 비단이라도 깔아 놓은 것 같다. 그러나 다시 살피면 노랑만도 아니다. 조금은 붉고 더러는 흰색에 가까운 실오리 같은 무늬도 진다. 보이지도 않으면서 지나간 계절들이 정말 신비롭다. 말 그대로 무위이화(無爲而化) 그대로다.

상수리나무, 신갈나무, 굴참나무, 속소리나무, 벚나무, 산밤나무 등등이 우거진 돌길이 가파르다. 참나무를 주종으로 하는 잡목들이 낙엽을 털고 하늘을 본다. 허전한 가지들이 안개에 싸여 미동도 하지 않는다. 어제만 하여도 바람에 날리고 발을 옮길 때마다 바삭이며 부서지던 갈잎들도 역시 안개에 젖어 밟아도 소리가 없다.

낙엽이 없는 곳에는 점토길이라 신발 자국이 다식판에 찍힌 듯이 선명하다. 쫀득한 느낌이다. 마치 밀 기름을 바른 인절미를 씹는 것 같은 감각이다.

낙엽을 밟는 소리가 들릴 것 같은데도 그저 조용하기만 하다. 바삭바삭 부서지는 소리를 연상해 보지만 한걸음씩 옮기는 발 밑에서는 폭신하기만한 반동의 정감이다. 가파른 돌길이라 숨이 차다. 아직도 하늘은 은백색 안개로 가득하고 시내는 초점 잃은 사진처럼 선의 구별도 없다. 희뿌연 안개 속에서도 우뚝한 윤곽의 APT들은 선잠에서 덜 깬 눈으로 부스스하다. 일요일인데다가 이른 아침이라 인적도 없다.

정상이다. 그래도 아마 몇 사람은 지나간 모양이다. 그들도 이런 촉촉한 낙엽을 밟으며 지나갔겠지. 무슨 생각을 했을까. 어떤 사람들이었을까. 잔잔한 감각이 그리운 사람들이었을까. 이제는 말라버린 풀잎인데 이슬이 맺혔다. 굵은 물방울이 떨어지는 소리도 들린다. 안개가 만든 물방울이다. 서글픈 생각이 든다. 음산한 분위가가 영 마음에 들지 않는다. 그러나 세상 모든 일에 위안보다는 시달리기만 하던 우리에겐 잔잔한 정감이 더 마음에 든다. 보송보송한 메마름보다 얼마나 다정다감한 그리움인가. 옛적 어머님의 가슴을 헤치고 젖을 빨 때, 잠이 들었을 때도 어머님의 사랑은 이렇게 촉촉이 내게로 흘러들었겠지. 그리고 지금으로서는 어린 나이에 누님들이 시집가기 전날 밤 속눈썹을 촉촉하게 적시던 모습이 다가선다.

무심한 표정으로 일어선다. 소나무 숲으로 지나는 내리막길이다. 적갈색의 솔가리가 온통 장판이라도 깐 것같이 깔렸다. 수분을 머금은 솔가리가 더욱 붉게 보인다. 적갈색이다. 우리가 보기엔 마구 흩어진 것 같지만 질서 정연하게 깔려 있는 정경은 그대로가 하나의 무위(無爲)요, 우주의 철학이 아니겠는가. 그 속에 눈물이 있고, 웃음이 있고, 잘만 살피면 우리네의 5욕 7정을 고루 갖춘 생명이 숨을 죽이고 쉬고 있는지도 모를 일이다. 아니다. 어찌 인간에 비하랴. 그것이 바로 성자일 수도 있고 법신이 될 수 있지도 않을까. 바람에 휘날리고 짓밟히고 비에 젖고, 눈에 덮혀도 표정없는 사연으로 제 갈 길로 가는 것을, 그러나 우리는 그것을 보고 들을 줄도 모르면서 생사에 연연하다가 한 잎 낙엽이 되는 것도 모르고 오늘을 산다.

아무래도 개운치 않다. 나는 무엇을 모르는지 그 자체도 모르면서 먹고 마시고 사랑하고 미워하며, 바싹 마른 가슴에서 먼지만 폴폴 날리는 것을 삶이라고 하지나 않았는지 궁금해진다.

그들은 위치도 수종(樹種)도 생사의 선후로 몸부림치거나 가리지도 않는다. 낙엽송과 참나무를 비롯한 잡목들이 솔가리와 한데 뒤섞이었는데도 못마땅한 기색도 없다. 갈 잎은 벌레들로 인해 구멍이 뚫렸고 접히고 겹쳐지고 되는대로 밟혀도 그저 그대로다. 다시 소생할 희망이 없어도 그들은 불안해 하지도 않는다. 순리에서 터득한 순수 그대로다. 그러나 언젠가는 간다는 말도 없이 스러질 그들의 비밀만은 알고 있을까. 그것이 알고 싶다. 욕심일까.

어떤 이는 그것들에게는 사고도, 일체의 능력도 없기 때문이라고 잘라 말할지도 모르겠다. 범신론자들의 말에 의하면 형태를 갖춘 것에게는 생명이 있다고 한다. 불경의 백미로 알려진 밀다심경에서는 '색불이공 공불이색', '색즉시공 공즉시색'이라고 하였다. 이제 곧 해가 뜨면 안개는 색즉시공이 될 것이다. 그러면 또 어느 날에는 공즉시색이 되겠지.

　어느 계곡 아니, 나직한 언덕이라도 좋다. 이른 아침 안개 속같이 조용하고 알맞은 습기로 이 잔잔한 정감이 흐르는 곳은 없을까. 아침 햇살이 풀잎에서 반짝이는 땅, 그런 곳에서 살고 싶다. ―하도 요란스러운 세상이기에―

2003. 11. 27.

연고緣故와 인연因緣

연고란 까닭. 사유라는 뜻도 있지만, 혈통·정분 또는 법률상으로 맺어진 관계나 인연의 뜻으로 더 많이 쓰이는 것 같다. 그래서인지 연고를 전제로 한 단어도 그리 많지는 않다. 연고에 자(者)를 더하면 혈통(선천적)이나 법률상의 인연을 말하고, 지(地)자를 붙이면 고향이나 (후천적)생활의 중심지를, 권(權)자를 이어쓰면 권리를 의미한다. 근래에는 학연이란 말도 자주 쓰이고, 이 외에 경우에 따라서는 사둔의 팔촌까지도 연(緣)자의 대열로 끌어드리는 사례도 더러 보인다.

어떠하던 간에 이 緣 자가 의미하는 것은 실로 위대한 것이라고 나는 생각 한다.선천적인 것으로 시조를 비롯한 선조로부터 자손만대에 이르기까지 영원을 뜻할 뿐 아니라,삼족을 통한 친 인척도 이 범주에 포함할 수도 있고. 지역적으로는 이들의 거주지로 보아 전 세계를 범위로 삼을 수도 있겠다. 그러나 이것은 각자 능력과 형편에 따르는 것일 뿐, 내가 말하고자 하는 것은 요즈음 일부 젊은 세대들은 이 연고를 생각하지 않거나 무시해버린다는 것이다.

이것은 일종의 배은망덕일 수도 있으려니와 자신의 생활무대를 스스로 좁혀 가는 것일 수도 있다.

나의 경우 역마살이라도 끼었는지 고향을 등지고 떠나면서도 안타까와 하지도 않았고, 귀향할 기회도 있었지만 그리 마음에 두지도 않았다. 그 결과 나는 내 지기(志氣)를 마음껏 펴보지도 못하고 발전할 가능성도 빼앗기고 말았다. 현직에 있을 때나 젊었을 때에는 그런대로 남에게 뒤지지 않고 앞서 갈 수도 있었다. 그러나 그것은 직책 직위와 젊음의 패기였을 뿐이다. 퇴직 후에 오는 고독과 소외를 예견하지 못한 탓이다. 뿐만도 아니다. 나의 타향이 후대들에게는 고향이 되겠지만, 어디 대대로 내려온 선형 발치만 하겠느냐 말이다. 그들에게는 고향도 아니요, 타향도 아닌 곳일 수밖에 없다. 애비의 자못을 이어 받는 셈이 아닌가. 아직 그들은 모른다. 젊음과 용기로 탈없이 지내고는 있지만 언젠가는 느낄 수밖에 없는 제2의 타향살이를 면할 수는 없을 터이니. 이것이야 어찌 그들의 뜻이랴. 내 생각 한번 잘못한 탓인 것을 이제 뉘우친들 후회는 먼저 오지 않는다고 하지 않았던가.

로마 교황을 생각해 본다. 그님는 선종(善終)한 다음에는 고향인 폴란드로 가기를 원했다는 말도 있었다. "나는 행복합니다. 그대들 또한 행복하십시오, 울지 말고 우리 함께 기쁘게 기도 합시다" 이렇게 메모로 남긴 것이 그님의 선종을 지키던, 그님의 고국 폴란드 출신의 신부와 수녀들에게 유언이 되었다고 한다. 그님은 왜 선종한 다음에는 고향인 폴란드로 가기를 원했을까. 폴란드 출신의 신부와 수녀들은 왜 그님의 선종을 지켰을까. 연고란 동서고금을 막론하고 이와 같은 것이다. 명심할만한 가치가 있다는 것을 강조하고 싶다. 그밖에 사소한 예를 몇 가지만 더 첨가 해본다. 단적인 예로서 특히 국회위원으로 출마할 때도 인(人)적 지(地)적인 연고를 우선하고, 62.5 당시 피란민들이 우선하는 고향과 친·인척 등 이산가족의 상봉이며, 수몰지구로 흩어진 마을 사람들의 정기적인 만남 등도 생각해보자. 뿐만인가. 심지어는 범죄자들의 피신과 수사도 연고지나 연고자를 우선할 수밖에 없는 것도 결국은 이 연고의 탓이 아니겠는가. 연고란 인연을 전제로 하고, 인연은 부부로부터 시작된다. 그리고 고향으로부터 근원한다. 타향살이로 전전하다가도 죽으면 그 시체라도 고향으로 간다. 죽어서도 갈 곳이 없는 사람은 그 영혼도 의지할 곳이 없는 고혼이다. 연고란 이와 같은 것. 선영은 후손의 뿌리인 것이다. 살아서는 수천 수만리라도 오갈 수 있지만 지하에서는 왕래란 불가능하지 않은가.

'뿌리가 깊은 나무는 바람에 흔들리지 않으므로 꽃도 아름답고 열매도 많이 맺느니라' 용비어천가 제1장 제 1절이다. 왜 이 구절을 125장 중에 첫 구절로 하였을까. 뿌리가 깊고 튼튼해야 가지도 꽃도 열매도 성하고 번창한다는 것을 비유한 것이다. 선조와 고향은 곧 뿌리인 것이다. 이씨 왕조는 무려 500년이나 지속 되지 않았던가. 누구는 영원하지는 못했다고 이야기 할 수도 있겠다. 그러나 그것은 시작이 있으면 끝도 있어야 한다는 우주만물의 천리(天理)일 수도 있고, 시대의 흐름에서 오는 변천일 수도 있다. 그것도 아니라면 불교에서 말하는 상주불변하는 것은 존재 하지 않는다는 이론도 생각해 봄 즉하다.

그리고 생장사멸(生長死滅)하는 것이 인연 아닌 것이 없다고도 하였다. 우리는 이와 같이 인연과 인연으로 생존이 가능하다. 다만 원근의 차이가 있을 뿐이다. 그런데도 핵가족이니, 자립이니, 민주니, 평등이니 하면서 각인각색으로 난무한다는 것은 내일을 모르고 오늘만을 생각하는 생존일 수밖에 없다. '시대가 영웅을 만든다' 는 말도 있다. 구조 조종이니 퇴출이니 하면서 인적 자원은 줄이고 그들의 일감은 남아있는 사람들이 맡아야 한다. 하루가 25시라도 감당하기 어려운 현재로서는, 효도니, 윤리니 하는 것은 구호일 뿐이다. 시대만 원망할 것도 아니다. 누가 이 사회를 그렇게 만들었는가. 그는 국민들 앞에 석고사죄를 하여도 여죄를 면하기는 어렵다. 죽을 수가 없어 생존하는 것은 참된 삶이 아니다. 시간의 여유, 마음의 여유, 경제적인 여유가 있을 때만 개인이 추구하는 행복은 보장되고 국가는 번창한다. 이것이 없는 국가의 미래는 암담할 뿐이다.

이제라도 우리는 연고와 인연을 이용만 하려하지 말고, 한국적인 윤리와 도덕을 바탕으로 연고와 인연을 정의롭게 다시 구현해야 되지 않겠는가.

2005. 11. 5.

계절의 간이역에서

가을은 계절의 간이역이다. 봄날같이 나긋나긋한 미련도 없고, 한여름의 작열(灼熱)하는 태양 아래서 참아야 하는 복(伏)더위도 없으며, 사람의 애간장이나 녹여 내리게 하는, 문풍지를 울리는 찬바람도 없는 계절, 마치 어쩌다 지나는 완행열차나 잠시 섰다 가는, 그것도 준령(峻嶺)을 넘기에는 힘에 겨워 비명 같은 기적을 울리며 산허리를 감고 돌다 쉬어 가는 간이역의 풍경 같은 계절, 윤달같이 넉넉하고, 어떤 일을 하여도 탈이 없다는 편한 마음, 자연의 품에 안겨 졸음에 겨운 듯한, 한가로운 간이역 같은 계절이 가을이 아닌가 한다.

어제는 봉평엘 갔었다.(99. 10. 6) 효석이 '소금을 뿌린 듯하다'는 메밀꽃은 벌써 지고, 메밀밭에는 그대로 빨간 줄기를 세우고 세모진 까만 열매만 초췌하다. 허생원이 파장을 하고 막걸리를 한 사발 기울이던 주막집에서는 소주잔 부딪는 소리로 새롭고, 동이의 생명이 심어진 물레방앗간의 옛 모습은 세월의 그림자 속으로 사라졌는데, 목수의 손때도 씻기지 않은 물레방아의 허풍선(虛風扇)

이만 돌아간다. 효석의 생가도 모습을 달리했고, 이제는 유골도 떠나버린 이 봉평에서 그의 문혼(文魂)만 남아 메밀꽃으로 피어난다. 10여 년 전만 해도 두메산골 그대로의 간이역 같은 풍경이었는데, 이제는 스키장이 조성되면서 항공모함만한 흰색 콘도(사다나)가 위용으로 골짜기를 제압한다. 모텔, 주유소, 우뚝우뚝한 현대식 건물들이 옛 정취를 삼켜 버리고 새 주인으로 거드름을 피우는데 그래도 못 잊어 찾아온 계절의 간이역은 저만치 산허리에서 머뭇거린다.

밤에는 깊숙한 산 속의 별장 같은 집에서 민박을 했다. 아침에 일어나니 약삭빠른 다람쥐는 테라스에 떨어진 알밤을 들고 아침식사를 한다. 다람쥐는 언제 보아도 귀엽다. 쪼르르 흐르는 것같이 달아나다가 오뚝이처럼 앉아 고개를 갸웃거리며 사방을 경계하는 모습은 천진한 재롱인 양하다.

스산한 바람이 허전한 마음을 스쳐간다. 급행 열차는 서지도 않는 산간 역이지만 역장은 등불을 휘저어 보이는 간이역에서 혼자 내린 기분이다. 아직 정리가 덜된 별장집 주위에는 낙엽이 스산하다. 이렇게 100년 쯤 지나면 무엇인가 되지 않겠느냐는 생각으로 이 집을 지었다고 한다. 글쎄 100년 후의 이 집은 또 어떻게 변할는지, 간이역 같은 계절도 잊고 어느 도심에서 퇴락한 모습으로 고개를 숙일는지 알 수 없는 일이겠지.

오대산 월정사 입구. 주차장에는 벌써 선착객들의 차로 가득 찼다. 모두가 발 빠른 사람들이다. 보이지 않는 궤도를 타고 계절의 간이역(가을)을 보려고 온 것일까. 이 월정사는 신라 때 자장이 세운 절이다. 많은 보물이 있었지만 알 수 없는 사연으로 다 없어지고 현재는 국보 234호인 석조 보살상과 국보 233호인 8각 9층 석탑만 묵묵히 세기(世紀)를 이어가고 있다.

이 절의 내력을 다 이야기할 수는 없다. 다만 근래 유명하다고 하는 것은 우선 입구의 전나무 숲이다. 수 백 년의 수난은 견디고 버티어 온 전나무 숲이 울울창창하다. 하지만 그대로 지나친다. 상원사로 가야 하기 때문이다.

상원사. 방한암(方漢巖)스님을 모를 사람은 없을 것 같다. 스님은 화천(華川)사람으로 금강산에 입산하여 승려가 된 다음 오랜 구도와 좌선으로 득도하였고, 선승(禪僧)으로서 서울 봉운사 조실(祖室)이 되었다가 상원사에서 열반에 드셨다. 특히 1951년 국군이 진격할 당시 이 절이 공비들의 소굴이 된다고 하여 불을 지르려고 했으나 끝내 이 절을 사수하였고, 탄허스님이 이 곳이 위험하니 충청도로 가시자고 권하였으나 마다하시며 한 달 후쯤 좌선하는 모습으로 앉아서 열반에 들었다는 이야기는 후세 중생들에게 시사하는 바가 크다고 하겠다.

그리고 이런 일화도 전해진다. 어느 날 인근 주민이 찾아와서 '오늘이 제 에미 제사인데, 이웃에 초상이 났습니다. 그래도 제사는 지내야지요.' '암 지내야지' 한참 후에 또 한 사람이 와서 '오늘이 제 에미 제사인데, 즈집 개가 새끼를 낳았으니 제사를 지내지 말아야지요' '암! 지내지 말아야지' 이 문답을 듣고 있던 행자스님이 큰 스님의 대답 내용을 이해할 수 없어 큰 스님에게 여쭈었더니, '지내야지요 하는 사람은 지내고 싶은 사람이고, 지내지 말아야지요 한 자는 제사를 지내기 싫은 자인데, 제 에미 제사도 지내기 싫은 놈이 제사를 지낸들 오죽 하겠느냐' 라고 하셨다는 일화는 웃고 넘어갈 수 없는 일화일 것이다.

세상사 모든 일이 계절의 간이역처럼 스쳐 지나간다고 하더라도 상원사 앞뜰에서 마주 바라보이는 산들은 단풍으로 가득하다. 빨강, 노랑, 검푸른 색으로 대별된다. 아마도 빨간 색은 지는 태양의 마지막 정열인 양하고, 노란색은 여명을 헤치고 뜨는 태양의 희망 같기도 한데, 침엽수의 푸른색은 만고불변의 의지 같아서 든든하다. 나는 어느 색일까, 뜨는 태양보다 지는 태양의 정열이 더 뜨겁다는 나의 지론대로 빨간 단풍을 바라보며 계곡으로 내려선다.

여기에서도 역시 하늘을 떠받친 듯한 전나무들이 주종을 이룬다. 모두가 거목들이다. 백두산에서나 보았던 그런 나무들이다. 주차장 입구 좌측에는 단풍나무가 전나무를 따라 크겠다고 키만 멀쑥한데 잔가지에서 팔랑이는 단풍잎은 마치 작은 불꽃이 살랑이는 것 같다.

수종(樹種)도 다양하다. 참나무, 물푸레나무, 은백색의 자작나무, 벚꽃나무, 산목연, 산뽕나무, 박달나무 모두가 향연(香煙)을 머금고 자란 나무들이다. 이곳에서는 칡이나 다래, 머루 넝쿨 같은 것은 볼 수가 없다. 언제부터라고는 말할 수 없으나 아주 옛날 오솔길을 가로지르거나 제 멋대로 뻗어나간 넝쿨들이 공양이나 다기 물을 받들고 행자스님들이 오갈 때 불편을 주어 부처님의 법력(法力)으로 물러가게 한 후로는 현재까지 자생하지 않는다고 한다. 물이끼와 함께.

청아(淸雅)한 물소리에 눈을 돌리니 마구 놓인 크고 작은 바위틈으로 흐르는 물은 오늘 어디까지 가야 하기에 그 고운 단풍이 드리울 겨를도 없이 서둘러 흐른다. '아이 참, 단풍이 이토록 아름다운지 몰랐어요.' 차창에서 눈을 떼지 못하던 젊은이의 말이다. '그래서 그런 사람을 서울 촌사람이고 하는 거야' 이렇게 심산궁곡의 단풍은 처음이란다. 공부하랴, 학위따랴, 강의하랴, 그러다보니 언제 제철의 단풍인들 완상(玩賞)할 시간이 있겠는가. 사실 우리나라 국민들의 삶이란 이제는 생활을 지나서 생존에 허덕인다고 하는 것이 실정에 맞을 갓 같다.

　오대산 관광호텔을 지나 조금은 멀리 보이는 영동고속도로에는 오가는 차량 행렬이 비디오 테이프의 빨리 감기를 눌러 놓은 것 같아서 눈에서는 잔상(殘像)을 처리하기도 전에 새로운 상(像)들이 밀어닥친다.

　현대는 최첨단, 초고속 시대라더니, 이제는 계절의 간이역도 옛 시대의 가슴에나 남아 있을 마지막 풍경일 것 같다.

2001. 10. 6.

찰나刹那와 영원永遠

시간적으로 가장 짧은 느낌을 주는 말이 찰나인 것 같다. 탄지(彈指)의 시간을 찰나라고 한다. 그러나 한 찰나 사이에 구백생멸이 있다는 말도 있다.

나는 30~40대에 낚시에 몰입하여 주말이면 날이 궂어도 낚시를 떠나곤 했다. 낚시를 던지고 찌가 서면 그 찌만 응시한다. 그러다가 찌가 살랑이면 긴장에 가까운 자세로 쏘아보다가 한마디가 위 아래로 완전히 움직이기 전에 채야 한다. 그렇다고 챌 때마다 고기가 낚이는 것도 아니다. 열에 한 번이나 낚일까 말까다. 낚시군으로서는 이것은 의례 그러려니 하는 일상적인 일이다. 그러나 이것도 찰나이기는 하지만 이와 같은 찰나는 너무 흔한 일이기에 이야기의 대상이 되지 않는다.

나는 사진도 좋아했다. 지금도 어디를 가면 헌 카메라를 항상 가지고 다닌다. 아마도 30여 년도 더 된 듯한 기억이다. 춘천에서 원평리라 는 곳으로 낚시를 갔다. 춘천 땜의 중하류다. 마을의 맞은편이다. 낚시를 펴고 앉았다. 한여름 오후 넘어가는 태양이 수면에 반사되어 진주홍 카펫이라도 펼쳐 놓은 것 같다. 일렁이는 거울이다. 등 뒤의 떡갈나무 숲에서는 소리도 없이 쏟아져 내리는 바람이 그렇게 시원할 수가 없다. 낚시를 펴느라고 흘렸던 땀도 식고 깜박 졸음이라도 올 듯한 고요를 느낄 무렵이다. 무엇인가 쇄액 소리가 나면서 머리위로 스치는가 하더니 멧새 한 마리가 수면으로 곤두박질을 한다. 새매가 새 위에 성큼 내려 앉는다. 날개를 다시 폈다 접으며 중심을 잡는다. 급하게 룩색 밑바닥에 넣고 온 카메라를 꺼내려는데 차차 새매가 오금까지 물에 잠기자 새매는 숲으로 날아간다. 나도 원위치로 돌아왔다. 잠시 후 새가 다시 떠오르자 새매도 다시 날아와 새 위에 앉는다. 새와 새매는 다시 갈아 앉는다. 물이 새매의 배에 닿을 무렵 소리를 질러 새매를 쫓았다. 혹여나 새가 살았을까 하는 마음에서였다. 그러나 두 번식이나 물속으로 잠기었다 떠오른 새의 주검은 노을 진 수면으로 천천히 흘러가고, 먹이만 노친 새매는 재수가 없다며 숲 속으로 사라지고, 찰나를 영원으로 간직하려던 나는 생과 사의 현장에서 침묵하고 말았다. 그 찰라를 필름에 담고 싶은 욕심의 결과가 새의 생명도 구하지 못했다.

　두 번째의 기억이다. 분당의 남쪽자락에 율동공원이 있다. 총면적 10여만 평에 호수가 4만여 평이나 된다. 수원지는 새마을 연수원과 수도육군 병원이 있는 계곡에서 물이 제일 많이 유입된다. 작은 내를 이루면서 호수로 들어간다. 냇물 좌측은 나직한 산인데 잡목 숲이 무성하고, 산줄기 속으로 숨어 벋어 내린 바위가 냇가로 삐죽삐죽 침범하기도 했다. 중간 지점이다. 두 줄기 바위가 산에서부터 흘러내렸다. 위의 것이 더 길고 아래 것이 짧으니, 자연 물이 흐르다가 두 바위 사이에서 작은 소용돌이를 치게 마련이다. 장마 끝이라 아직은 무더운 날씨다. 흐린 오후 무더위가 식기 전이다.

해오라기가 바위 등을 타고 소용돌이치는 즈음에서 무엇인가를 열심히 쪼아 물고 고개를 끄덕인다. 조심스럽게 지켜보니 2cm~3cm는 됨직한 송사리가 상류로 오르다 잠시 쉬려는데 사정없이 쪼아 삼키는 것이 아닌가. 아무리 약육강식이라고 하더라도 애처롭기만 하다. 이어 숲 속에서는 다람쥐가 조르르 나오더니 바위를 맴돌다가 물이나 찍어먹고 간다. 물잠자리가 팔랑팔랑 날아든다. 물이야 아랑곳하랴 그저 골골대며 흐른다. 모두가 제 갈 길을 가는 것을……. 사진을 찍으려는데 아차! 그날은 왜 사진기를 두고 나왔지. 또 한번의 찰나를 남기지 못하고 말았구나.

또 한 번의 일이다. 아가의 힘을 찍고 싶었다. 외손녀는 제 집과 서울 내 집을 들락이며 어린 시절을 보낸다. 아직 말은 하지 못하고 행동으로만 표현을 대신할 무렵이다. 말은 못하면서도 나를 무척이나 좋아했다. 어느 날인가. 내가 춘천으로 내려오려고 하는데, 할미가 끌안고 APT 현관 앞에 나오자, 내가 떠나려는 눈치를 알고 차에 오르려는데 울상이 되어 두 팔을 앞으로 뻗치면서 손가락 끝까지 있는 힘을 다하지 않는가. 그 장면을 찍으려는데 눈치를 모르는 할매라 그 좋은 장면을 노치고 말았다. 힘의 영원한 상징을 잃어버리고 말았다. 나는 이와 같은 찰나의 포착(捕捉)을 즐겨 찍는다. 그리고 스냅을 좋아한다. 이것은 찍는 것도 좋고 찍히는 것도 싫지 않다. 이것이 나의 취미의 한 단면인 모양이다.

06. 11. 24.

백로白鷺가 훨훨

내 집 거실 유리벽 앞에 서면 개울이 흐르고, 조금 멀리에는 나직한 산이 있어 그런대로 전망이 좋은 편이다. 특히 개울가에는 도보전용 도로가 10 여 Km 정도는 개설되어 있어 산책하기에도 편리하다.

그런데 이 개울 물을 따라 오르내리며 사는 백로가 있어 적잖은 위로가 되기도 한다. 나는 학을 좋아 한다. 그러나 중부 지방에는 학이 오지 않는다. 그래서 백로를 학으로 생각하면서 관심도 가지게 되었다. 나는 매일 이 산책로를 30분 정도 걷다가 돌아서 들어온다. 왕복 한 시간 정도다. 우선 냇가 길로 들어서면 백로를 살핀다. 으레 백로는 나보다 빠르다. 아침에 날이 밝으면 먹이 사냥터에서 물고기를 엿보며 서 있다. 때로는 내 거실 유리벽을 가로 질러 훨훨 날아 지나가기도 한다. 젊잖은 날개짓. 그 모습이 경망스럽지 않아서 마음에 드는지도 모르겠다.

지난 겨울의 일이다. 철새는 이미 다 떠났는데도 쇠백로 한 쌍이 남아서 겨울을 나는 것이다. 백로 중에서도 쇠백로가 제일 체구가 작다. 긴 목이 아니라면 하얀 비둘기만 한 것이 쇠백로다. 자세히 보면 무릎에서 발목까지는 검은색이고 발은 노란색이다. 서리가 내리고 눈이 쌓여 산도 들도 나무까지도 눈으로 덮인 냇가, 물결이 져 얼음이 얼지 않은 여울목에서 먹이를 얻으려는 것이다. 얼마나 추울까. 또 얼마나 배가 고플까. 그러나 20~30분은 예사로이 서 있다. 꼼작도 하지 않는다. 지구력, 인내심, 기다림 등이 이렇다는 것을 보여주는 것도 같다. 사실 나에게는 올 사람도 기다릴 사람도 없지만, 찬바람 치는 냇물에 들어서서 꼼짝도 하지 않는 그의 태도 에서 느끼고 생각하기에는 충분하다. 변변찮은 책을 한권 읽는 것 이상이었다고 할까.

그러나 어쩌다 송사리나 면했을 물고기 떼를 만나면 그의 동작 은 민첩해진다. 겨울이라 물고기의 동작이 재빠르지는 못하겠지 만, 그는 그 기회를 노치지 않는다. 발이 수면에 다을락말락 한 높 이에서 날개 짓을 하며 서너 바퀴 돌면서 고기들의 진로를 혼돈시 킨다. 순간 입으로는 물고기를 낚아 챈다. 생과 사가 공존하는 순 간이다. 어느 편에도 옳고 그름이 없다. 피라미 새끼로 보이는 물 고기는 은색으로 빤작 하는 순간에 어린 생명이 가고, 백로는 고개 만 두어 번 끄덕이더니 본연의 자세로 돌아간다. 생과 사란 이런 것인 것을 하고 생각하니 각축하는 삶이 부질없을 뿐이다.

눈이 풀풀 날리던 겨울 어느 날 백로가 고개를 접어 날개에 묻고 정물처럼 서있던 모습이 눈에 선한가 하면, 얼음 밑에서 떼를 지어 봄을 기다리던 송사리들도 그림자처럼 보인다. 어느 날인가 눈은 하얗게 쌓였는데 항상 두 마리였던 그들이 한 마리만 보였다. 외톨 로 서 있는 한 마리가 더욱 쓸쓸해 보인다. 측은하기까지 하다. 곤 충도 파충류도 없는 냇가, 고픈 배를 침묵으로 참고 견딜 수밖에 없는 엄동설한. 몰골도 흑로로 보일 정도로 초췌하여 궁금하게 한

적도 있다. '그들도 불목하기도 하고, 사랑싸움도 하는지, 더러는 가출이라도 하는지, 아니면 감기 몸살이나 어떤 병이라도 나면 몸져 눕기라도 하는지, 병원도 없는 그들의 세계에서는 속수무책인지. 그것은 영원한 궁금증으로 남을 수밖에 없겠다.

이렇게 겨울은 갔다. 요사이는 오리들도 떠나고 원앙도 갔다. 그런데 백로는 세쌍으로 늘었다. 그 중의 두 마리가 몸집이 크고 무릎에서 발가락까지 검은색인 것으로 보아 아마도 중대백로인 것도 같다. 느닷없이 왜가리도 한축 끼겠단다. 공중을 날다가 백로 세쌍이 있는 곳에 성큼 내려앉는다. 환영의 뜻인가 여울에 서 있던 백로들이 '쿠악' 하고 소리를 지른다. 왜가리는 한 마리다. 짝은 어디 두고 독신일까. 요즈음 젊은이들은 독신주의자도 늘어나고 결혼을 해도 아기를 원하지 않는가하면 이혼율도 증가추세라는데 이놈들도 사람을 닮아 가는 것이나 아닌지. 고향도 타향도 없는 그들이 내 곁을 떠나지 않는 이유는 무엇이람. 나는 내곁을 떠나지 않는 것이라고 생각하는 것이다.

백구(白鷗)야 놀라지 마라 너 잡을 내 아니라.
성상(聖上)이 바리시니 갈듸 업서 예 왓노라
이제란 공명(功名)을 하직(下直)하고 너를 조차 놀니라.

작자는 미상이나 화원악보(花源樂譜)에 나오는 시조다.
결국은 부귀도 공명도 버리고 백구와 벗을 하겠다는 뜻이 아닌가. 그래 인간은 언젠가 배반하지만 자연은 결코 인간을 배반하지 않는다. 인간이 자연을 배반할 따름이다.

2006. 5. 10.

註: 백구(白鷗)갈매기. 해오라기:백로와 과는 같고 목이 다르다.

버리기

우리는 살면서 너무 많이 버린다. 음식은 그 자체의 성질도 그렇다. 모두 젖은 것이다. 아니면 수분이 너무 많은 데도 문제가 있기는 하다. 국, 찌개는 물론이고 반찬 유에도 마른 것이 거의 없다. 삶아 무치고. 볶고, 지지고, 김치에도 국물이 있어야 한다. 먹다가 남으면 보관하기가 참으로 난감하다. 그런데도 우리의 음식 문화를 지켜 왔다는 것이 참으로 신기하다. 냉장고도 없는 시대를 어떻게 이어왔을까. 오직 지혜와 노력이었겠지 이렇게 생각해 본다. 서양의 음식물이야 먹다가 남아도 방금 맛이 변질되지 않으니 별문제가 될 것도 없다.

그런데 이제는 음식 쓰레기도 문제다. 문제로 등장한 지도 오래다. 옷가지며 가구는 돈을 주고도 버려야하는지. 각종 1회용은 더 문제다. 컵, 종이상자, 포장지, 스티로폼, 비닐제품들은 버려도 태워도 문제는 소멸되지 않는다. 이러다가는 서로 사슬이 되어 결국은 숨을 거두는 종점에서 만나게 될는지도 모르겠다.

배가 좀 고프고 등이 조금 춥더라도 옛날을 회상하면 현재는 너무 풍요롭다. 수박을 먹는다. 발갛게 익은 부분을 다 먹은 다음, 딱딱한 껍질만 버리고 연한 부분은 깍두기로 만들어 먹기도 했다. 참외, 사과, 복숭아 따위는 껍질을 그대로 먹었다. 옷도 깁지 않은 옷은 드물었다. 농기계 없이도 농사를 지었다. APT가 없어도 노숙은 하지 않았다. 무엇 때문이었을까. 나는 인심·인정이었다고 생각한다. 세를 받지 않고도 방을 빌려주고, 소와 사람의 노동을 똑같이 인정하는 가치관이며 남녀의 역할 분담도 엄격하였으므로 현재와 같은 성의 혼란도 덜 했다고 생각된다. 2차대전이 끝나자 일본은 부자가 가난한사람을 따라 살았으므로 경제대국이 되었고, 한국은 가난한 사람이 부자를 흉내 내다 나라만 가난해 졌다는 말도 있었다. 현재도 그렇다. 싱가폴에서는 껌을 수입도 금하고 자국 생산도 하지 않는다고 한다. 길바닥의 청결을 위해서 말이다. 돈이라면, 명예라면 빨딱 죽고지고로 인한 우리의 무질서, 무분별, 잡초 같은 혼란을 치유하여야 사람 꼴도, 나라 꼴도 될 터인데 말이다.

지난 추석 다음이다. 우연히 음식물 쓰레기통에 갔더니 어느 여인네의 소행인지 차례상에 놓았던 것 같은 두부며, 적, 나물류 등 접시에 담았던 흔적 그대로 쓰레기통에 차곡차곡 버려진 것이 아닌가. 조상이 응감이라도 하였을까? 공연히 민망스럽다는 생각이 들었다.

그런가하면 어느 시인의 말이다. 명절만 지나고 나면 배가 부글부글 끓는다고 한다. 사유인즉 명절 때 차례 상에 놓았던 채소. 탕이며, 적 류 등을 두고 먹다보면 며칠 동안은 배가 끓는다고 한다. 좋흔 방법으로는 아예 조금씩 만들면 되지 않느냐고 하자 피식 웃는다. 시누이들이 싫어 할 뿐 아니라, 남편 눈치도 보인다는 것이다. 그럴 것도 같다.

이러지도 저러지도 못하는 며느리의 입장은 예나 지금이나 다를 게 없다는 생각을 한다. 하지만 이런 정도로야 먹던 버려서 썩던 큰 문제가 될 것은 없다. 문제는 바늘구멍으로 황소바람 들어온다는 식으로 차차 정도가 높아져 자식도 버리고, 부모도 버리고, 남편도 아내도 버리고 나면 가정에도 나라에도 미련이 남을 리가 없다. 그러나 문제는 이렇게 버리다 보면 가풍도 잃고, 가문의 전통도 사라진다. 한국 사람도 한국이라는 나라도 없어 질 터인데 어쩐다지?

지난해의 통계인 듯 하다. 결혼한 지 3년을 넘기지 못하고 남편은 아내를 아내는 남편을 버리거나 바꾸는 사람이 46%에 달한다고 하니 나를 위하여 나라를 위하여 장래를 위하여 한 번 더 생각해 봄직도 하지 않을까요. 우리 생활에서 버릴 것을 누구라도 다 매거 할 수는 없다. 다만 강조하고 싶은 것은 버리기를 좋아하는 사람은 이미 자신은 버려진 사람이라는 것을 깨닫지 못하고, 버린 다음에 오는 마음의 공간을 즐기는 일종의 변태일 수도 있겠다. 그것은 사사천 물물천이란 말도 있기 때문이다.

2006. 11. 24.

바람 맛

봄은 왔지만 봄 같지 않다는 시구(詩句)도 있다. 그런데 나는 그 말의 반대를 느낀다. 소한은 지났고, 대한은 아직도 10여 일이 남았다. 그러나 절후는 음력 기준이니까 입춘은 2월 초나 되어야 온다. 그런데 금년이 쌍춘년. 길년이라고 야단들이다. 근래에 와서 무슨 날. 무슨 날 하면서 얇사한 상혼들이 만들어 낸 날들도 많아졌다.

집을 나선다. 산책로다. 건너편 건물들의 벽에 반사되는 햇살이 맑다. 해사하다. 방긋 웃는 것도 같다. 냇가를 따라 이어지는 길가에는 아직도 얼음이 깔리기도 했다. 양지쪽에는 눈이 녹아 질척이기도 한다. 오히려 먼 산의 봉우리에는 눈이 없다. 그러나 아직 이내는 보이지 않는다. 겨울 그대로 무거운 하늘빛이다. 바람에 날리다가 가지에 걸린 비닐 나부랭이도 흔들리지 않는다. 하지만 걷는 속도대로 느끼는 바람은 두 귀에 싸늘한 감각을 준다. 그 감각 뒤편에서 봄맛이 따라오나 보다. 나는 그 맛에 매료되어 봄을 느낀다. 하지만 잠깐이다. 모든 사람들이 봄을 구가할 무렵이면, 이 삽

상한 맛은 어디론가 사라져 버린다.

　새들도 높은 가지로 옮겨 앉는다. 까옥까옥 우는 까마귀 소리가 들린다. 흉조라는 느낌이 들지 않는다. 까치는 가까운 곳에서 깍깍거린다. 느닷없이 곤줄박이도, 박새도 보인다. 나직한 넝쿨로만 갈아 앉던 참새도 높은 가지나 전선으로 날아오른다. 보호색으로 위장된 산비둘기도 보인다. ‘백성은 먹는 것을 하늘같이 여긴다’ 는 말이 있다. 먹어야 살기 때문이겠지. 우선은 먹이겠지만 모두가 짝을 찾는 전주곡인 양하다. 가장 의아한 느낌을 주는 것은 쇠백로다. 철새인데도 남아있다. 여울지는 냇가 물에 잠긴 풀뿌리 사이에 은신하고 있는 고기를 찾는 모양이다. 작년에도 가지 않고 겨울을 나면서 사람의 마음을 불안하게 하더니, 금년에는 홀로 남아서 저렇게 쓸쓸한 모습으로 서성거린다. 얼음이 얼면 물고기들도 갓으로 나와 청태나(물이끼) 풀뿌리에 은신을 한다. 내 어릴 때 고향에서의 일이다. 날이 추워지고 살얼음이 얼기 전에 집 북더기를 냇가 웅덩이 물 위에 깔아 놓으면, 그 밑으로 고기들이 모인다. 주로 잡어들이 모인다. 담수어를 좋아하는 사람들이 족대만 가지고 나가면 술안주로는 충분하다.

　주먹만한 오리 새끼도 대여섯 마리가 자리를 옮긴다. 오리야 추운 고장을 찾는 철새이니까 겨울을 나려고 왔을 것으로 생각하지만, 이놈들도 철을 잃은 집시들이다. 지난여름 홍수가 가고 느닷없이 하얀 오리가 한 마리 돌아 다녔다. 어디서 떠내려 온 집오리려니 했다. 괘액괘액 우는 소리는 집오리였다. 야생 오리는 큰소리를 내지 않는다. 그런데 상당한 거리를 날아가는 것이 아닌가. 처음에는 어미가 새끼를 데리고 다니는 것도 보았다. 아마도 그놈이 야생과 인연을 맺고 냇가 풀밭에서 새끼를 친 모양이다. 이제는 제법 커서 날아다닌다. 이것은 자연과 인위의 교합이다. 이제는 철새도 철을 잃고 동서양의 인종도 구별이 없고, 인간의 생활도, 문화도 구별되지 않는 하나 되기로 바뀌는 것일까. 행인지 불행인지 모를 일이다. 냇물도 제 멋대로 흐른다. 흘러야 할 곳으로 흐르는 것이 아니고 제가 흐르고 싶은 곳으로 흐른다. 이것이 한국의 치산치수다. 그러니 자연 무질서 할 수밖에 없다. 냇가에는 물살에 밀려 구르던 돌들이 마구 던진 듯이 놓여 있다. 놓인 모습들도 서로 다르다. 어떤 것은 불안하게, 또 어떤 것은 편안하게, 서고, 앉고, 눕고, 비스듬하게 기댄 것도 있고, 억지로 멈춘 모습도 보인다. 그러나 그들은 불평도 말도 없다. 그저 그 모습으로 만족하는 것일까. 지구도 변하고 세상도 인심도 달라진다. 자윤가 방종인가. 인위적인가.

　길을 걷는 사라들도 차림은 겨울옷인데 표정들은 억지가 보이지 않는다. 뚜벅뚜벅 걷기도 하고, 경보도 하고, 뒤뚱 거리기도 하고, 절룩거리기도 한다. 30~40년 전 시집 장가, 오고 가고, 고운 정 미운정 한데 묶어 느릿느릿 걸어가는, 손잡은 모습은 흐트러짐이 없다. 나의 신발 끄는 소리가 들린다. 왼발의 관절 탓이리라. 천차만별 가지각색. 고려말 이방원의 여하가도, 정몽주의 단심가도, 상준곡도 떠오른다. 옳고 그름도 없는 것 같다. 절대라는 것이 있을까. 절대라는 단어 외에 모든 사물에 말이다. 절대 선도 절대 악도 존재하지 않는다는 것이 나의 지론이다. 대한을 바라보면서 내가 봄을 느끼는 것은, 구름속의 달인지도 모르겠다. 아니 잠깐 느껴본 바람의 맛일까? 아무튼 나는 이 맛에서 봄을 느낀다.

06 12.

냇가 길을 걷다

나는 매일 냇가 길을 1시간 이상 걷는다. 시에서 개설한 보행자 전용 도로다. 지난해 가을 개통한 이후 많은 사람들이 오간다. 남녀노소 각양각색이다. 연령도 그렇고, 입성도 그렇고, 걷는 모습은 더구나 다채롭다. 여자의 공통점은 작은 가방을 옆으로 메었거나 손가방을 들었고, 남자들은 담배를 피우며 걷는 것이라고나 할까. 더러는 자전거도 지나가고, 오토바이도, 유모차 그리고, 휠체어도 가끔 지나간다.

그러나 살필 거리는 기억에 넘칠 만큼 많다. 우선 냇물이 흐르는 모양이다. 지난 여름 장마에 쓸려온 모래가 질펀하게 깔린 위로 물길이 제멋대로 트여 산발적이다. 여기저기 작은 모래톱이 생기고 그사이로 흐르는 물은 마치 어느 도심 부근의 I C 같기도 하고. 축구장에 선수들이 지나간 흔적 같기도 하다. 이런 구간에는 새끼 오리들이 대여섯 마리 모여앉아 날개 속으로 부리를 묻고 오수를 즐긴다. 어떤 놈은 '삐요삐요' 어미를 부르는 것도 같다. 하지만 어미는 먼데서 눈길만 줄 뿐, 이제는 너희들 힘으로 살길을 찾으라고 지난 가을처럼 품어주지는 않는다. 조금 지나면 한곳으로 모인물이 돌부리를 넘느라고 졸졸대며 여울져 흐르기도 한다. 조금 더 내려가면 오금에 찰 정도로 수심도 생기고 백로가 긴 목을 추켜세우고 긴 다리로 어정거리기도 한다. 날마다 빼놓을 수 없는 것이 비둘기들과 까치, 참새도 한목을 한다. 아마도 물을 먹으러 오나보다. 비둘기 중에는 다리가 하나 잘린 놈도 있다. 발가락이 잘린 놈은 더러 보았지만 다리가 잘린 놈은 처음 보았다. 어쩌다 한쪽 다리를 잃었을까 자세히 살피려 하니 훌쩍 날아가 버린다. 얼마나 고통스러웠을까 자연으로 치유되기까지는 고통도 컸을 터인데……. 건너편에서는 지난해 홍수가 쓸고 간 자리를 복구하느라고 포크레인 한대가 덜커덕거리며 트럭에 모래를 싣는다.

나는 나름대로 정해 놓은 반환점에서 되돌아선다. 매일 보지만 얼빠진 것 같은 표정의 백로는 오늘 보아도 같은 모습이다. 어떤 녀석은 외다리로 정물처럼 서있다. 바람에 털이 날리는데도 미동도 하지 않는다. 다리라야 고작 볼펜 굵기는 됨직 한데, 한발로 중심잡기 내기를 한다면 당할 날짐승이 없겠다. 조금 올라오자 사람들이 모여 서서 포크레인을 바라본다. 나도 걸음을 멈추었다. 물길을 돌리느라고 포크레인이 두 갈래로 흐르던 물길을 한 곳으로 돌린다. 새로 뚫리는 물길로는 시뻘건 흙탕물이 이제 막 트이는 좁은 통로로 도도하게 흐른다. 막혀지는 기존의 물길은 물줄기가 가늘어지면서 물이 잦아든다. 아차. 수많은 생명들도 잦아지는 순간이다. 처음에는 큰 고기들이 등지느러미가 들어나자 이 무슨 날벼락이냐며 요동을 치고, 송사리들이 팔딱팔딱 뛰더니 점점 물이 자작자작 줄어든다. 송사리나 면한 어린 고가들이 이제는 커보지도 못하고 생을 마감할 수밖에 없겠구나 하는 생각이 든다. 이들을 키워주던 플랑크톤까지 친다면 순식간에 수천 수만의 생명이 사라지는 것이다. 이렇게 목숨이 경각인데 백로는 횡재라고 닭이 모이를 먹듯 크고 작은 물고기로 포식을 한다. 불난 집에 부채질이다. 이렇게 하고서도 만물의 영장이라고 자칭할 것인가. 포크레인은 이기(利器)인가? 해(害器)? 인가. 씁쓸한 입맛으로 돌아서며 이런 생각이 들었다.

매연, 황사, 농약, 지구의 온난화, 이런 것들은 다 인간이 만든 것이다. 지구가 하나라면 내가 사는 나라도, 나 자신도 하나다. 뿐이랴, 세상이 즐겁다고 소꿉놀이에 정신을 팔던 우리의 후손들이 저 지경이 되는 날이 온다면 무엇으로 어떻게 한다지? 대구 지하철 화재 때 참사를 연상케 한다. 사람도 언젠가는 물고기들이 떼죽음을 하듯이 비실비실 하다가 아무데서나 쓸어져 가는 비극은 없어야 할 터인데 하는 기우를 하게 한다.

보지 않은 것만 못한 마음으로 돌아선다. 그래도 파릇한 잡초들은 방긋 웃는 것 같고 건너편 언덕에는 개나리가 한참이다. 일희일비가 공존하는 현장이다. 나오지 않은 것만 못하다는 후회도 한다.

약보가 불여 육보요, 육보가 불여 식보요, 식보가 불여 행보라는 말이 있다.

보고도 어떻게 할 수 없는 주제라 이와 같은 옛말을 떠올리며 걸음을 옮겼다.

07. 4. 11.

수몰된 실향민의 꿈

며칠 전의 일이다. 꿈에서 흐느끼며 울다가 소스라쳐 잠을 깼다. 고향의 꿈이었다. 옆에는 어머님께서 오른쪽 무릎을 세우시고 앉아 계셨다. 명주 겹옷을 입으셨던가. 2/3정도는 하얀 머리를 곱게 빗어 넘기시고 단정하게 쪽을 찌신 것은 살아 계실 때와 조금도 다른 데가 없으시다. 생시에 뵈옵던 그대로의 모습이다.

어딘가에 밭을 사 놓으셨다고 하셨다. 나는 고향으로 가야 한다고 울부짖었던 것 같다. 내가 남달리 고향을 고집하는 것은 아니지만, 고향은 연고의 최우선 순위다. 철모르는 시절에 고향을 떠났고 평생을 타향에서 지냈다. 그리 부끄럽게 지내지는 않았지만 어디 고향만이야 했으랴. 생각해 보면 부귀(富貴)에 있어도 손실이 막대하다. 청운의 꿈을 안고 금의환향 하겠다고 떠나온 고향이다. 더욱이 한국에 있어서는 연고, 고향과 타향의 차이는 막심하다. 초·중·고등학교의 선·후배며, 지방장관이나, 위·의원 선거라던가 등등, 그리고 현직을 떠나 나이가 많아질수록 스스로 소외감도 느끼게 된다. 그러나 돌이킬 수 없다는 것을 아시고 어머님은 고향이 아니라도 괜찮지 않느냐는 뜻으로 밭을 사신 것 같다. 하나 어디라는 말씀은 없으셨다. 사실 나는 30대 중반부터 중시조(中始祖) 선산을 마련하겠다고 마음속으로 작정을 했다. 그러면서도 앞으로 남은 시간만 믿고 미루다가 30~40년이 급류처럼 흘러가고 말았다. 퇴직한 후에도 10년이 지났다. 나름대로는 깔끔하고 조촐한 곳을 물색하느라고 꽤 많은 곳을 다녀 보기도 했지만 만족한 조건을 구비한 곳도 없었고, 넘고 처지고, 그렇다고 세월이 기다려 줄 리도 없는데 종점은 저만치인 것으로 짐작이 된다. 사람이 살아서는 오갈 수도 있지만 자연으로 귀의하면 그것은 불가능하다. 또 하나는 남들처럼 유산도 없는 주제에 후손들에게 부담은 주지 말아야 하겠는데 현실과 내 뜻의 거리는 멀기만 하다.

세계를 정신적으로 지배했던 성 바오로 2세도 장지를 폴란드와 바티칸 성당으로 논의하다가 바티칸 성당으로 결정되었다는 보도였다. 고향은 이렇게 그리운 곳이요, 어떤 의미로는 조상과 같이 영원한 것인데, 요즘 젊은 세대들은 현실 유지에 급급하다가 조상도 고향도 돌아볼 겨를이 없다. 너무도 야박한 현실이다. 이러다가는 인륜도 도덕도 정(情)마저도 상실의 시대가 오지 않을는지.

그런데 나의 청풍명월은 1985년 충주 댐 건설로 물 속에 잠기고 말았다. 어느 해 가 보았을 때다. 뒷산 잣나무에 기대서서 내려다본다. 밤이면 두견이가 울던 곳이다. 내가 살던 집, 아니 바로 담 넘어 경이, 복이, 근이, 석이 초등학교 때 같은 반에서 공부했던 단짝친구, 그는 수복 직전에 납북된 천회라는 이름의 친구였다. 손이라도 잡아보고 싶은 그들은 지금 어디서 어떻게 지내고들 있을까. 어찌 그뿐이겠는가. 동리는 잔잔한 잔물결로 가득 차고, 돌과 흙을 이겨 쌓았던 담장이 돌만 그대로 가라앉았다. 그리다 만 미로처럼 윤곽만 일렁인다. 차라리 눈을 감고 상상에 잠긴다.

봄밤이면 가끔 들리던 부엉이, 앞산에서 소름 끼치게 하던 고란이, 밤으로 족제비에 놀란 닭소리며, 여명을 알리는 참새소리 장마철에나 볼수 있었던 호반새, 이른 봄 까지 고공에서 군무를 보이던 갈가마귀, 반가운 손님을 예고하던 까치, 울타리로 기어오르던 호박 넝쿨, 어스름에야 속뜻을 보이던 청초한 박꽃, 수줍어 소나무 뒤에 숨어서 미소만 보내던 진달래며, 청사초롱 밝혀 주던 초롱꽃, 동실동실한 오동나무 열매, 숨이 받친다던 받치재는 내가 게다라는 신발을 신고 통학하던 성황당 고개이다. 눈을 감았는데도 보이고 들린다. 아마도 어머님과 내가 쓰던 안방에는 모자 고기가, 사랑방에는 호주(戶主) 고기가 장죽에는 담배를 담고 있을까? 훈풍이 스쳐간다. 앞들에서는 한자 넘게 자란 보리가 춤을 추고, 새로 피는 뽕잎이 햇빛을 받아 거울이다.

잣나무 가지를 스쳐가는 바람에 눈을 뜬다. 들에는 산기슭까지 수면으로 가득 차고 물 무늬만 내게로 찰랑인다. 그런데도 새소리는 전과 다름이 없다. 산에 오르면 나뭇가지도 눈에 익고 고샅길은 발에 익어 눈을 감고도 집을 찾던 내 고향이련만, 그 누구의 업적에 밀려 30여 호 50가구, 200여 명은 장마 끝에 구름이 되어 동서남북 이산가족으로 흩어지고 현재는 단 여섯 가구가 사오리(査伍里)라는 마을 이름이나마 지켜간다고 하니 다행일까. 꿈조차 꾸어 보지 못하는 실향민의 이 간절한 꿈을 아는 이 있을까.

억새, 안달미, 방울새며 잡초를 헤치고 돌아선다. 앞·뒷산 8부 능선으로 돌아드는 비포장도로에서 자동차도 서글픈 먼지만 흩날린다.

2005. 4. 7.

옹달샘터의 노옹

내 집 맞은 편에는 나지막한 산이 있다. 해발 300m 미만 정도의 산이다. 겨울에도 산을 오르는 사람이 끊이지 않는다. 특히 봄에서 가을까지는 시골 작은 장터만큼이나 붐빈다.

벌써 몇해 전의 일이었지만 잊혀지지 않는 노인이 한 분 있었다. 이 산의 등산 길은 정상으로 해서 내려가다 산허리를 안고 한바퀴 도는 코스인데, 그 도는 중간 지점 작은 계곡에 옹달샘이 있다. 사방사업(砂防事業)으로 견치 돌을 2단으로 쌓은 바로 아래 아주 조그마한 옹달샘이다.

어느날 이곳을 지나는데 어떤 노인이 비닐장판을 아파트 출입문보다 조금 짧게 오려 깔고 앉아 무엇을 열심히 매만지고 있다. '땀이나 들여가지고 가시오' 하기에 누가 쉬었다 간 흔적이 있는 돌에 앉아 보니, 노인은 헤어진 운동화를 꿰매고 있었다. 그리고 주위에는 검은 색의 쌕이며 목침 모양으로 자른 스티로폴, 가위, 등산용 칼, 종이컵 등등이 소꿉장난 살림처럼 놓여 있다. '연세가 얼마나 되시오' 31년생이라고 했더니, '염소띠구만 나도 염소띠인데

열두살 아래시네' 이렇게 시작된 대화가 조금씩 발전하게 되자 그 노인은 자신의 사정이야기를 푸념처럼 시작한다.

이 시내(춘천)에서 시오리쯤 떨어진 농촌에서 아들 둘, 딸 하나를 데리고 조촐하게 살았단다. 큰 아들은 시내 처녀와 결혼을 했는데 농촌으로는 죽어도 가지 않겠다고 하여 소 몇 마리 팔아 전세를 얻어 줬지요. 그러나, 1년 정도 노동을 하다 여의치 않자 합치려고 했으나, 이혼도 불사하겠다는 여자의 반대로 아들만 돌아오는 바람에 소만 몇 마리 날렸고, 마침 미혼모가 있어 재혼을 시켰더니, 이번에는 땜에서 고기나 잡겠다며 동력보트와 그물 등 어구를 사주지 않으면 집을 나가겠다고 하여 요구하는대로 갖추어 주었다는 것이다. 그것도 쉽지 않은 것이 허가가 없으니 먼저 허가를 낸 사람들이 문제를 제기하여 잔치를 한바탕 벌린 다음에야 고기를 잡을 수 있었다고 한다. '괜찮았어요. 하룻밤 잘만 건지면 10~20만원 되니까요', '그러던 것이 어느날 새벽에 친구 두사람과 술을 먹고 그물을 건지다가 그놈만 빠져 죽었지 뭡니까'

보통 체구의 노인인데 시골 노인치고는 정갈한 편이고 인상도 박복해 보이지는 않았다. 행색이 남루한 편도 아니였다. 그러나 노경에 감당할 수 없는 인생살이가 너무도 무거운 표정이다. 그 노인의 이야기는 다시 이어진다.

'둘째 아들은 군에서 장기복무를 하면서 700여 만원을 모아 가지고 제대를 했지요. 색시도 데리고 왔어요. 그러니 또 어떻게 할 수 있나요. 옛날 주공아파트를 조그만 것으로 사 주었지요. 전지를 좀 팔아서. 그랬는데 지금 사는 아파트를 분양을 받았다나요. 할 수 없이 시골 것은 다 정리하고 25평짜리 KH아파트를 사고 나니 두 늙은 이 갈데가 있나유. 같이 살지만 먹어야 살지요. 며느리가 분식집을 냈어유. 그런데 하루는 시집 간 딸이 오더니 세살박이 아이(손자)가 술잔 주고 받는 흉내 내는 것을 보고, 애까지 버리겠다며 말리는 바람에 지금은 남의 애나 길러 주는데, 한명에 40만원씩 두명을 데리고 있어요’

‘아드님은 무엇을 하는데요’

‘예, 제대하구 한전에 시험을 봤는데 대구로 발령이 났대유. 80만원 받아서 40만원은 제가 숙식비로 쓰고, 40만원은 갖다 주나 봐요. 옛날 같으면 지금쯤 보리가 누렇게 익어갈텐데’

그리고 보니 망종 무렵이다. 초여름 더위가 시작되는 숲을 지나가는 바람소리는 그저 시원하기만 하다. 바다에 유람선이 지나가듯 하늘에는 흰 구름이 머리 위를 흘러가지만 이 노옹의 사연이야 알 길이 있으랴!

나는 그 노옹을 두고 일어서려니 다시 추회와 고독에 휘감길 그가 불상하고, 앉아 있는다고 별 방법이야 없지만 그래도 잠시나마 정에 끌려 자리를 뜨지 못했다.

‘이거 하나 잡숴 보실래유’ 베지밀을 하나 꺼내 준다. 매일 베지밀 두 개와 빵 한 개를 가지고 와서 그것으로 점심을 때운다고 한다. 그리고 해가 질 무렵 집으로 내려 가는데 중풍으로 보행이 불편하여 매우 힘겹단다.

‘그래두 어제는 정상까지 갔다 왔어유’, 아주 대견한 성공인양 자랑스러운 표정이다. ‘집에 있으면 쓰레기 자루를 우리 방 옆에 두기 때문에 냄새가 나서 코를 찔러유. 그런데 할멈은 중풍으로 쓸어져 변소에도 겨우 기여 다니니……’ 그는 말을 잇지 못하고 메어 오는 슬픔과 울화를 참느라고 두어번 ‘욱욱’ 하더니 구슬같은 눈물이 후두두 떨어진다.

‘나한테 시집 와서 고생만 하다가 고기국도 한번 푸짐하게 사주지 못했는데 저렇게 병만 들고, 그래도 내가 살았을 때 죽어야 땅에라도 묻어 줄 텐데, 내가 먼저 죽으면 누가 어떻게 할지 알아유, 태워 강에 훌훌 뿌리면……’ 그 노옹은 다시 목이 멘다. 흐느낀다. 나는 더욱 일어설 수가 없었다. 어떻게 해야 조금이나마 그 노옹의 마음을 위로할 수가 있을까. 답답했다. 같이 울 수는 없었지만 속으로는 같이 울어도 해결할 수 없는 현실이기에 꼼짝도 못하고 그대로 앉아 있었다. 이토록 아름다운 부부애의 순박함이여!

‘그렇다고 약값도 없어유, 먹고 살기에 바쁘니까. 돈 한푼 주는 사람도 없구, 그나마 농협에 몇십만원 예금한 이자로 더러 약을 사 먹지만 못된 병이라 낫지도 안네유’ 게다가 며느리는 내가 들어가 흙이라도 조금 떨어지면 닦고 쓸고 불고 야단이니, 그것도 눈치 보이고, 아무리 털고 들어가도 앉았다 일어나면 또 흙먼지가 떨어지고 못살겠어유’.

그저 유순하기만 한 전형적인 강원도의 어투가 더욱 애상적인 여운을 남긴다. 평생을 농촌에서 텁텁하게 살아왔던 생활습관과 알뜰하고 깔끔한 며느리와의 갈등도 이 노인에게는 버거울 수 밖에 없는 현실이지만, 운명이란 언제고 늙은이의 편은 아니지 않는가. 어디 이와 같은 노경이 한 둘이겠는가. 나의 운명을 앞서 가는 것 같은 착각(?)의 뒷맛이 영 개운치 않다.

어쩌다 장교도 아닌 직업군인의 아내가 되어 감지덕지 얻은 아파트니 깨끗하게 하고 싶은 마음, 술잔 기울이는 흉내나 내는 아이의 앞날을 위해 분식집을 치우고 남의 아이를 맡아 기르는 그 알뜰한 마음, 얼마나 가상스러운 일인가.

‘그래두 밥상도 치우지 않고 네 활개 던지고 두러 누어 텔레비나 보는 것보다 낫지 않습니까’.

이 말이 그 노옹에게 무슨 이해나 위안이 되었을까만 나는 이렇게 말하고 일어서고 말았다. 바람은 훈풍이다. 내 옛고향의 보리밭, 밀밭에서 일렁이던 물결이 눈앞에서 출렁인다. 보리가 누렇게 익어가던 논두럭에 가래질을 하던 평화로웠던 모습도 현실처럼 선연하다. 이 무렵이면 의례 들려오던 떡보리새의 야무진 소리. 뻐꾸기며, 천길이나 떠오르던 종달이, 유난히 반짝이는 대추나무 잎, 감꽃 목걸이, 버들피리, 한용운의 보리피리, 민들레꽃, 진달래, 해거름의 '팔죽팔죽' 하던 송장메뚜기, 밤이면 개똥불이, 여치소리, 뒷산 잦나무에서 울던 소쩍새, 지금에 술친구보다도 정에 겹던 그 영원한 벗들을 상기하면서 그 노인과의 사연(事연)을 잊으려고 애를 쓰기도 했다.

그런데 몇해 전부터 그 노인이 머물던 자리의 옹달샘도 마르고 그 노옹도 보이지 않는다. 궁금할 때가 한두번이 아니다. 부인을 땅에 묻어주고 죽고 싶다는 그 애절한 정이며, 노경에 찾아든 불행, 야박하게 변천한 세월, 모두가 그의 잘못은 아닌데 그 노옹은 지금 어떻게 되었을까!

공연히 산만해진 마음을 다독이며 내려오는 길목에서 시내를 바라본다. 기세 당당한 고층건물들, 질주하는 자동차, 낮에도 명멸하는 신호등, 수전노들의 발악을 대표하는 높다란 콘도라가 천천히 회전하는 동작이 한가로히 보이는 것은 무슨 연유일까!

하나의 소망

해가 갈수록 새해를 맞는 감회가 희석되는 것 같다. 그래도 정동진, 의상대, 해운대 등에는 수십만 인파가 해맞이를 했다는 보도이기도 했다. 하지만 크리스마스며 설맞이 등 연중 명절의 분위기는 대체적으로 그 설레임이 감소되어 가는 느낌을 부인할 수는 없다.

그렇다고 새해의 소망까지 없을 수는 없지 않은가. 다소 풍요로워졌다고 하지만 IMF 이후 갑자기 늘어난 노숙자들이며 기아 아닌 기아들, 영문도 모르고 손해만 보는 서민들의 고민은 한 두 가지가 아니다. 어떻게 좀 잘 살아보려고 알뜰살뜰 하다보면 물가는 껑충 뛰어오르고, 게다가 세금까지 해마다 오르니 허탈해질 수 밖에 없다. 어떤 수단으로라도 덜썩 뭉치돈을 번 사람이야 상대적으로 빈민층이 늘어나기를 은근히 마음에 두는지도 모를 일이다.

서민들로서는 주위를 살펴 보면 안심할 곳이 전혀 없다. 정치판은 난장판이었고, 경제판은 도박판이었고, 사회의 실상은 아수라장이고, 교육은 이민으로 교실·가정까지 허물어 졌고, 교통문화도 너 죽고 나 살자는 식이니 항상 불안한 현실을 살아야 한다.

새해에는 치자(治者)도 바뀌었으니 기대해 볼 수 밖에 없지만, 아직 보장된 것은 없으므로 역시 안심하기에는 빠른 시기다. 제발 우리나라 각 분야 각계 각층이 덜 먹고 덜 입더라도 잔잔하게, 마음이라도 편하게 살았으면 하는 것이 모두의 소망이리라. 하지만 소시민들로서는 아무리 해도 불가능한 것이기에 제각기 가능한 것을 찾아 돌아설 수 밖에 없다. 요즈음 인사말에서도 잘 나타난다. 만나는 사람마다 손을 잡으며 '건강하시지요' 헤어질 때도 '건강하십시오'다. 아니면 '건강에 주의하십시오'다. 환자도 아니고 장기간 병객도 아닌데 서로가 건강하기나 바라는 사회가 되고 말았다. 좀더 과장한다면 어딘가 비정상인 일면이 있지나 안을까 하는 의구심에서 하는 말일 수도 있다. 동병상련(同病相憐)이란 말이 있다. 육체적으로는 이상이 없다고 하더라도 정신적으로는 건강하지 않을 수도 있다. 이렇게 생각하면 우리는 서로가 정신적인 건강을 원하는 것이라고 유추할 수도 있다.

그리고 내 마음대로 할 수 있는 것이 있다면 소시민으로서는 나 자신밖에 없으니 몸이나 건강해야 하겠다는 생각이 우선일 게다. 이런 사고가 확산되면 극도로 이기적이고 개인주의적인 현실이 조성되므로, 국가나 민족 상사나 동료들과도 인간관계가 소원해지는 결과를 보게 된다. '언어는 사회의 반영'이라고 한다. 그리고 사회성과 역사성도 있어야 한다. 그러니 언제 어디서 누구로부터 시작되었는지 모르지만 건강하라는 인사말은 다시 한번쯤 재고할 문제이기도 하다. 아무튼 세속대로 쫓아야 할 문제들은 나도 남들과 다른 바가 없다.

백범 김구선생님의 '나의 소원'이란 글에 보면 "네 소원이 무엇이냐고 하느님이 물으시면 '대한독립이요', 다음 소원은 하고 물으시면 '우리나라의 독립이오' 또 그 다음 소원은 하고 물으시면 더욱 소리를 높여 '우리나라 대한의 완전한 자주 독립이오' 하고 대답할 것이다"라는 내용이 이 글의 서두에 있다.

새해의 나의 소망, 나로서는 도저히 이루어 낼 수 없다는 것을 잘 알면서도 이루어지기를 오래전부터 그리고, 내가 이 땅을 떠나기 전에 해당 기관에서 결의라도 되는 것을 보았으면 하는 소망이 있다.

그것은 첫째 비무장지대(DMZ)의 향후 처리 문제다. 6·25 전쟁이 우리 민족의 최대 불행이었다는 것은 말할 나위가 없다. 그리고 비무장지대도 다음 가는 비운의 땅일 수도 있다. 하나 인위적인 소산이라고 하더라도 이제는 세계에서 유일한 땅인 동시에 반세기 50여 년이나 자연 그대로 보존되어 곤충에서 동·식물은 물론 무생물에 이르기까지 태고가 재현된 자연 그대로이므로 보전하자는 것이다. 그리고 이 땅에 인위적인 가감은 최소화 하고, 연구대상지역으로 지정한다면, 생태계 각 분야별로 세계의 석학들이 몰려오지 않겠는가. 따라서 이 지역이 다시 훼손되지 않는 범위내에서 관광특구도 조성할 필요는 있다. 그 다음으로 선별적인 출입으로 통제하면서 연구한다면 경제적으로도 원상대로 복구하는 것보다 그 이상의 효과도 기대할 수 있을 것이다. 동시에 남북간의 도로개설도 이미 착수한 것 외에는 북에서 파 놓은 땅굴을 이용한다면 이것 또한 관광자원인 동시에 일석이조가 되지 않겠는가.

만일 북에서 동의하지 않는다면 그것은 근시적인 안목의 판단이다. 언제고 통일 후에 이곳을 오고가는 세대들에게는 이념의 차이가 있을 수 없기 때문이다.

둘째로는 동해 고성에서부터 해안선을 따라 서해 한계선가지 철도를 개설하고 증기기관차로 가칭 낭만열차를 운행하자는 것이다. '칙칙폭폭', 하얀 연기를 날리며 어느 나라보다도 아름다운 우리 나라 해안선을 달린다면 얼마나 낭만적일까. 그리고 차내에서 숙식도 제공하고 희망에 따라 요소요소의 관광도 겸할 수 있는 일시(日時)도 조절한다면, 신혼여행이며 외국의 관광객도 적지는 않으리라. 이렇게 한다면 이것을 능가할 관광자원이 또 있을까. 따라서 자손만대에 물려 줄 영원한 유산도 이보다 더 위대한 것은 없을 것이며, 도산 위기에 처한 석탄산업에도 도움이 될 것으로 판단된다. 철도개설 및 운영은 국가차원이어야 하겠지만, 철도개설문제에 있어서는 행정구역별, 도 단위로 해결하는 것도 방법의 하나로 예시해 본다. 그리고 2차적으로는 내륙선 연결도 얼마든지 가능할 것이 아닌가.

셋째로는 부정부패와 세금의 낭비를 없애야 한다. 여기에는 당년 예산은 당년에 집행해야 하는 제도도 개선되어야 하겠다. 연차적인 계획과 실행, 그에 따른 예산집행도 도입됐으면 좋겠다. 우리는 경제개발 5개년 계획도 경험한 사실이 있지 않은가. IMF 이전 각종 회관, 기념관 등을 필요 이상으로 확장 건립하기도 했다. 그에 따른 관리비, 인적자원, 인권비도 필요 이상으로 지출할 수 밖에 없었던 것은 필연이다. 그러다가 IMF 이후 지금까지도 퇴출이니 통합이니 하면서 무고한 사람들에게 얼마나 많은 고통과 실의를 안겨주었는가. 국민의 세금을 자기의 돈 같이 아낀다면 세율은 낮추어도 될 듯하다.

너 같은 일개 촌로가 무엇을 아는 게 있다고 하나의 소망으로 그런 것을 제의하냐고 할 수도 있겠으나, 나는 믿는다. 내가 제의한 것은 전혀 이루어질 수 없는 환상은 아니라고 그리고, 언젠가는 누

군가가 꼭 해야 할 과제라고 생각하면서 하루라도 빨리 가능성만
으로라도 가시화 되었으면 하는 것이 나의 소망임을 밝혀 본다. 나
는 대한민국의 국민이기에.

2003. 1. 11.

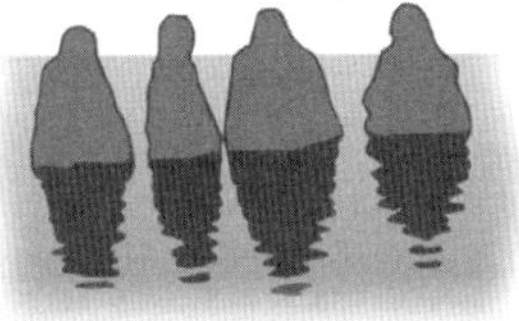

5

작은 산에도 많은 사연이

아! 祖國이여

물론 나만의 조국인 것은 아니다. 현재로만 하더라도 6천만의 조국이다. 5천 년의 조국이 육천만의 역사를 오늘도 기록하고 있다. 역사는 밤에 이루어진다는 말도 있지만, 어찌 역사가 밤에만 이루어지겠는가. 기록 이전의 정사는 밤낮 없이 올올이 짜여가고 있다. 그런데 기록으로 탈을 쓰면서 역사는 간교한 인간의 감정으로 변질되기도 한다. 장님 코끼리 만지는 격이다. 그래서 역사는 시시비비를 전제로 한다. 하지만 진실은 두개일 수가 없다. 진실 그대로 보아야한다

나는, 너는 누구냐고 물어올 사람도 없는 무명작가다. 그런 주제에 조국 운운하는 것은 실소의 대상도 되지 않을는지도 모르겠다. 나는 지난 5월에 백두산에 갔다 온 일이 있다. 그때 백두산에서 내려오자 첫째 마을에 있는 '신달빈관' 이라는 숙소(호텔)에서 잤다. 조금 늦은 시간이기는 하지만 노을이 산마루에 걸리고, 울창한 솔숲을 지나가는 바람이 소나무 가지를 잡고 몸부림을 치기도 한다. 조그마한 마을이다. 길을 건너면 소나무 숲 외에는 바라볼 전망도

전혀 없다. 4층에서 내려다본다. 좌측 조금 아래로 솔숲이 잘리고 길이 트였다. 이 길이 내일 용정 윤 동주 시비를 보러가는 길이다.

문득 이런 생각을 했다. 해가 뉘엿뉘엿 질 무렵 아무 막대기나 하나 지팡이 삼아 흩던지며, 당고 쓰봉이란 일본식 바지에 사마귀 대가리 모양의 허름한 모자를 쓰고 혈혈단신 흐느적거리는 걸음으로 이런 노래를 불렀을 것 같다. [두만강 푸른 물에 노 젖는 뱃사공. 타관땅 밟아서 돈지 10년 넘어 반평생] 그리운 고향도, 조상도, 봉양할 부모님도, 사랑스러운 아내와 처자식도 버리고 소식도 모르면서 아득한 희망에 목숨까지 걸고 헤매던 거리가 아닌가. 그러나 그의 가슴에는 조국의 광복과 민족애로 가득 차 있었으리라. 광복. 그날만 기다리면서……. 그때 그 투사들이 광복된 조국에서 운명을 했는지.이야기로만 전하는지. 그나마 이렇게 해서 붙잡은 조국인데.

현실은 어떠한가. 어느 분야에서도 살맛나는 소리는 들리지 않는다, 길거리에 나가면 무질서가 난무한다. 숨 돌릴 겨를도 없다. 모두가 실속 없이 바쁘기만 하단다. 이것은 각계각층에서 설정하는 지표가 명확하지 않은 데서 오는 사필귀정의 결과이다. 전문성은 없으나 몇 가지 들어보자. 민초들로서는 대상을 식별하는 능력의 부족이다. 소위 말하는 지연, 혈연, 학연에서 벗어나지 못하는 구습 때문이다. 권력기관에서는 그 권력이 어디서부터 온 것인지 생각하지 않는 오만이 앞서기 때문이다. 권력을 모아 준 사람들의 뜻은 무시하고 자신의 욕망을 우선하는 이기의 발동이 오만을 동반하기 때문이다. 다음 중간 부류는 민초들 앞에서는 군림하려는 착각에서,난해한 것을 풀어보려는 노력도 성의도 없이 시간의 흐름이 연봉과 비례한다는 안일에서 안주하기 때문이다. 이기와 상혼과 개인의 욕심을 우선으로 하는 시류를 바로 잡아야 하는데, 고양이의 목에 방울 달 생각은 하지 않고, 주머니나 채우겠다는 사욕이 수문장 노릇을 하고 있으니, 시류는 탁류가 될 수밖에 도리가 있겠는가.

호환(虎患)보다 무서운 것이 구실이다. 날로 늘어나는 구실은 사욕과 정비례한다. 집값을 백번 잡은들 무슨 소용이겠는가. 다른 물가의 상승이 대신하는 것을. 타고에서도 언급한 바 있지만 전 국민을 '자본화 노예화' 하여서는 안 된다. 이것이 바로 파국으로 가는 길이기 때문이다.

사람은 태어나면서부터 누구나 고유한 권한을 부여 받는다. 그러나 그 고유한 권한을 누가, 왜, 자기에게 주었는지 그것을 모르면 그 권한은 조자룡의 헌 칼이 되고 만다. 벌써부터 소위 대권 주자의 행보가 빨라졌다고 한다. 그러나 우리는 각종 선거를 먼저 해야 하는데 앞에서 말한 구습에서 벗어나지 못한다면, 전환이나 발전을 기대하기 힘들 것이다. 나름대로 선택의 기준을 찾아본다면, 첫째 자신의 공명만 생각하는 철새, 둘째 대 · 소 현재 과거를 막론하고 전과가 있는 자, 셋째 부정부패와 관련이 있었던 자, 넷째 가정적으로 깨끗하지 못한 자, 다섯째 표리가 명확하지 못한 인물을 선택한다면, 조국의 암운을 걷지는 못할 것이다. 아! 조국이여 어디로 가시렵니까.

2007 2. 16.

두만강 푸른 물

한국의 4대 강의 하나다. 소홍단수를 비롯하여 많은 지류와 합류하며 회령, 은성을 지나 동해로 유입하는 강, 철, 갈탄 등 한국 굴지의 지하자원 지대. 우기에는 목재 운송으로도 한목을 단단히 맡아오던 강이다. 그저 이렇게 소박한 그대로의 강이었으면 얼마나 좋을까. 하는 생각을 하며 강둑으로 올라섰다. 상류에서 비가 온 탓일까. 푸른 물이 아니고, 시뻘건 흙탕물이다. 그저 말없이 흐르는데 나룻배는 간 데 없고 대나무를 엮어 만든 뗏목도 나룻배도 아닌 부유물이다.

오후의 햇살이 따갑다. 강둑으로는 비치파라솔이 즐비하고, 버드나무를 중심으로 어우러진 나무 그늘의 간이용 의자에 앉아 막걸리로 목을 축이면서 건너다보는 저편이 북한(조선)이란다. 나무숲 사이로는 옥수수 밭으로 추정되는 밭에서 서성거리는 사람들이 보인다. 왜 그리 초라해 보이는지. 농부들이라고는 하지만 차림새가 깔끔하지는 않다. 남의 땅에 와서 내 나라를 바라다보기는 해도 갈 수는 없다니. 몇 사람의 이념으로 제나라도 오고 가지 못하는 죄악의 현실이 여기에 있다. 여기가 중국과 조선의 변경이라는 빨간 글씨도 별 감흥을 주지 않는다. 일행들과 기념촬영도 하고 강둑을 오르내려 보아도 그저 그뿐이다. 등 굽은 노파들이 도와 달라며, 팔아 달라며 귀찮을 정도로 따라든다. 어느 나라 사람인지 구별도 하기 어렵다. 저 강을 건너 중국 땅으로 온 동포려니 생각은 하면서도 서먹하기만 하다. 조형물을 만들어 놓고 관광객이 그것을 배경으로 사진이라도 찍으면 그 주인이 손을 내민다고 한다. 몇 해 전의 일이다. 장백 폭포를 갔을 때 숲 사이에 박재된 사슴이 서 있기에 배경으로 사진을 찍었더니, 중국인이 와서 돈을 달란다. 왜 찍기 전에 말하지 않았느냐고 나무라고 1불을 준 기억이 되살아난다. 이것이 중국 사람의 습성이란다.

다시 강을 바라본다. 두만강. 역사에 대한 상식은 일천하지만 함경도가 우리의 땅으로 병합되기 전까지는 주로 여진족들의 거주지로 알려져 있다. 숙종 때 백두산에 정계비를 세우고 두만강과 압록강을 국경선으로 확정지었으나 여기에 대하여는 다른 이견(異見)도 없지는 않다.

그러나 조선왕조실록 같은 사료에서는 상당한 기사가 있다고 한다. 우리의 고전 문학에서도 용비어천가 제 3장, 제 5장 등의 내용이며, 대표적인 민요로는 애원성(哀願聲)이라고 한다. 함경도 북청, 혜산, 갑산, 무산, 삼수 등에 이르기까지 넓게 불리었다고 하는데, 두만강 건너로 남편을 보낸 아낙들이 이별의 슬픔을 노래한 것으로 전한다는 것이다. 근대문학에서는 최 서해, 김 동환, 김 기림, 한 설야, 이 용악, 나 운규 등 동북지방 출신의 시인 작가들의 작품 속에서 식민지의 시대적 의미와 더불어 표상된다. 따라서 두만강은 서사시의 처연한 무대로 혹은 고국 땅의 마지막 문턱으로 상징화 된다. 김 동환의 선구자, 국경의 밤. 이 효석의 노령근해,

이용악의 두만강 너 우리의 강아, 천치의 강아, 최 서해의 향수, 혈흔, 탈출기. 홍염의 박 돌의 죽엄, 안 수길의 북간도 등은 눈보라, 설원, 추위, 당나귀 울음, 간도 이사군 등, 간도와 두만강이라는 공간과 밀착된 20세기 전반의 비극적 정황을 이루어 특정한 시대의 상징적 의미마저 내포 한다. 또는 자전적 빈궁문학 등이다. 한마디로 일제의 억압이라는 커다란 전제를 피하려고 울분, 기아, 설한, 이향, 개척, 생존을 위한 투쟁 등을 설파한 근대문학이다.

이러한 많은 자원과 사연과 역사를 간직한 두만강 변에 고희를 넘긴 나이로 오를 나는 처음 강 건너를 바라보는 것이다.

저 두만강은 당시 의지할 곳 없는 실향민들이 눈물을 뿌리며 건너던 강이기도 하지만, 독립투사들이 오가며 얼음 조이는 소리에도 가슴에 손을 대고 숨을 죽이던 국경의 강이 아니었던가. 오직 조국과 민족만을 가슴에 담고 밤으로나 건너던 강. 먼데서 일인들의 총소리가 들릴 것만 같아, 중절모 눌러 쓰고 엉거주춤 앞가슴 여미고 구불구불 건너가던 어느 독립투사의 모습이 감은 눈으로 보인다. 당시의 강보다는 하상도 높아지고, 폭도 좁아지고, 여울도 밀려 내린 변모도 추정이 가능하다. 그러나 현재보다는 옛날의 푸른 물 두만강이 더 보고 싶다. 야음을 타고 강을 건너던 어느 독립투사의 붉은 정렬이 강물과 함께 흐르고, 강바닥에는 유해가 묻혀 있을는지도 모르는 이 강가에서 그들의 후예들은 눈을 부라리고 총부리도 겨누었다. 회고와 미래가 교차되는 순간엔 숨만 가빠 온다.

흐르는 두만강엔 비정의 눈물이 떨어지고, 노 젓는 뱃사공은 아마도 먼 산이나 보면서 노를 저었을 것 같다. 그리고 그 배를 탄 임은 목이 메어 두 어깨 추스르며 고개도 들지 못하고 정처 없이 떠났으리라. 임은 광복이란 이름을 달고 다시 왔는데 반길 이는 오히려 이념이란 표식을 달고 민생은 모르는 체 역사만 흐르는구나.

06. 7. 8.

순수純粹와 순정純情

이질적인 것. 사사로운 욕심. 경험에 의한 것. 그 어떤 잡된 요소도 섞이지 않은 것이 있다면, 그것이 순수다. 사람도 이렇게 순수한 마음으로 살아간다면 얼마나 평화로울까. 純情도 있다. 자연 그대로의 거짓이나 꾸밈이 없는 人情을 이르는 말이다. 사심이 없는 순수한 애정도 순정이라고 한다. 하나 모두가 말뿐인 세상이다.

그런데 나는 이 순수나 순정을 제일 높이 평가한다. 또, 이렇게 살고 싶다. 일이 생길 때 마다. 내 탓, 네 탓이나 따지고. 좋은 일만 제가 한 양한다. 남의 흠집이나 들추고, 핑계. 이유. 변명. 거짓말이 세상을 어지럽게 한다. 고급기관의 자리를 얻으면 부정부패는 의례 따라다니는 것이 통념이 아닌가. 구호는 그럴 듯한데 실상은 있는 동안에 챙기고 보자는 욕심들이다. 風자 돌림이 끝나자 핵이니, 실험이니, 6자회담, 3ㆍ4자회담이니 연일 소란을 피운다. '기왕에 망할 놈의 나라 빨리 망했으면 좋겠다' 는 말도 들린다. 가슴이 서늘하다. 하지만 누가 보아도 정상은 아닌 듯하다.

며칠 전의 일이다. 집안의 아가가 입원을 했다는 전화다. 나는 누가 가장 보고 싶은지 물어보라고 했다. 아플 때는 간절히 보고 싶은 사람이라도 보면 기분전환이 되고, 그것으로 병세가 호전될 수도 있기 때문이다. 그런데 뜻밖에 나를 보고 싶다는 것이다. 놀란 가슴에 부랴부랴 출발을 했다. 입원실에 들어서니 눈을 반 쯤 감고 링거 줄이 늘어진 채 비닐 용기에는 노란 수액만 방울방울 떨어진다. 꼼작도 하지 않는다. 목도 붓고 혓바늘이 심하게 돋아 열이 40도를 육박하다가 링거를 맞으면서 조금 내렸다고 한다. 아가는 일체 입을 열지 않는다. 답답하여 시간을 보니 3시간 가까이 걸렸다.

창밖을 본다. 오고 가는 차들이 역사하는 개미들같이 이어졌고, 분당천 저편으로는 판교 지구를 개발이니 쇠발이니 하면서 흙을 실은 대형 트럭들이 권태롭게 이어진다. APT를 지어도 자연이 구성된 대로 짓지 못하고 꼭 평지를 만들어야 건축이 가능한지? 이 넓지도 않은 국토에서, 100년. 1000년 후에는 어디 가서 파고 메우고 할는지 참으로 답답한 노릇이다. 그러면서도 하나밖에 없는 나라를 잘 가꾸어 후손들에게 물러 줘야 한다고 입방아만 찧으면서 오늘을 산다. 그때의 주인공은 입도 못 벌리고 누어있는데, 파고 메우면서 또 뻥땅은 얼마나 챙기려는지.

다음 날 오후다. 회진 의사와 간호사가 왔다. 강제로 아가의 입을 벌리고는 약을 바르고 주사기로 약을 먹이고 갔다. 아가는 있는 힘을 다해 방어하려다 역부족으로 눈빛이 흐려진다. 겁이 난다. 가슴이 철렁한다. 설사 잘못 된다고 하더라도 책임 질 사람이 있는가. 약은 먹지도 못하는데 하루 세 번씩 꼬박꼬박 나온다. 아가들에게 용의하게 약을 먹이는 기구도 없고, 방법도 창안하지 못하면서 의사요 간호사란다. 병원 안에 어디를 가도 히포크라테스의 선서는 보이지 않는다. 의업이 仁術인지 黃金術인지 모르겠다. 아가가 힘이 세어 수고를 했으니 치료비도 배로 내야 하겠다는 의사의 농담이 오히려 가소롭다. 밤에 어미와 교대를 하고서도 불안하여 잠을 일우지 못했다.

 또 다음날이다. 아침에 일찍 나갔다. 다행히 눈에 정기가 보인다. 그제야 마음이 조금 놓인다. 점심시간이다. 내가 먼저 먹고, 어미와 할미가 나간 다음이다. 침대에서 내려오더니 오른쪽 팔을 든 채 냉장고에서 빵을 꺼내온다. 이제 배가 고픈가 했다. 빵을 싼 세로판지가 잘 뜯기지 않는다. 불편한 오른손 엄지와 왼손으로 힘겹게 벗기기에 다른 빵을 꺼냈다. 이번에는 서랍에서 과도를 꺼내온다. 왼손으로 자르려고 시도해 보지만 아직 다섯 살도 채 되지 않은 아가의 왼손에이라 내가 도와서 잘랐다. 그러나 저는 먹지 않겠다고 머리를 젓는다. 가스테라를 왼손가락을 모아 후벼 파듯 뜯어서 내입에 억지로 밀어 넣어준다. 나는 물종이로 손을 닦아주며 짜증스러운 어조로 나무라듯이 말을 했다. 속으로는 ‘병이 전염되지 않을까’ 하는 생각도 떠오르곤 한다. 오후에 집으로 오면서 생각해본다. 아가가 빵을 내입으로 밀어 넣어 준 것은 오직 나만을 위한 것이었는데 얼마나 원망스러웠을까? 그러나 전혀 내색도 없었다. 나는 운전을 하면서 몇 번이고 목이 메었다. 워즈워즈의 ‘아희들은 어른의 아버지’란 시의 뜻도 다시 음미해야 했다. 이렇게 순수한 인정을 느낀 것은 50여 년 전 어머님이 생존해 계실 때. 그 이후 처음이기때문이다. ‘순수한 인정.’ 이보다 더 인간을 행복하게 하는 것이 있을까!

06. 6. 22.

한국의 관광산업 1. 2. 3

나는 관광산업에 대해서는 아는 것이 없다. 물론 다른 분야의 산업에 대해서도 모른다. 하지만 이렇게 하였으면 좋겠다고 생각되는 두서너 가지를 제시해 보고자 하는 것이다.

1) 낭만열차의 개설이다, 동해안 휴전선 시발점에서 서해안 휴전선 지점까지 철도를 개설하자는 것이다. 물론 작업의 양으로나, 예산상으로 볼 때 단시일내에 완성한다는 것은 불가능하다, 5년, 10년, 20년 후에 완성되어도 좋고, 그보다 더 오랜 세월이 흐른 다음에 개통되어도 어떤 문제가 될 것도 없다, 다만 언제 누가 착상, 착공하느냐가 문제일 따름이다. 이름하여 낭만열차라고 가칭하자, 시발역에서 종착역까지의 시간은 가급적 넉넉한 것이 좋겠다. 그리고 증기기관차로 '칙칙폭폭' 하얀 연기를 날리면서 해안선을 따라 달리는 모습을 상상해 보자. 그리고 일정도 주요 도시에서는 내려서 하루 이틀 아니, 가능하면 삼 사일도 좋으리라, 유숙하면서 그곳대로 명승지도 돌아볼 수 있는 시간도 가지게 하자는 것이다. 예컨대 속초에서 내려 설악산도 돌아볼 수 있는 여유가 있어야 하

겠다는 것이다. 그리고 점차 내륙으로는 적당한 지점에서 기존 철도와 종횡으로 연결도 가능하고 석탄 산업에도 적지 않은 도움도 될 것 아닌가. 이렇게 한다면 국내의 신혼 여행자들도 굳이 외국으로 나가지 않을 것이며, 인근국가들 아니, 전 세계에서 몰려 올 관광객도 적지 않으리라 수입도 만만치는 않을 것으로 예상된다.

2) 섬과 섬 사이에 다리 놓기다. 우리나라의 부속도서는 유인도가 479개이고, 무인도가 1.691개. 총 2.170 개로 알려 졌다. 이섬들 중에서 우선 가능한 것을 선택하여 다리를 놓자는 것이다, 불가능하다고 생각한다면 그것은 불가능으로 끝날 수밖에 없다. 만약이것이 불가능하다고 판단된다면 여객선을 뛰우자는 것이다. 이제우리나라의 조선 기술도 세계 수준에 이르지 않았는가. 설사 어느나라에서도 시도하고 있다고 하더라도 관계 할 바가 아니다. 선진국 선진국하면서 실제 하는 일에는 선진국이 될 수 없다면 그것도자랑거리는 못된다. 호화 여객선이야 이미 다른 나라에서 시도하였다. 실패한 사례가 있기는 하지만 타산지석이라는 말도 있지 않은가. 망망대해에 흐르는 섬을 만든다는 것도 그리 쉬운 일만은 아니리라. 그러기에 해보자는 것이다.

3) 비무장지대의 관한 문제다. 비극적인 결과로 그것도 남의 판단으로 만들어지기는 했지만,현재로서는 전 세계에서 단 한곳밖에없는 생태계의 보고가 되었다. 곤충에서 동식물에 이르기까지 반세기에서 10년이 넘는 세월을 그들의 천국으로 보존된 땅이라는것을 잊어서는 안된다. 개발이란 명목으로 농지를 또는 관광지 운운하면서 근시안적으로 이용되어서는 안된다. 그대로 보존에서 보전으로 영원히 존속하여야 한다. 그렇게 한다면 세계의 생태계 각분야의 학자들이 연구 차 찾게 될 것이다. 그리고 환경이 허여된다면 부득이한 요소에 관광 전망대도 고려해볼 여지는 있다. 길은 북

에서 판 땅굴을 이용하면 일석이조의 효과도 있고 그 의의 또한 깊을 것이다. 이렇게 운영한 소득으로 지주들에게는 소득을 분배하는 형식으로 운영하면 되리라고 생각한다. 이 경우 책임관리는 국가에서 맡아야한다. 우선은 지주들의 반발도 예상되고, 만족한 수입도 기대하기는 어려울 것을 예상되기 때문이다. 설사 수입이 만족하지 못한다고 하더라도 중도에서 포기하여서는 안된다. 지주들의 배당은 세금으로 충당하면 된다. 어떤 일이 있더라도 보전되어야 한다는 이유는 세계에서 단 한 곳밖에는 없다는 것만으로 충분하다. 그리고 다시 인위적으로는 조성할 가능성도 없기에 더욱 그렇다. 또 하나는 인위적으로 조성한다고 하면 보존하는 비용의 몇배가 요소 될는지 모른다. 전쟁과 인위라는 의의 차이는 경제적으로는 비교할 수 없기 때문이다. 전쟁과 인위의 차이는 곧 이문제의 성패와 직결될 문제이기도 하다. 결론은 전화위복의 계기로 삼자는 것이다.

  가능성의 우선순위를 따진다면 1. 3. 2가 될 것 같다. 그러나 실질적인 관건은 해당 부처보다도 국가의 통수권 자와 입법기관의 의지에 있다. 진정 그들이 국민과 후손을 염려한다면, 편을 나누어 괴변에 가까운 말싸움은 이제 그만하여야 한다. 녹비의 왈(曰)자 같은 소견은 속만 뒤집어 보이는 짓거리다. 먼저 부정을 척결하고, 기업을 살리고, 세금을 낮추어야 한다. 진정 국가와 민족을 위하는 마음이 있다면 영원으로 향하는 대업의 기초라도 수립하는 것이, 그들이 해야할 일이라고 생각한다.

2005. 10. 20.

5월의 국도

세칭(世稱) 천당 다음으로 알려진 동네, 바나나만큼이나 큼지막한 검은 손이 일궈놓은 동네의 끝자락. 남향으로 왼편에는 제법 규모도 갖춘 공원이 있다. 이곳을 지나 작은 고개를 넘는다. 좌측으로는 대단지 아파트가 있고, 조금 내려가면 우측으로 작은 내가 흐른다. 비록 죽은 물이기는 하지만 장마 뒤에 흐르는 물소리는 맑다. 여기도 우측으로 아파트가 댓동 서 있다.

집을 나선다. 날씨가 화창하다. 아침 햇살이 차장으로 눈이 부시다. 삼거리. 우회전이다. 포은의 유택을 좌측으로 조금 지나 좌회전 다리 건너 또 좌회전이다. 43번 국도로 들어선다. 먼 산은 연자색 이내가 감돌고, 가까운 시야에는 꽃가루가 분분하다.

무엇이 그리고 바쁠까. 대형차들이 시야를 가리며 차가 흔들리도록 씽씽 달린다. '갈테면 가라지' 하면서도 불쾌한 느낌이다. 10여 분 지나 간이 IC를 돌아 43·45번 국도로 들어선다. 다시 10여 분 우회전이다. 역시 43·45번 국도로 나직한 고개를 넘으면 농원이다. 느티나무 가로수에 젊음이 넘친다. 길은 C자형 S자형으로 이어지는 작은 고개를 넘는다. 핸들을 분주히 돌려야 한다. 3거리에 이르면 대장군형의 목조각이 즐비하다. 나는 차를 천천히 몬다. 오른쪽으로는 잠수된 물이 질펀하고 왼쪽으로 높은 산 8부 능선쯤에는 제비집 같은 수종사가 보인다.

그러나 아직 문명의 흔적에서 벗어나지는 못했다. 위로는 철길이 지나간 짧은 터널을 나서자 다산(茶山)의 생가로 가는 입구다. 나는 반대로 좌회전한다. 지나온 길도 그랬지만 길 양편으로는 간판들이 가을 단풍보다 울긋불긋하다. 서울종합촬영장 입구라는 안내판도 보인다. 이 길가에는 모두가 먹거리 장사가 아니면 잠이나 자는 숙박업이다. 참붕어찜, 칼국수, 보리밥, 인삼딸기, 커피, 술빵. 파는 이는 보지도 못했을 개구리참외 등등의 노변 상점이 심심치 않게 길가 공간을 차지했고, 도둑과 시인, 죽여주는 동치미 국수도 까페와 음식점 간판이다. 이번에는 적당한 거리마다 민박, 모텔, 호텔도 잘 배치되어 있다.

이곳을 지나는 사람들은 도둑이 아니면 시인이 된다. 그리고 배불리 먹었으니 조용한 공간에 들어가 잠이라도 자야 하는 것인지, 아니면 도둑은 시인을 시인은 도둑을 죽이는 시늉이라도 하는 모양인지, 그러나 아직까지는 살인자도 피살자도 없으니 다행이다.

이렇게 좌산우호(左山右湖)를 30여 분 지나면 철길 건널목이다. 옥수수를 파는 여인네들이 신호를 기다리는 차 사이를 누비며 옥수수를 들어보인다. 이들에게는 계절도 없다. 눈, 서리, 비바람에 그을린 그들의 검은 얼굴에는 모진 세상이 새겨져 잇을 뿐이다. 누구는 사과상자에 담아 갈무리했던 뭉치돈이나 쓸 생각을 하는데, 이 아낙네들은 이렇게라도 한 · 두푼씩 모아서 구실(세금)에라도 보태야 한다. 이것이 오늘을 사는 이 나라와 민초들의 현실이다.

출발한 지 약 한시간 46번 도로로 접어들려면 철길을 건너야 한다. 나는 우회전을 한다. 왕복 4차선이라 통행하는 차량들도 많아진다. 다시 약 10분 정도를 달려 대교를 건넌다. 이제부터는 북한강을 막은 댐의 호수를 좌측으로 따라 역진(逆進)한다. 이곳은 규모보다는 역사와 수도에서의 거리. 유원지로 널리 알려진 곳이다. 수상가옥도 늘어서고 댐의 양 언덕이며 상하류도 관계없이 유원지로서는 1급지다. 담수(湛水)된 강물은 녹색이다. 좌우 산경이 가라앉은 것이 아니고 수질의 오염을 알리는 적신호다.

이제는 강을 버리고 계곡을 따라간다. 정상이 보이지 않는 산기슭 휴게소다. 문병의 사슬은 겨우 벗어난다. 하지만 까맣게 뻗어나간 아스팔트는 끝나지 않는다. 길을 물었다. 트럭에 철근을 싣고 가다 담배참으로 이 휴게소에 들렀던 50대의 남자가 길을 소상히 알려준다.

널미재 정상이다. 도계(道界)다. 역방향의 좌회전이다. 86번 도로다. 마침 겨리로 밭을 갈던 농부가 멍에를 푼다. 암소 두 마리다. 이미 털가리를 한 살진 암소들이다. 나는 문득 황희 정승의 고사를 생각한다. 그리고 비록 짐승이라도 장단점을 그들이 듣게 이야기할 수는 없다고 말한 농부의 철학도 생각하게 한다.

이제부터는 차도 거의 다니지 않는 가파른 고갯길 아니면 급경사로 이어지는 내릴막 계곡 길이다. 옛날처럼 오솔길이었다면 소름이라도 도칠 것 같은 길이다.

그런데도 길가에는 노란 아기똥풀 꽃이 초등학생들의 그림처럼 피었고, 찔레꽃도 보인다. 좌우 산에는 휘늘어진 가지에 5월의 푸르름이 바람에 물결처럼 흐른다.

잠시도 핸들을 멈출 수 없는 길을 가면서 나는 좌우를 살피기에 바쁘다. 머리가 어질어질한 것 같다. 길 외에는 온통 초록으로 휘감기고 뒤덮인 인적 없는 계곡, 이제야 문명을 떠나 자연과의 대화가 가능할 것 같다. 산경(山景)에도 취하는 것일까. 내가 저 산속 어느 곳에 가서 팔다리를 쭉 뻗고 눕는다면 나도 저렇게 여리고 고운 색으로 변할 수 있을까. 이 산속에는 동물들도 곤충들까지도 모두가 초록의 여신일 것만 같다. 차를 세우고 숲 속 어디메에 바위처럼 앉아볼까. 그러면 숲 속에서 어떤 여신이 나올 것도 같고, 어느 신화에서처럼 숲 속에서 요정이 살며시 내 곁으로 와서 꽃잎을 건네주며 어디서 왔느냐고, 왜 왔느냐고 말을 건넬 것도 같다. 그러면 나는 이렇게 대답하고 싶다.

「세상이 하도 뒤숭숭하고 불안해서 잠시나마 잊고 싶었다고」

「우리는 기약 없는 연인이지만 세상의 추한 것을 잊고, 5월과 같은 이상과 희망만을 이야기할 수는 없나요. 우리의 우연한 만남처럼 또 그렇게 갈 터인데요」

이렇게 말하면서 떨리는 내 손을 해면처럼 촉촉한 손으로 잡아줄 것도 같다. 그러면 아마도 손에서 손으로 흐르는 5월의 하늘색 혈액이 내 몸 가득히 고여올 듯도 하다. 그리고 TV화면처럼 장면은 바뀌고 연초록 석간수(石澗水)에 발을 담그면 서로의 생각은 타래진 물줄기로 하나가 된다. 뒤를 돌아본다. 우리의 모습을 지켜보던 연초록 아기사슴이 증인처럼 서 있다. 문득 그랜드 캐년을 보고 돌아오던 차창으로, 어느 길가 숲 속에서 오뚝이 서 있던, 어린 사슴의 영상이 재현된다.

그러나 만일 그 요정이 당신은 누구지요, 하고 묻는다면 나는 대답할 용기가 나지 않는다. 내가 사는 세상은 5월의 국도와 같이 아름다운 세상이 아니기 때문이다. 뉴스 특보란 부정 아니면 부패요, 자고 나면 간밤의 사건사고가 주제다.

이런 생각의 늪을 오·가다가 미쳐 핸들을 꺾지 못하고 몸이 쏠리면서 거의 무의식적으로 브레이크를 밟는다. 아찔했다. 혼자 웃었다. 곱게 우는 새들이 서로의 심성으로 이어지는 자연과 철학, 바람소리 계곡의 졸졸대는 물소리 어느 교향곡보다도 아름다운 가락이 마음을 헹궈준다. 앞을 보아도 좌우를 보아도 위압감까지 느끼는 높은 산들. 거기서 흘러 내린 푸르름이 용솟음치는 물결, 너훌대며, 출렁이며 미처 감당할 겨를도 없이 가슴을 설레게 한다. 한 굽이 돌 때마다 막혔을 것 같은데 또 길은 굽이를 돈다. 어디서 어디로 어디까지 왔는지 확실치도 않은 내 생애를 잊고 벅찬 호흡에 숨이 가쁘다. 집에서 출발하여 두 시간 남짓 지나온 거리지만, 시간(역사)과 공간(사회)의 변천과 현실을 한 눈으로 보고 느낀 것이다.

　5월의 국도는 연초록 터널이다. 성급한 고속도로보다는 국도를 선택하면 나도 자연이 된다.

2003. 5. 15.

불안한 시대를 사는 서민들

우리는 매우 불안한 시대에 살고 있다. 내 나라에 살면서도 정을 붙일 곳이 없다. 사방을 둘러보아도 마음의 안정을 구할만한 거리(대상)가 없다.

먼저 인륜과 도덕적인 측면을 생각해 본다. 인간 생존의 가장 기본이라는 성(姓)이 상품화 또는, 도락(道樂)의 대상이나 수단으로 쾌락(快樂)을 추구하고, 생활이 너무 무료할 뿐 아니라, 아이들 사교육비라도 보태려고 탈선을 했다는 어느 주부의 고백이며, 연령을 불문한 원조교제, 존·비속간의 살상, 학대, 유기 등 각종 불륜(不倫)이 오늘을 사는 우리를 절망에 가깝도록 불안하게 한다.

그래서 백년지대계라는 교육은 미래를 예측할 수도 없고, 가정교육, 사회교육, 학교교육으로 대별해 볼 때, 가정에서는 자식들의 교육에 앞서 의식주를 중심으로 사육(飼育)하는 데만 충실하고__ 사회에서는 모범은 살라먹고 돈벌이에만 뜻을 두어 온갖 비리를 다 차려놓고 문을 연다. 교육의 가장 대표적인 초·중·고·대학에서도 그나마 중핵(中核)으로 삼아오던 지적(知的)교육은 사교육에 밀리고, 자녀를 사육하는 학부모들의 행패(行悖)에 학교는 허무러졌다. 학생에게까지 폭행을 당하기도 하는 선생님들의 교권은 말이 아닌 채, 학교란 하나의 과정으로만 존재하니, 이 또한 불안하지 않을 수 없다.

이런데 사회의 기강이나 질서가 정연할 수 있겠는가. 무슨 영업이고 그 뒷길에는 퇴폐가 도사리고, 대중목욕탕, 사우나, 찜질방, 이발관 등에서도 본연의 자세를 잃은 후안(厚顔)이며, 서로의 불구와 생명이 경각인데도 놀부 심사의 운전자들, 1999년도 경찰청 통계에 의하면, 교통사고로 인한 사망자가 하루 평균 25.6명, 부상자가 1153.3명, 사고건수 755.9건이나 된다. 이 같은 교통사고로 최근 10년간 1만여 가정이 자녀를 잃었고, 5만여 가정이 부모중 한 명, 모두를 잃고 결손가정이 되는 비극을 겪고 있는 실정이라고 한다. '집은 없어도 차는 있어야 한다'는 말이 생겨났을 정도로 차는 생활의 필수품이 되었고, 1,200만대가 훨씬 넘은 각종 차량(200.12.31 현재 : 건교부 육상교통국 자료)의 종회무진(縱橫無盡)하는 운전자들, 그 외에도 살인, 강도, 강간, 절도, 가정까지 파고드는 마약, 부정(不貞)과 이혼 등등, 사회를 구성하는 각계 각층, 각 분야에서 일어나는 시기, 기만이며, 가정을 잃은 노숙자들, 노령의 무연고자들, 무의무탁한 고아들, 소년소녀 가정들, 이제는 것잡을 수 없는 사회현실이 가장 우리들을 불안하게 한다.

부정부패 또한 관과할 수 없는 최대의 불안 요소이다. 연쇄살인을 한 범죄자들은 체포되면 조사관들 앞에서 머리를 숙이고 얼굴을 가리지만, 관급(官給) 대죄자(大罪者)들은 미끈한 정장차림에, 게다가 떳떳한 표정으로 촬영선에서 쓴 웃음까지 짖는 표정들이다. 천벌을 받아도 마땅할 대역 죄인들인데, 국민의 돈을 제 돈으로 착각하는 정신질환자들, 연쇄 살인사건의 주범들, 막가파, 지존

파보다도 더 추한 치한(癡漢)들, 국가경제의 일환을 담당하는 줏가나 조작하여 챙기고, 지금 바다 어느 모퉁이에서 금덩이가 쏟아진다고 개미군단을 우롱한 사기한들, 무슨무슨 자금이라며 코 묻은 고사리 손들로 돼지 배나 가르게 하는 위인(僞人)들은 우리의 불안을 지나 격분까지 자아낸다.

게다가 어두운 구석만 누비는 음난, 자살, 미팅, 청부살인 등의 컴퓨터 사이트, 불법으로 복제, 복사된 각종 테이프며 책자, 문화라는 미명 아래우통되는 각종 자료들, 이제는 식품, 음료도 마음놓고 먹을 수가 없다. 맹독성 농약, 방부제, 탈색제, 어린이들의 상식인 과자, 과일, 심지어 채소, 콩나물, 두부, 각종 육류까지도 약품처리하는 상혼들의 양심으로 엮어진 사슬들, 역순으로 따져가면 서로가서로를 죽여가는 결과 밖에 되지 않는다는 사실을 알았으면 좋겠다.

모든 생명체는 그가 생존하는 환경을 떠나서는 살 수가 없다. 그런데 친환경적이라며 파괴한 자연을 보자. 보기에도 흉측하게 잘려버린 산과 산, 그대로 퍼마시던 냇물은 검은 색에 흰 거품을 물고 죽은 채로 흐르고, 정화되려면 100년이 넘게 걸린다는 지하수, 산성화 된 토질, 중금속, 독까스로 변해가는 공기를 호흡하면서 살아갈 수 있는 생명체가 탄생하지 않는다면, 우리도 떼죽음한 물고기들처럼 비실비실 하다가 아무데서나 쓸어지고 말 날이 올 것이라는 생각은 기우일까? 복지사회 건설은 언제 누가 하려는가?

다음으로 세금과 공공요금이 또 우리네의 숨통을 조인다. 세금의 종류가 몇가지나 되는지 서민들은 그것을 알 방법도 없다. 내라면 낼 수 밖에 없다. 내지 않으면 차압을 하겠다고 어름장을 놓거나, 빨간 딱지를 부친다. 세금 중에서도 양도세, 증여세, 재산세, 취득세, 상속세 등은 손·발톱 다 달토록 노력한 끝에 모은 재산인데 세금은 저희들(당국) 마음대로 정해 놓고 내라는 것이다.

국민으로서 안내겠다는 것이 아니다. 세율이 지나치게 높다는 것이다. 그리고 천만원을 버는 사람은 백만원 쯤은 그리 큰 부담이 되지 않지만, 백만원 수입자에겐 십만원이면 당장 가계에 구멍이 생긴다. 다 같은 1/10 이지만 체감 경제의 차이는 매우 크다. 그렇다면 백억 버는 사람에게 10억을 세금으로 때리지는 않으니 부익부 빈익빈이 될 수밖에 없다. 그 결과 부자는 식구 수대로 집을 사고 빌딩을 짓고 하지만, 빈자는 제집 문 한번 열어 보기도 힘들다. 그리고 '소는 꿈쩍하면 똥 싼다' 는 속담같이 서민들은 꿈적하면 돈인다. 예컨대, 제돈을 맡긴 은행에서 수표로 찾아도, 통장의 재발급도 수수료를 내야 하고, 쓰레기도 특정 쓰레기는 별도 요금, 음식물 쓰레기는 버리지 않아도 수거료는 내란다. 휘발유에는 70% 이상이 세금이라니 면허세 자동차세를 더하면 1년에 중고가 된 찻값보다 세금이 더 많다.

산에 가도 물에 가도 입장료, 국립공원에 절이 있으면 입장료는 배로 내야 하고, 세금은 세금대로 요금은 요금대로, 그것도 물가보다 앞질러 인상하니 내 나라에 살아도 서민들에겐 남의 나라다.

그러나 가장 큰 문제는 불로 소득하는 각계 각층의 모리배(謀利輩)들이다. 공것이나 집어 삼키다 목구멍만 커진 그들은 몇 백억 몇 천억을 걸리지도 않고 눈도 깜작 않은 채 삼켜 버리니, 호랑이도 하품을 하고 돌아갈 노릇이다.

한표 달라고 머리를 좋아리던 그들이 청기와 집에나 여의도에만 가면, 물고 뜯고, 할퀴고, 멱살잡이나 하다가 어느 나라 광고 모델이나 되고도, 색깔, 음모, 게이트, 리스트, 보수, 신진, 계, X X 파, 사고, 해명, 로비, 검은 돈, 돈세탁, 뇌물, 수뢰, 구속, 소란, 비자금, 공방, 직격탄, 성역, 비리, 특검, 소환, 지역감정, 청탁, 의

혹, 복지부동 등등, 여의도 의사당은 신조어 비속어 연구원인가.
이전투구장(泥田鬪狗場)인가.

　물론 모두가 다 그렇다는 것은 아니다. 그리고 왜 부정적인 것만
보느냐고 말하는 이도 있을 것이다. 그러나 위에 말한 것들은 눈만
뜨면 보고 듣기에도 식상한 것들이다. 그 외에도 우리서민들이 모
르는 사건들이나 어원까지도 알 수 없는 신조어들은 얼마나 있을
까.

　그러나 우리 서민들은 이 표출(表出)된 것들만 가지고도 감당하
기에 힘겹고, 그래서 죄없는 형벌 속에서 자나깨나 불안한 시대를
살 수 밖에 없다는 현실을 이렇게 검은 피로 그려나 본다.

2000. 4. 10.

작은 산에도 많은 사연事緣이

며 칠전에 올라왔던 산인데도 오늘 다시 오르니 햇수로는 2년 만에 오른 셈이다. 사람들은 일출(日出) 월출(月出)을 맞이하려고 바닷가나 산으로 오르기도 한다. 그리고 해와 달을 향하여 소원을 빌기도 한다. 이와 같은 세시풍속(歲時風俗)은 상고시대(上古時代)부터 전해지는 민속의 하나이기도 하다. 같은 산인데도 새해를 맞으며 올라보니 감회가 다르다. 무엇인가 무거운 것을 벗어버린 것도 같고, 시원한 느낌이 가슴에 가득 고이는 것도 같다.

작년에는 말의 해라서 그랬는지, 너·나할 것 없이 휘달리는 분위기 속에서 숨 가쁘게 살다 보니, 실속 없는 발굽 소리만 남기고 사라졌다. 금년은 염소의 해다. 염소는 성질이 강직하고 활발하면서도 민첩한 것이 특징이다. 병이 없고 독초 외에는 모든 식물을 다 먹는다. 그러면서도 무병 정결(貞潔)한 속성까지 지니고 있다. 어쨌든 금년에는 온 나라가 강직, 활발, 민첩, 무병, 정결한 시운(時運)이었으면 하는 소망을 빌었다.

사람은 왜 산에 오르는 것일까, 대부분이 운동삼아 건강관리의 일환으로 오른다는 것이 일반적인 생각인 것 같다.

에베레스트 정상을 최초로 정복한 사람은 '힐라리'라고 한다. 그는 '산이 눈앞에 있기 때문에 오른다'고 했다고 한다. 그러나 나는 그렇지 않다, 산이 높기 때문에 오른다. 만일 산이 눈 아래 있다면 오르고 싶어도 오를 수가 없지 않는가. 누구는 억설(臆說)이라고 할 수도 있겠으나, 사실 내가 산에 오르는 것은 첫째 시야에 들어오는 것을 보고, 듣고, 느끼고, 다음으론 그것으로 인한 연상(聯想)을 얻기 위해서다. 어디서고 그런 것이 불가능할까만 산은 높으니까 멀리까지 더 많이 보이므로 일상에서 접하지 못했던 오갓 풍광을 만날 수 있지 않는가. 그래서 나는 산이 높으니까 오른다는 생각을 고집하고 싶은 것이다.

그리고 매일 같은 산에 오른다고 하더라도 보고, 듣고, 느끼는 것은 다르다는 매력과도 무관하지는 않다. 초 · 중 · 고등학교 때는 소풍을 간다고 하면 몇번씩 갔던 곳이라 가고 싶은 생각은 없어도 결석을 하지 않으려고 갔던 생각을 하게 된다. 그러나 그 때는 같은 곳에서는 새로운 것을 발견할 줄 몰랐기 때문이다. 자연의 모습은 언제나 같은 모습으로 존재하지 않는다. 어제 오늘은 고사하고 아침과 저녁이라고 하더라도 그 모습은 달라졌는데, 그 달라진 모습은 발견하지 못하고, 우리는 같은 것으로 여기는 우매(愚昧)를 생각하지 않기 때문이다.

산이 높고 낮은 것, 크고 작은 것을 생각하기 전에 나의 사유(思惟)의 연상이 어느 정도 적확(的確)한가 하는 것에 관심을 갖는다면 산과의 대화도 가능하리라. 이것이 실제로 가능할까? 우리는 초목(草木)이 자라는 것을 볼 수는 없지만, 자란 것은 볼 수가 있다. 그러므로 앞의 것은 마음의 눈으로 보아야 한다. 지질학자가 지층을 읽어가듯이.

나는 산의 고장인 강원도에 살면서도 많은 산을 오르지는 못했다. 그저 명산이라고 하는 산 외에는 이런저런 사유(事由)로 기회를 얻지 못했다. 그러나 내집 앞에 있는 산은 자주 오른다. 안마산이다. 말안장 같다고 하여 붙혀진 이름이다. 해발 300m 정도의 산이다.

그러나 오르는 과정의 구성이 매우 과학적이다. 집에서 나서면 10분 정도의 거리는 평탄하다. 산이 시작되는 데서부터는 완만한 경사지, 주목밭이다. 귀신을 생각하게 한다. '귀신은 있다고 생각하면 있고, 없다고 믿으면 없는 것' 이라는 것이 나의 의견이다. 귀신은 왜 붉은 색을 겁을 내는지 아직 나는 모른다. 귀신을 쫓는다는 주목(朱木)밭을 지나면 쉼터가 있다. 이곳에서 다시 10분 정도의 거리는 참나무 숲속의 돌길이다. 경사가 매우 가팔아 숨을 헐떡이게 한다. 가장 힘든 구간이다. 이어 소나무 숲 속으로 평지에 가까운 5분 거리. 정상이다. 여러 가지 운동기구가 설치되어 있다. 이곳의 풍경은 절경(絕景)이다. 그런데 거의가 아낙네들이다. 처녀들은 한사람도 보이지 않는다. 무엇 때문일까. 그리고 운동을 하는 층들은 30~40대들이다. 훌라후프를 돌리는 이는 허리와 골반부의 회전력을 높이려는 것일까. 줄넘기를 한다. 기본 체력의 단련, 아마도 상하지의 근육을 강화하려는 속셈일까. 한편으로 돌아서서 맨손체조나 하는 50대는 간밤에 악몽이라도 꾸었는지 시무룩하다. 수능이니, 아이큐니, 면접이니, 수시 모집이니, 어떤 놈은 주일 놈이라느니, 넉두리와 수다를 떨어도 산은 여전한 침묵이다. 하늘에는 어느 새 중천으로 자리를 옮긴 햇님이 싱긋이 웃는 점잖은 얼굴이다.

여나무 평은 됨직한 정상에는 이렇게 아낙들의 세상이다. 한 둘 남자들은 수에 밀려 비실비실 어정대다 슬그머니 사라진다. 매일 같이 맞고 보내는 사람들, 서로 다른 그들의 동작과 노래, 여흥까지도 수용하는 관용, 아니 산은 참으로 위대한 연출가인가 보다.

정상에서 내려서면 걷기에 알맞은 비탈길이다. 소나무 숲 속, 겉으로 드러난 뿌리는 여름장마에 흘러내린 토사가 감싸주기는 했지만, 짓밟힌 상처는 치유될 날이 없다. 그러나 계단 같아서 걷기에는 편하다. 좌측으로는 남향받이 공동묘지다. 수백 기(基)의 묘지(墓地)들이 다정한 이웃들이다. 이들은 또 무슨 사연이기에 이곳에서 영원을 약속했을까. 수시로 바뀌는 가가붓자식들의 사연(事緣)과 사연(辭緣)으로도 넘칠 터인데, 영원한 고인들의 사연까지 감싸안은 이 작은 산의 도량(度量)은 어디까지일까.

내림길은 다섯 손가락을 벌리고 땅을 짚은 것처럼 주봉(主峰)에서 흘러내린 기봉(奇峰)이 다섯 개, 3부 능선 기슭을 오솔길 따라 돌면 9자 모양으로 오르던 길과 맞물린다.

내릴막 급경사를 지나 구릉의 능선을 타고 우측 방향으로 돌면 골짜기에 옹달샘이 있다. 이산의 짐승들이 목을 추기려 오는 곳이다. 다람쥐, 청설모, 박새, 곤즐박이, 삼광조, 솔새, 휘파람새, 오목눈이, 더러는 산까치도 보인다. 배는 짙은 갈색, 등은 적회색, 날개는 흑색과 흰색과 하늘색으로 요염하지 않은 조화미를 갖추었다. 게다가 수더분한 모습이 아다다를 생각하게 한다. 지저귀지도 않는다. '기악기악' 하는 소리도 나직하다. 순하면서도 덕스럽고 중후(重厚)한 자태가 마음까지 편하게 한다.

나직한 산이기는 하지만 생물은 생물대로, 무생물은 무생물대로 제각기의 구실을 다하게 하고, 오가는 애환(哀歡)도 없는 영겁의 가슴.

아! 작으나마 산이고 싶구나.

立春雪

이 삼일 전에 입춘을 지났다. 오늘 늦게나 밤에 눈이 오겠다는 예보를 듣고 잠이 들었다. 잠이 깨었다. 새벽이다. 밖을 보니 눈이 살짝 깔렸다. 아쉬운 생각과 차라리 잘 되었다는 생각이 교차된다. 자리에 들었다가 다시 눈을 뜨니 날이 밝았다. 아니, 눈이 10Cm 정도는 실하게 쌓였다.

주차장의 차마다 지붕이 붕긋붕긋하다. 어제 계획했던 일은 취소할 수밖에 없는 형편이다. 꼭 해야 할 일이기는 한데 귀찮은 생각이 앞서기 때문이다. 뉴스에서는 이번 겨울 들어 가장 추운 날씨라나. '2월에 장독이 얼어 터진다'는 말을 듣기는 했지만 경험한 사실이 없기에 진가민가 했었다. 뿐만도 아니다. '보리 누름에 선 늙은이 얼어 죽는다'라는 말도 있고, '함구 분원이면 유월비상'이라는 말도 있기는 하지만 실제 겪은 사실이 없으니 실감은 하지 않고 그러려니 했다.

정원수로 심은 잣나무 가지가 하얀 솜이불을 안고 축축 늘어졌다. 편안하게 누어 잠든 모습이다. 활엽수도 가지마다 하얀 선이 곱다. 앞산은 흑청색 바탕에 흰무늬로 얼룩진 거대한 표범이 잠복한 것 같이 조용하다. 며칠 전에는 봄이 앞당겨 오는 느낌까지 주더니, 가루눈이 첫눈처럼 소리도 없이 쌓였다.

문득 앞 냇가의 새들이 궁금해진다. 두어 번 망설이다 일어섰다. 두건 달린 덧옷을 입고 나갔다. 냇가를 따라 만들어진 보행자 전용의 길이다. 물을 따라 온 30여 마리의 오리들이 바람에 밀려다니는 종이배처럼 떠다닌다. 아마도 체구가 작은 놈들은 지난해 태어난 새끼일 것도 같다. 부리를 물속에 박고 물구나무를 서기도 한다. 이 오염된 물속에서 무었을 찾아먹는지, 배탈이나 나지 않을까. 때로는 풀뿌리도 파먹는 모양이다. 까마귀도 오고 까치가 제일 시끄럽다. 제 깐에는 텃세를 하는 모양이다. 떼를 지어 깍깍거리며 산발적으로 날아들곤 한다. 이름도 알 수 없는 멧새들도 올 때가 많다. 눈이 조금 멎는가 싶더니 다시 기세를 높인다.

낮이라 '월백 설백 천지백'은 아니지만 눈이 하얗게 깔린 냇가 벌판길이다. 걷다가 주춤 놀랐다. 눈 덩이가 움직이기 때문이다. 가까이 보니 일전에 보았던 하얀 비둘기 한 쌍이다. 눈만큼이나 하얗다. 볼그레 한 부리와 빨간 발이 아니면 발견하기 어려울 정도다. 사람과 1m 남직한 거리인데도 태연하다. 이 눈밭에 무엇이 있으랴만 고개를 까닥이며 발자국을 남긴다.

나는 비둘기 중에서는 하얀 비둘기를 가장 귀하게 생각한다. 순수한 느낌 때문이다. 그리고 백의민족이란 상징적인 이미지도 동일하기에 더욱 그렇다. 데려다가 기르고 싶다. 겨울이나 지나고 보내고 싶지만 사정을 알 리도 없는 너와 나이기에 잠시 지켜보다가 아쉬운 작별을 한다.

오고가는 사람들 사이를 지나는데 초등학생 두 명이 씩씩거리며 눈 덩이를 굴리고 있다. 형제인 것 같아 보인다. 내가 초등학교 다

널 때 운동회에서 굴리던 지구본만큼이나 크다. 둘이서 힘겹게 밀어도 구르지 않기에 '다시 하나 더 뭉쳐서 눈사람이나 만들라고 했다' '눈사람 만들 것 아닌데' 힐끔 보고는 다시 씩씩거린다. 나는 그들을 지나치면서, 어느새 나의 고향에서 눈사람을 만든다. 바깥마당에서 굴려 뭉친 눈 덩이로 눈사람을 만들었다. 앞집 호두나무 밑으로 돌아가는 길가에 세우고, 모자는 허수아비가 가을 한철 쓰다 버린 짚신 짝 한 켤레를 얹고 돌도 눌러놓았다. 이슥한 밤이다.

개울 건넛집 아저씨가 마을 갔다가 오는 길에 겁에 질리어 '게 누구요. 누구요' 다그쳐 물어도 대답이 없드란다. 눈사람이 무슨 대답을 한담. 다음날 그분을 만났다. '네가 눈사람 만들어 00네 담 모퉁이에 세웠지' '네, 그런데요.' 사람을 그렇게 놀라게 하느냐며 정색을 하더니 껄껄 웃던 때가 떠올라 실인(失認)처럼 피씩 웃었다. 반세기도 훨씬 전이다. 그 때 그 마을에서는 눈사람을 만들어 세울 꾸러기도 없었다.

봄눈 슬 듯 한다더니 길에는 물이 질펀하다. 건물로 가린 음지와 양지의 차이가 완연하다. 양지에는 길바닥이 들어났는데도 음지에는 밟힌 눈이 얼음으로 반질반질하다. 추억은 꼬리를 문다. 양지와 음지. 하늘과 땅. 아버지와 어머니. 제 자식은 금과옥조로 여기면서도 부모의 봉양에는 대체로 소홀히 한다는 세상이고 보니 분명하게 할 말이 없다. 하기야 내리사랑이란 말이 오늘 어제의 말도 아니다. 하지만 되 색이면 부모들을 위한 말은 아니다.

내 부모님은 무슨 말씀을, 얼마나 많은 말씀을 가슴에 담고 가셨을까. 복사도, 현상도 불가능 한 현실만 남기시고 그 수척해진 가슴이 넘치도록 담고 가신 사연은 어떤 것일까. 추회할수록 마음만 무거워진다. 부모님이 가슴에 담고 가신 사연, 추회할수록 무거워지는 마음을 봄눈 슬듯이 녹이는 양지가 있었으면 좋으련만…….

2005. 2. 9.

예술보다 아름다운 운전

내가 운전을 시작한 것도 어느새 10년을 바라본다. 그동안 매일 쓰거나 장거리나 고속도로는 그리 많이 다니지는 않았지만 국도나 지방도로 등 다녀보지 않은 도로는 거의 없다. 누구나 그렇겠지만 초보운전 당시에는 조심이 앞서던 것이 햇수가 쌓여 갈수록 그 조심성이 차차 느슨해지는 것은 나만의 경우만은 아닐 것이다.

처음에 운전대를 잡고 시내를 지나서 한 두 시간 운전을 하고 나면 땀이 촉촉이 밴다고도 하는데 나는 그런 것은 모르고 초보 시절을 보냈다. 그것은 차에 앉으면 먼저 안전띠에서부터 안전 운전을 머리에 떠올리고 차선 지키기, 신호등, 교통 표지판 등을 열심히 살폈기 때문인 것으로 지금도 기억된다.

그런데도 그동안 몇 번의 사고는 있었다. 모두가 남의 탓이었다. 한 번은 철원 김화 간에서 타이탄 트럭이 내 차를 추월하면서 좌측 앞바퀴를 치고는 뺑소니를 쳤고, 한 번은 서울 도곡 전철역 십자로에서 노란불에 출발한 버스가 내 차 앞으로 밀고 들어오는 바람에 내가 그 버스의 앞바퀴를 정면으로 받은 적이 있었다. 버스가 신호등만 지켜주었더라면 면할 수도 있는 사고였다. 그리고 신호대기 중에 서 있는 내 차를 우측으로 추월하면서 또 내 차 우측 앞부분을 스쳐 앞 범버가 깨진 적도 있다.

그 후부터 자연히 차종과 운전자와의 상관관계를 살펴보게 되었는데, 먼저 운전자는 남자와 여자로 구분해 보면 여자 운전자들은 양보심이나 참을성이 없어 보인다. 좁은 길에서 서로 피할 때도 조금만 섰다 오면 서로가 편하겠는데 굳이 다가와서 상대편 차가 후진할 때를 기다리고 버틴다거나, 신호등이 없는 좌회전 길에서 잠시 멈추지 않거나 골목길에서 나올 때도 필요 이상으로 차를 내다 세우곤 한다.

그리고 10대 20대들은 너무 경망스럽다. 운전의 안정성보다는 기교에 치우친다. 마치 카레이스나 하는 것 같은 느낌을 주는가 하면 곡에라도 하려는 것 같은 기교를 앞세운다. 30~40대의 운전자들은 다소 신중한 편이나 운전자의 인품이 그대로 반영된다. 대개 이지적인형, 자만형, 숙달형, 몰염치형, 양보형, 신중형, 자아중심형, 무법형 등등인데 아마도 종사하는 직업의식에서 오는 경향이 많아 보인다.

다음으로는 차종으로 구분해 보면 소형트럭 즉 타이탄이나 포터 따위는 운전자와 관계없이 경망스럽다. 길바닥에 쏟아진 미꾸라지 같다고 하면 조금 지나친 표현일까? 티코, 봉고도 이 부류에 속한다. 그런데 마티즈는 이들 중에서는 조금 나은 편으로 보인다.

그 다음으로는 중 소형급의 중간형, 엑센트, 누비라, 로망, 레간자 급이다. 이들도 신사답지는 못하다. 경망스러운 편을 덜하지만 주위보다는 자신의 우선적인 면을 벗어나지 못한다. 그래도 소나타, 크레도스, 포텐샤, 프린스 등은 연령층도 50대 이상인 때문인지 자제하는 기색을 엿볼 수 있다. 그런데 그랜저 이상 급에선 어딘가 권위의식 같은 것이 풍긴다. 은근히 무게를 잡는 편이라고 할까. 그리고 그 이하의 차종에게 겸손하려 들지 않는다. 무쏘나 코란도류의 운전자들은 청년층이 많은 편인데 자신감이 앞선다. 천금을 조고도 살 수 없는 열혈기(熱血期)이기는 하지만 한 시대의 주인공이니 만큼 스스로 자중할 수 있었으면 하는 아쉬움을 남긴다.

그런데 가장 겁을 주는 것은 대형 트럭들이다. 알려진 그대로 거리의 무법자들이다. 접근하면 공연히 겁이 난다. 더구나 뒤에 바싹 따르면서 '뿌웅' 하고 쌍나팔을 울리면 깜짝 놀라기 일쑤다. 화가 버럭 치밀기도 하지만 참을 수밖에 없을 때의 기분은 쓴 맛이다. 시내버스도 곱지 않은 습성이 있다. 정류장마다 들락거려야 하는 불편한 사정도 있지만 전용도로가 없는 시골에서는 제가 도로의 왕자인 양 할 때가 많다. 그리고 영업용 택시도 밉상에 속한다. 특히 아무 데서나 정차를 하는가 하면 익숙한 지리에 신호등까지도 계산하면서 살금살금 도둑고양이처럼 나설 때에는 운전자의 인격이 그대로 차창 밖에까지 스며 나온다.

어쨌든 문제는 교통사고에 있다. 1999년 경찰청 교통사고 통계에 의하면 사고건수 275,938건, 사망자, 부상자 그리고 사고 건수는 연 평균 0.83%씩 증가했고, 손실액도 8조 1000억원이나 된다고 하니 어처구니 없는 일이다. 특히 월드컵도 치룬 나라로서 얼마나 수치스런 일인가. 매일 대중매체를 통하여 보고 들으면서도 고치지 못하는 것은 무엇 때문인가. 이것을 다른 나라 사람들은 그 나라 국민의 문화수준이라고 평가할 것을 생각하면 가슴을 치고 싶도록 답답한 노릇이다.

우리의 이 교통문화만은 어떤 방법으로라도 고쳐야 한다. 죽음에서 불구까지, 또 그들의 유족들의 불행은 이대로 가다가는 언젠가는 나의 현실일 수도 있다는 것을 운전자들은 명심하여야 한다. 문제는 운전자들의 인성과 양심의 수준과 비례한다는 것을 명심해야 한다. 그리고 완벽한 방법은 아니라고 하더라도 면허시험에서 인성평가도 한 분야로 포함시켰으면 도움이 될 것도 같다.

운전도 하나의 기술이다. 기술이란 '이치에 맞도록 어떤 일을 솜씨 좋게 다루는 재간'이다. 그리고 기예(技藝)란 말도 있다. 기술에 관한 재주다. 좀 더 뜻을 넓히면 운전은 기술이고, 기술은 예술일 수도 있다. 그러므로 운전은 빨리 가는데 목적이 있는 것이 아니다. 무사고가 목적이 아닐까? 교통법규에 따라 질서를 지키며 항상 양보하는 마음으로 상호간의 예의를 지킨다면, 이것이 곧 예술일 수도 있는 것이다.

너 나 할 것 없이 운전대를 잡는 순간부터 나는 미(美:藝術)를 창출하는 예술가라는 생각과 운전대는 차선을 따라 생활예술을 만들어가는 소중한 도구라고 믿으면서 운전을 한다면, 마음도 스스로 아름다워질 것이며 운전문화도 향상되고, 교통사고로 인한 불행이 사라질 것이다. 우리들 가정도 예술로 지향하는 행복이 찾아 줄 것이 아닌가. 이것을 이론이나 이상이라고 생각하지 말고 모든 운전자들이 나는 도로를 달리는 예술가라고 자부하면서 운전을 함으로써 모든 교통사고로 인한 불행을 미연에 방지해 가자고 권하고 싶다. 그리고 아름다운 마음에서는 운전도 예술이다. 아니, 그 이상의 것일 수 도 있다. 사람의 생명과 행·불행과도 직결되는 문제이니까.

2001. 2. 23.

栗洞公園

율 동공원은 행정구역상으로는 경기 성남 분당구 율동에 위치
하고 있다. 아마도 옛날에는 밤나무가 많았던 것 같다. 지금도 주
위의 산기슭으로는 해묵은 밤나무가 많이 있다. 그러나 주종을 이
루는 것은 떡갈나무를 비롯한 참나무들이다. 여기에 운치를 더하
는 것은 수도육군병원과 새마을 연수원 골짜기에서 기원하는 계곡
의 물이 다소나마 옛 모습을 잃지 않고 있기 때문인 듯도 하다.

 공원의 면적은 약 10만 평. 근 4만 평이나 되는 호수에 77만 톤
의 물이 질펀하게 저장되어 있어 도심에서 찌든 마음을 헹구기에
는 이만한 곳이 없지 않나 싶다. 장안타운 방향에서 둑으로 올라서
서 가로지른 호수 둑을 거닐면서 수도육군병원 쪽을 바라보는 시
야는, 고층건물이나 시멘트벽에 익숙한 눈으로는 그런대로 선경인
양하다. 호수 중심부에는 분수가 설치되어 계절에 따라 두어 시간
간격으로 시원스럽게 물을 100여 미타나 뿜어 올린다. 번지점프에
서 팔을 벌리고 떨어지는 젊은이들은 잠시나마 새가 되어 날아보
기도 한다. 번지점프 좌칙으로는 베드민턴장, 조금 올라가면 종일

이라도 책을 읽을 수 있는 책 테마파크도 있다. 다시 호수 주변으로 벗나무 가로수 속을 걷노라면 오른쪽 수면에 떠 있는 오리들. 상주하는 집오리도 있고 철새 오리도 찾아온다. 수화도 군호(軍號)도 알 리 없는 물. 바람이 불면 잔물결이나 찰랑이는 수면인데 해가 갈수록 새로운 얼굴들이 찾아오는 신비도 새롭다. 까만 몸매에 빨간 볏, 상큼한, 가느다란 다리, 물갈퀴가 없어도 물에서 산다. 논병아리다. 갈대, 부들이 어우러진 속에 둥지를 틀고 새끼까지 쳤나보다. 너 댓 마리 데리고 조르르 물을 가르며 먹이를 찾는 그들만의 생활상이 대견하다. 지난해엔 민물도요도 왔었다.

　수경 재배 시험장에는 꽃창포, 아기부들, 갈대, 물옥잠 부처꽃도 빨갛게 피어 눈길을 끈다. 물 속에서는 돼지새끼 같이 등이 편편한 잉어가 유영하는 모습은 세정과는 달리 그저 평화스럽기만 하다. 세상에 근심 걱정이 있을 리가 없다. 낚시를 조심해야 할 불안도 없고, 먹이야 사람들이 던져주고, 의식주가 다 해결되는 그들은 만일 하루가 무료하다면 물위로 떠서 신기한 듯이 바라보는 어린이들과 눈인사나 즐기면 되지 않을까?

　조금 멀리 보이는 맞은 편에는 물 갈대와 부들이 키가 넘게 자란다. 그 속으로는 미로를 연상해도 좋을 목조 산책로가 개설되어 있어 젊은이들이 사진도 찍고 간단한 밀회도 할 수 있음 직하다. 거기서 나오면 매점, 넓은 광장에 야외 무대도 있고, 비치파라솔 아래 탁자와 의자도 놓여 있다. 음료수도 마시고 이야기도 하고 재롱부리는 손자 손녀들이 놀이감을 타는 것도 보고 간식거리를 사 주기도 한다. 주변으로는 음식점도 각양각색으로 빼곡하다. 조금 위로는 조형물 광장이다. 아희들의 인라인, 롤러 스케이팅, 자전차도 타고. 어른들이 앉아 쉴 수 잇는 쉼터도 고루 배치되어 별로 불편한 줄 모르고 한 때를 보낼 수 있어서 좋다. 평온를 생각하게 하는 잔디광장은 그저 볼거리로 조성하였는지 연중 출입을 금하는 이유는 쉽게 납득하기 어렵다. 잔디광장이란 보는데 그치는 것은 아닐 터인데 말이다. 두 곳이나 되는 광장은 그 면적이 아깝다는 생각이 든다.

관리사무소 좌칙으로 작은 나무다리를 건너면 어린이 놀이터다. 여기도 놀이터로 아쉬울 것이 없을 정도의 시설이 종일토록 어린이들을 잡아두곤 한다.

그 전면, 다리 밑으로 흐르는 냇물에서 여름이면 아희들 수십 명이 물에 들어가 매미채로 송사리라도 떠보는 광경은 내 어릴 때와 고향 냇가에 두고 온 추억을 되살리기에 충분하다. 아! 고향의 냇가. 연분홍 찔레꽃이 필 무렵 참새들 떼 지어 앉아 지저귀던 곳, 가재 굴 찾고, 쌀 미꾸리 쑥 뿌리로 허리 묶어 잡느라고 끼니때도 넘기던 그 동심은 개발이란 명목의 매연 속으로 묻히고 말았구나. 이 공원에는 그 외에도 음료수대며 각종 편의시설이 구비되어 있어 공원에 오는 이들에게 큰 불편은 없다. '서울 사람이라고 이 율동공원을 다 와 본 줄 알아' 누군가가 하는 말이다. 아마도 친구들을 여기서 만나기로 했던 모양이다. 은근히 율동공원을 찬양하는 뜻으로 말을 한다. 나도 서울 시내 공원을 몇 군데 둘러보았지만 이곳 만한 곳도 없다. 그런대로 시간을 보낼만한 곳이라고 생각된다.

분지형인 이 공원의 기봉(岐峰)에는 청주 한씨들의 무덤이 많다. 아마도 고려조 당시 한00씨의 세력이 두 팔에서 넘칠 때, 왕이 이쪽 한 구역을 뭉청 떼어 주었는지도 모르겠다는 추측도 가능하게 한다' 는 노 교수의 말도 그럴 듯하게 여겨진다. 묘비의 남자는 청주 한씨가 절대 다수이기 때문이다. 노루마을 등 옛날 지명으로 보아도 당시에야 농가 몇 집이 있었을 변두리 지역이었을 터이니까.

　주말 특히 토요일 오후, 일요일에는 썰렁했던 공원은 남녀노소 사람들로 가득 찬다. 점심을 가지고 온 사람들이 대부분이다. 여름에는 나무 그늘 아래 야외용 자리를 깔고 앉고, 눕고, 잠을 자는 사람들도 있다. 눈으로 볼 수야 있으랴만 물아일체가 그리워 온 사람, 단순한 휴식을 위해 온 사람, 고독을 잊으려 온 사람, 건강을 염려해 온 사람, 자전거를 타보려고 온 사람, 등등 추측이야 끝이 있으랴. 내가 가장 동정이 가는 사람은 늙을막에 보행이 불편하여 걸음마를 하는 사람이다. 그리고 가장 존경의 대상은 그렇게 보행이 불편한 분을 부축하고 그의 옆에서 따라다녀 주는 50대 전후의 그의 부인이다. 갈 때마다 만나고 만날 때마다 경의를 표하고 싶어진다. 어서 그의 보행이 자유로워졌으면 좋겠다.

　어찌 되었던 가족끼리 친구끼리 한담을 하기에도 좋고, 더욱이 연인끼리 정담을 나누고 사랑을 키우기에도 서울에서는 무난한 곳이라고 하겠다. 주차장도 넉넉하다. 대·소 주차장에는 700여 대의 주차 시설을 갖추고 있어 주차의 불편도 거의 없다. 나무 그늘도 아직은 여유가 있어 넉넉한 편이라서 더욱 좋다.

06. 11. 20.

눈길, 밤길

다시 생각해 보아도 무모한 길이었다.

한국 전쟁이 밀리고 밀었다를 거듭하던 1952년 겨울이다. 내 나이 스므살 때의 일이다. 나는 누님댁에 갔다가 내 담력을 시험해 보기로 했다. 너무 귀하게만 자랐고 위험한 고비를 경험해 보지 않은 것이 주된 이유였다. 원주에서 기차를 타고 제천에서 내리면 편편대로인데도 봉양에서 내렸다. 눈 쌓인 밤길을 걸어보기로 한 것이다. 기점은 봉양(지명)으로 정하고, 시점(時点)은, 당시에는 시계가 귀했으므로 전기불이 들어오는 17:00경을 기준으로 출발을 했다.

통상 삼십리로 알고 있지만 시골길이라 15㎞는 됨직한 길이다. 마을에는 이미 전기불이 들어오고 거리에는 어스름이 내리기 시작한다. 봉양천으로 접어드니 벌써 징검다리는 잘 보이지 않는데 밤이라 물소리는 한결 더 크게 들린다. 냇물은 작은 강에 비길 정도다. 앞으로 갈 길은 준 화전민들의 집거촌인 마을을 서너개 지날 때마다 무인지경의 고개도 서너개 정도 넘어야 한다. 좌우로 산들은 높아서 양팔을 벌리면 손 끝에 다을 것 같고, 계곡은 까마득한 낭떨어지기 아래로 흐르는 물도 만만치 않다. 그야말로 산이 높으니 골도 깊은 곳이다.

내를 건너자 산길로 접어 든다. 밤이면 노름꾼들이나 더러 다니던 길이었는데, 6·25 이후로는 밤마다 전국적으로 느닷없이 나타나는 인민군 빨치산들의 출몰로, 그들까지 발걸음을 하지 않는다는 것을 미처 생각지 못하고 무모하게 출발을 한 것이다.

첫 번째 고개를 오르는데 벌써 공포와 불안과 전율로 촉각이 곤두선다. 이렇게 한순간이 지나자 체념의 상태가 된다. 이제는 모든 것을 운명에 맡길 수 밖에 없다는 생각을 했다. 고갯마루에 이르니 성황당이다. 아무렇게 돌로 쌓은 제단 뒤로 서있는 나무에는 금줄이 쳐지고 흰 종이가 팔랑인다. 합장을 하고 잠시 묵념을 하면서 제발 이 밤이 무사하기를 빌었다.

내리막 길을 따라 한참 동안을 걸었다. 물 소리가 들린다. 그리 머지 않은 곳에서 불빛도 보였다. 일그러진 창살을 무늬로 비치는 초라한 등불이 내게는 커다란 안도의 숨을 쉬게 한다. 그대로 그 마을을 지나 다시 무인지경인 산속으로 들어섰다.

더러 사랑방에서 들었던 민담도 많이 전해지는 산골 길이 바로 이 길이다. 이곳 마을들이 언제 형성되었는지는 몰라도 이 산간오지에서 있었다는 옛이야기는 풍성한 곳이다. 호랑이는 사람을 잡아 먹으면 머리만은 잘 보이는 바위 위에 얹어 놓는다는 것 쯤은 예사로운 이야기다. 목매달아 죽은 시체의 발견, 약국의 감초격인 도깨비 이야기, 비가 주룩주룩 내리는 날에는 물귀신 우는 소리가 들린다는 뱀소(沼), 객사한 원혼들, 열여섯 새색시가 초산을 하다 죽었는데, 사흘 뒤에는 아기도 죽고, 그 새댁이 가끔 머리를 풀어 내리고 소복한 환상으로 나타난다는 곳집 터, 문둥이가 어린 아이를 데려다 간을 꺼내 먹었다는 병풍바위, 늑대는 사람을 잡아 먹을 때 여러 마리가 사람의 키를 이리저리 뛰어넘다 쓰러지면 뜯어 먹는다는 이야기, 백여우, 구미호 이야기 등등이 들리는 듯도 하고 보이는 듯도 한 산길, 눈은 발목을 넘는다. 눈에도 홀리면 이리저리 헤매다 얼어죽는다는 것이다. 이것은 과학적인 이야기다. 바람이 불고 눈이 많이 내리면 언덕진 길은 바람의 방향에 따라 길 밖으로 눈이 쌓여 낮은 곳도 길의 높이로 편편해진다. 이곳을 길로 잘못 알고 밟으면 발이 빠지면서 넘어진다. 몇 번이고 되풀이하다 보면 정신을 잃고 동사하는 경우도 있으니까. 그러나 술취한 사람의 이야기일 게다. 하지만 옛 사람들은 눈귀신도 있다고 믿었던 것이다.

바람이 나뭇가지에 얹혔던 눈을 뿌리면서 세차게 지나갈 때엔 머리가 쭈볏쭈볏 곤두서고 소름이 돋치면서 뭔가가 뒤에서 옷자락을 잡아당기는 것 같은 착각도 한다. 이럴 때의 심경은 진퇴양난이라고 할 수 밖에 없겠다는 실제를 체험하는 것이다. 이제는 앞으로 가는 방법밖에는 다른 도리가 없다.

눈은 발목을 넘고, 무인지경에서 밤은 깊어만 가고, 게다가 사람이 서로 비껴 서기도 어려울 정도의 오솔길, 길을 노칠까봐 허리를 굽히고 더듬듯 걷는데 느닷없이 시커먼 물체가 우뚝하니 앞을 가로막는다. 가슴이 덜컹하는 순간 철썩 주저 앉았다. 의식은 있는데도 머리를 들 수가 없다. 눈을 감고 고개를 숙인 채 꼼짝도 못했다. 누가 개머리판으로 목덜미를 내려치나 했더니 장총에 장전된 칼이 가슴으로 푹 들어오는 느낌이다. 잠시 정신을 잃었다. 가슴이 꽉꽉 결린다. 시간이 얼마나 지났는지 모른다. 정신을 가다듬고 눈을 떴다. 바위였다. 산발적인 발자국이 마구 흩어져 있다. 길을 잘못 든 것이다. 아마도 나무꾼들이 한 곳으로 올라오다가 나무를 하러 제각기 흩어진 발자국인지 모르겠다는 생각을 했다. 하지만 실제로는 누구의 발자국인지 그것은 지금 생각해 보아도 알 수 없는 발자국들이다.

후둘후둘 떨리는 다리로 일어섰다. 땅은 하얗고 하늘은 솔숲으로 시커멓게 가렸고, 우뚝우뚝한 나무 기둥은 이 밤중에 사열을 받는 군인들처럼 서 있다. 돌아다 보니 내 앞을 가로막았던 바위는 비석처럼 서서 다시 소름을 끼치게 한다.

다시 올라갔던 방향으로 더듬어 내려왔다. 다행히 헛갈렸던 길을 찾았다. 마지막 재를 넘었다. 이제 '안간이'라고 하는 마을이 나타나기만을 바라면서 다시 출발을 했다. 앞으로 얼마 가지 않으면 마을이 있다는 것, 길도 짐작할 수 있다는 것이 조금은 마음을 놓이게 한다. 하늘의 별도 바라볼 수가 있다. 불이 보인다. 먼데서 보아도 친숙한 호롱불이다. 아마도 이 마을사람들이 이야기 꽃이나 피우면서 밤을 보내고 있으리라는 짐작어다.

갈림길이다. 오른쪽 길은 마을로 가는 길이고, 왼쪽 길은 내 집으로 가는 길이다. 서서 다시 생각을 한다. 마을로 들어가서 자고 갈 것이냐, 밤이 늦더라도 처음의 뜻대로 집으로 갈 것이냐다. 이 마을에서 자고 가면 미완성이고, 집으로 가면 이 밤중에 어떻게 왔느냐며 반기실 부모님, 이제는 다 컸다고 든든해 하실 것도 같았다.

그런데 이 마을 어귀에는 몇백, 몇천년이나 되었는지 알 수 없는 숲이 있는데, 이 마을 주민들이 신격화 하고, 마을의 안위를 비는 고사나 기우제 등을 올리는 수호신격의 숲이다. 포수가 노루를 쫓다가 이 숲으로 들어가 서 있는 것을 보고 총을 쏘았으나 불발이 되고 총알이 나가지 않았다는 말이 전해지는 영험한 숲으로 알려져 있다. 한참을 머뭇거렸으나 이 숲을 지나 다시 4~5㎞를 더 갈

용기가 나지 않았다.

마을 길로 들어섰다. 사랑채 뜨락에 한 발을 걸치고 기침을 했다. 두런두런 하던 이야기 소리가 전기불이 나가듯 그치고 숨소리도 들리지 않을 정도로 조용하다. 잠시 기다렸으나 '누구요' 하는 대답은 고사하고 문도 열리지 않는다. 하는 수 없이 문을 열었다. 방안에는 네 사람이 있었다. 모두가 놀란 토끼눈이다. 말도 동작도 없이 나무토막처럼 굳어 버렸다. 방으로 들어섰다. 세 사람은 수수한 시골티의 차림인데 한 젊은이는 주먹한 상투를 틀어 올리고 옥양목 한복바지 저고리에 깔끔한 옷차림이다.

'아니 박군 아닌가', '아니 누구라고 S.G 아니여' 중학교 동기생이었다. 6·25 이후 피난을 와 있다고 한다. 마을 사람들은 돌아 갔다. 원주서 오는 길이라고 했더니 '아니 원주에서는 아직도 전쟁을 한다며, 군인들이 버글버글 한다던데' 이때 전선은 주로 38선 이북에 있었는데, 당시에야 TV도 라디오도 없는 산골의 정보란 언제 들은 소문에 불과했으니 그럴만하다. 그는 나에게 이런 저런 이야기를 듣고 안도하는 눈치였고, 피난살이도 막을 내리겠다고 했다.

'아까 들어설 때 모자창만 보고 산사람(빨치산)인 줄 알고 얼마나 놀랐는지, 다행히 여기는 무사한데 나무하려 가면 산에는 발자국이 많대' 자못 불안한 표정이다. 내가 길을 잃고 산에서 본 발자국도 다시 의문이 간다.

저녁은 먹었느냐고 하더니 놋식기에 조당수를 반그릇 쯤 김치 몇 조각과 내 온다. 그나마 요기를 하고 나니 내가 살아 있는 것이 확실해진다. 길을 걸을 때는 전혀 몰랐는데 속옷이 함빡 젖었다. 겨드랑이 밑에는 겉옷까지 젖었다. 한기가 오슬오슬 스민다. 이불도 있을 리 없다. 오늘밤은 새우잠이다. 그러나 얼마나 다행인가.

새벽이다. 매케한 냇내에 잠이 깨었다. 아침은 사양하고 떠났다. 어제 밤에 내 발길을 막던 숲이다. 노티나무, 소태나무, 밤나무, 참나무 모두가 신목들이다. 팔뚝같은 머루·다래 넝쿨도 용트림을 하면서 거목들을 감고 올랐다. 되는대로 놓은 바위에는 겨울인데도 바위옷이 검푸르게 엉기었는데 성황당에는 금줄이 느려져 있다. 낮인데도 서먹해진다. 이런 길을 옆집 '경이는 열 너더댓 살 때도 소를 몰고 큰 집을 오갔으니 깜찍하다는 생각이 든다.

해가 뜰 무렵 집에 도착했다. 반은 놀라시고 반은 반기시는 부모님 그리고, 내집, 이보다 더 편안한 곳이 있으랴, 참으로 무모한 모험이었다.

6

경우와 경운기

경우耕牛와 경운기耕耘機

아침 해가 우려온다. 경우(이하 우공)는 이미 쇠죽(짚·콩·풀 등을 섞어 끓인 쇠의 먹이)을 먹고 주인의 거동을 살핀다. 주인은 지게에 쟁기를 지고 우공을 앞세운다. 송아지도 동동 걸음으로 어미소를 따라 설 때도 있다. 우공은 뚜벅뚜벅 태평한 걸음이다. 새끼가 따라오기에 한나절이나 젖이 붓도록 기다리지 않아도 되기 때문이다.

경운기(이하 딸딸이) 같으면 엄두도 못낼 산굽이를 따라 돌며 가파른 숲속 길도 우공은 서슴 없이 오른다. 질편한 들판보다는 밋밋한 산 허리에 일궈진 산전(山田)이나 다락논이 더 많은 산간 마을은 이 우공의 고향이요, 발에 익지 않은 길이 없고 낯선 풍경도 없다.

일터 밭머리에 가면 제가 먼저 알고 멈춰 선다. 멍에 메고 쟁기를 끌면서 주인(농부)이 시키는대로 밭을 갈고 논을 간다. 이랴하면 앞으로 가고, 어디어디하며 고삐로 옆구리를 두드리면 좌측으로 가고, 물러물러하면 뒤로 물러설 줄도 안다. 산전(山田) 비탈진

밭에 듬성듬성한 바위, 닥나무 포기 자갈밭이라도 제가 먼저 피하고 돌아갈 곳을 알아서 간다. 그래서 사람도 수월하게 밭갈이를 할 수가 있다. 사람과 동물이라는 이질성도 있지만, 심·성·정(心性情)이 있어 부리고 부림을 당하여도 이심전심에서 오는 위로와 위안도 있고, 생사고락의 동질성에서는 다를 바도 없다.

그래서 황희 정승도 벼슬길에 오르기 전에 길을 가다가 잠시 길가에 앉아 쉬면서 겨리(논·밭을 갈 때 두 마리 소로 가는 것을 겨리라고 하고, 한 마리로 밭을 가는 것을 호리라 한다)로 밭을 가는 농부에게 어느 소가 일을 더 잘하느냐고 물었더니, 농부는 밭갈기를 멈추고 황희에게로 다가와서 귀엣말로 '이쪽 소가 일을 더 잘합니다' '아니 그것을 굳이 귀엣말로 하시오,' '소도 비록 짐승이기는 하지만, 그 마음은 사람과 다를 바가 없습니다. 어느 쪽이 낫고 못하다고 하는 말을 들으면, 어느 한 쪽은 마음이 편하지 않을 것이기 때문이지요' 라고 대답하더라는 것이다.

그후 황희는 크게 깨닫고 다시는 사람의 장단점을 말하지 않았다는 옛이야기로 보아서도 우리네의 우공은 준 가족의 일원으로 정감이 오갔던 것을 알 수 있다.

햇살이 퍼지고 참 때가 되면 일손을 멈춘다. 잠깐 쉬는 휴식시간이다. 농부는 우공을 세우고 한숨(잠간 동안의 휴식)을 돌린다. 우공은 지그시 눈을 감고 헐떡이던 숨을 가라 앉힌다. 농부는 그늘에 앉아 곰방대를 물고 무념무상(無念無想)이다. 솔바람 소리가 지나가면 사람도 우공도 그 시원한 감촉은 그대로가 살아 있는 그림이요, 자연이다. 밀레의 「만종」이나 「이삭줍기」보다 더 평화로운, 한국적인 풍경이다.

옛말 그대로 춘삼월 호시절(음력으로)인데다가 기화요초(琪花瑤草)는 만발하고, 이곳 물 저곳 물이 어우러져 바위틈을 흐르는데,

버들개지는 뽀얗게 단장을 하고 누구를 부르는지 물결따라 요염한 손짓을 멈추지 못한다. 뿐이랴, 장부다운 꿩이 울고, 청승맞은 비둘기, 12가지 음색을 낸다는 꾀꼬리며, 휘파람새, 낮인데도 소쩍새가 울 때도 있다.

물새는 물가 언덕에 굴을 파고, 박새는 나무 굴에서 알을 품는다. 모두가 제 소임 다하겠다는 하느님에 대한 선서일 것도 같다.

진달래는 수줍어 숨어서 피고 불치의 구루병에 한이 된 할미꽃도 비록 등은 굽었지만 빨간 꽃잎에 노란 꽃술만은 아직도 이팔청춘이다.

농부가 일어서면 우공도 제자리로 들어선다. '이랴야~, 이랴아아, 이랴이럇' 하기도 하고, 어디어 어디어디 어디어 하면서— 구성진 목소리로 곡을 부쳐, 휘감기는 가락이 농요처럼 이산 저산으로 울려 퍼진다. 농부와 우공과 자연은 이렇게 교감(交感)이 있어 일을 하면서도 서로서로 간의 신뢰하는 평화가 있다. 이것은 그 자체가 격양가(擊壤歌)요 풍년가이고, 태평성대(太平盛代)이기도 하다.

그러던 것이 언제부터인가 경운기가 딸딸거리더니, 이제는 농가에서도 농우로 우공을 기르는 집은 거의 없어졌다. 사람의 미각이나 채워주기 위한 비육우, 태어나면서부터 죽을 날만 기다리는 그들의 운명은 옛날 같은 한국적인 정서도 낭만도 딸딸이에 빼앗기고 말았다. 들을 때마다 귀가 따가운 금속물의 괴성이 산속까지 파고 든다.

아마도 모르거니와 농요같은 우공의 '음매'소리를 들으며, 조는 듯이 눈을 감고, 품은 알을 굴리기나 하던 까투리, 비둘기, 물새, 박새 들도 딸딸대는 경운기 소리로 불안에 떨 것 같고, 포유동물도 불안하기는 마찬가지 아닐까. 아마 곤충들까지도 편하지는 않을 것 같다.

그놈에 거 딸딸거리기만 하고 가스냄새는 매케하지, 비알(비탈: 경사) 밭은 갈지도 못해유, 올라갈 재간이 있나유, 게다가 고장만 나면 꼼짝달싹 할 수도 없어유, 들고 갈 수가 있나 지고 갈 수가 있나, 개울물도 소 같으면 건너고 남을 물에도 못건너유 어림도 업시유, 그저 무쇠 덩어리지 뭐, 그래도 숨 쉬는 놈(소:경우)은 말귀도 알아 듣고 지가 알아서 하는 것도 있는데, 소는 꼴이나 한짐 비다(베다)주면 되지만, 이것은 기름 값이다, 수리비, 부속품 값 다 제하고 나면 나 먹을 것도 안돼유 안돼-.

'아니, 전기세 기름값은 감해 주잖아요'

'그까지 좀 감해주면 뭘한대유, 소는 실건 일 부려 먹고도 팔면 목돈이나 쥐어보지만, 이건 해가 갈수록 수리나 하다 못쓰게 되면 고철인데, 어디가서 본전이나 찾아유, 기계 농사도 들판(평야)애기지, 이런 산꼴에서는 그래도 소만한 게 없대드유, 트락터니, 콤바이, 이양기, 뭐 다 그래유, 숨쉬는 놈이 낫지유. 정도 통하구.'

메카니즘을 알 리 없는 촌노의 넉두리다. 그러나 어찌하랴 시대의 변천이요 역사의 흐름인데. 가파른 산전까지 갈아서 온갖 잡곡을 생산해 주던 우공은 도살장으로 가고, 청장년들은 일력시장으로 가고, 잡초만 우거진 묵정밭이나 바라보며 노령화된 농촌, 하는 수 없이 시대를 따라 살아야 한다는 것을 모르는 것은 아니지만, 풍요로 위장된 현실보다는 낭만과 평온이 공존했던 한국적인 생애의 면면한 정감은 그리 쉽게 떠나지 않나보다.

2002. 3. 18.

註 : 牛公이라고 한 것은 소를 높이는 뜻으로 쓴 것임.

고향 살이 타향 살이

정 들면 고향이란 가요의 구절도 있고, 인간도처유청산(人間倒 有靑山)이란 말도 있기는 하다. 그러나 이말은 그럴 수도 있다는 것이지 반드시 그렇다는 것은 아니다.

내가 61년 9월 동해 모 고등학교로 첫 발령을 받았다. 고향이 충청도요 서울에 있다가, 산 좋고 물 좋다는 강원도, 인심도 암하노불(岩下老弗)이라는 강원도로 온 것이다.

그 후 2년 반, 94. 3월 영서 W여상으로 두 번째 발령을 받았다. 이런 곳에서 근무하는 선생님들은 모두가 원로요, 아니면 학문의 대가일 것만 같은 느낌에 상대적으로 나는 위축될 수밖에 없었다. 게다가 수업은 3학년 전반(5개반)을 담당해야 했다. 다행한 것이 있다면 첫 시간부터 학생들이 잘 따라주어 힘이 생겼고, 차차 적응하게 되자 그렇게 위대해 보였던 직원들의 어깨 높이도 막상막하였다. 자신감이 생겼다. 교실 문을 열 때마다 학생들의 박수소리와 환호성은 가슴을 설레게까지 했다.

당시 교장은 N 씨로 나이보다는 머리가 하얗게 센 분이였는데,

지역, 학부모, 학생들에게도 매우 인기가 높았다. 지금 서울대의 전신인 S사범학교를 졸업하신 분이었다. 나는 내게 학생들이 지나칠 정도로 접근하는 것이 부담스럽기까지 했다. 학급 담임도 아닌데 신발장에 슬리퍼가 더렵혀 지기도 전에 바뀐다. 어느 학생이 새 것으로 바꾸어 놓았는지 알 수도 없는데…….

여름 방학이 끝날 무렵이었다. 두 명의 학생이 인근 유원지에서 음독을 했다고 한다. 중·고 교감과 담당자들이, 이 학생들의 음독 경위와 처벌을 협의하고 나오며 나를 바라보는 눈초리가 곱지 않았다. 나는 그들의 눈길에서 무모함을 느꼈다. 그 학생들의 음독이 나때문이라는 결론이었던 모양이다. 그러나 한 학생은 부모님을 여의었고 또, 한 학생은 생활고로 졸업할 가능성이 희박한 학생이었다. 나는 그때 담당자에게 5천 년 역사에 한강물이 한 번도 역류한 적은 없다, 바람결에 그렇게 착각할 수는 있지만. 이렇게 한마디 하고 개의치 않았다. 이렇게 1년을 보냈다.

그러나 학년말 방학을 맞으면서 조금은 불안하기도 했다. 자랑스럽지 못한 꼬리를 달고 쫓겨 가는 것은 아닌가 하는 의구심도 생겼다. 그런데 역시 한강 물은 역류하지 않았다.

다음해 상고가 종고로 바뀌면서 보통과, (인문계)상과, 가정과로 개편되었고, 나는 보통과 담임을 맞게 되었다. 학급 편성은 성적순이었다. 나는 새로운 의욕과 학생들의 성취감을 위하여 최선을 다할 수밖에 없다는 각오로 마음을 다졌다.

당시에는 국어과에 국어Ⅰ, 옛글, 문법, 작문, 국문학사, 한문 이렇게 6권의 교과서를 다 마쳐야 했다. 상과 가정과 학생들도 성적이 다소 뒤졌을 뿐 진학을 희망하는 학생들은 많았다. 하는 수 없이 프린트를 시작했다. 매일 8절지 한장 이상의 원지를 줄판에 긁어야 했다. 어느 날은 수업을 1교시부터 8교시까지 연속해야 했다. 목이 화끈화끈 달아오고 가슴도 뻐끈해진다. 냉수나 한컵씩 마시는 도리밖에 없었다.

그런데 하루는 직원회의 석상에서 N교장이 장부를 보면서 'S선생은 웬 종이를 이렇게 많이 쓰느냐' 는 것이다. 당시(60년대 후반)에는 종이라야 기껏 마분지였는데, 프린트를 그만 둘 수밖에 없었다. 지금도 생각하면 학생들에게는 미안한 일이지만 학생들은 내가 한 말에는 이의가 없었다.

N교장과는 만 5년을 같이 있었다. 그러나 교육경력이 일천한 나로서는 교장과 특별한 인간관계도 없었고, 그렇다고 사소한 의견의 차이도 없었다. 다만 연구과를 증설하면서 나보다는 경력, 연령, 부임면도 등이 후배인 H씨를 연구주임으로 보직했을 때, 그것은 H씨가 S대 졸업생이라는 것이 직원들의 뒷얘기였으나, 종점에 피는 미소를 생각하고 나는 은근히 웃고 넘겼다.

그런데 종이 사용 양에 대한 발언에서는 인간은 누구에게나 속성(俗性)은 있는 것이로구나 하는 생각을 했다. 그러면서도 어느 해인가 초여름 어느날 어스름이 깔리는데, 나는 열심히 수업을 하고 있었다. N교장은 아마도 저녁식사 후 산책겸 나왔다가 창 넘어로 나와 시선이 마주치자 놀란듯이 돌아서던 뒷 모습을 보고, 인정이나 신임을 받는 것 같은 느낌이 들기도 했다.

'열심히 노력하는 자에게는 기회가 있다' 라는 인간관리 책의 한 구절만 가슴에 심고 웬만한 것에는 개의치 않았다. 그래서 6권의 교과서 외에도 하루 12시간씩 수업을 하는 보통과 담임, 중·고 문예반 특활지도, 시화전, 백일장, 학교신문, 문집발간 등 국어과와 관계 되는 것은 다 맡았다. 나는 오기가 생겼다. '얼마든지 맡겨보라지' 그것은 결국 자신과의 싸움이었다. 나의 능력과 양심의 끝이 어디쯤인가 가보고 싶었다.

드디어 결과는 왔다. 68년 한 학생이 E대 국문과에 합격했고, 다음해에는 S대 간호학과에 합격을 했다. 그러자 이 학교 창설이래 최초의 영광이라며 지역에서는 톱뉴스가 될 정도였다. 그 후 학교는 인문고료 전환하여 이제는 도내 명문여고로 명성이 높다.

어느 날인가 L교감이 부른다. 직원용 도서실로 가더니 '여기 국어사전 못봤오' '아니요 저는 제 사전이 있는데요' '아니 국어선생이 아니면 누가 국어 사전을 가져가' 내가 부임하던 해 봄 소풍을 갔을 때, 쉴 사이도 없이 학생들에게 끌려 다니며 사진을 찍자, 눈을 부라리며 무슨 사진만 찍어대느냐고 호통을 치던 그 교감이다. 얼마 후에 국어사전이 경제학 케이스에 들어 있었다면서도 미안하다는 인사말 한마디도 없었지만, 나는 속으로 이런 일도 있구나 하고 담담하게 넘겼다.

69년 2월 교장이 새로 부임했다. 이 학교 창설자의 일원으로 타지역 근무는 해보지 못한 중학교 D교장이었다. 성격이 차고 강직한데다가 이곳 토박이라는 권위또한 대단했고, 편애까지 예사가 아니어서 결재서류가 마음에 안들면 휙 던져버리고 돌아앉는 것이 그의 특징이라고 한다. 나는 당해보지는 않았지만, 속된 말로 바늘로 찔러도 피는커녕 노랑물 한방울 나올 여유도 없어보이는 인상이었다. 들었던 소문대로였다. 60여 명 직원중에서 수양아들이라고 불려지는 2~3명외에는 모두가 고용살이다. 이때 L교감은 가고 Y교감이 오셨는데 매우 넉넉한 인상에 덕이 있는 분이었다.

그해 여름방학이 끝날 무렵이다. 연수차 도 교육청에 갔던 교사들의 말에 의하면 내가 보조장학사(현 파견교사)로 발탁되어 9월 1일자로 발령이 날 것이라는 전언이다. 어떤 이는 누구를 찾아보라고 하고, 어떤 이는 가거던 잘 봐달라는 농담도 건너고 했으나 나는 듣고만 있었다.

아마도 해마다 실시하는 종합실기대회에서 매년 입상을 했고, 어느 해는 1, 2등 장녀상까지 휩쓴 적도 있다. 게다가 O지구에서 국어하면 누구라야 한다는 평판도 전해졌던 모양이다.

9월 정기 인사 때 발령이 나지 않았다. 이미 알려진 사실이라 은근히 기대도 없었던 것은 아니다. 얼마후에 알았지만 도의 담당자는 사전에 교감에게 전화를 했고, 교감은 교장에게 복명을 했고, 교장은 자기 제자의 남편 G로 교체해 줄 것을 담당자에게 요청했던 것이다.

G는 국어를 전공한 사람도 아니었다. 교육학을 전공하고 제2과정을 통하여 국어교사 자격증을 취득한 사람이다. 드디어 9월 말경 G가 C고로 발령은 나고 근무는 도 교육청 국어담당 장학사의 근무보조로 일을 했다. 아무 잘못 없이 허탈해진 것은 나다.

그런데, 교장은 G가 맡았던 교무주임을 맡으라는 것이다. 나는 일인지하로 거절했다. 권위가 꺽인 교장은 A에게도 B에게도 교무를 맡으라고 했지만 거절 당하고, 급기야는 K교사에게 S선생이 고의로 학사행정을 방해할 때는 인사조치하겠다는 조건하에 교무를 맡도록 했다고 한다.

화불단행(禍不單行)이란 말이 있다. 1971년 주임교사제도가 법제화 되던 해다. 서로 주임교사를 하려고 온갖 수단을 다 쓰던 시기였다. 하지만 교장은 나에게 주임교사 보직을 줄 리가 없었다. 나는 이제 이학교를 떠나야 하겠다고 마음을 굳혔다.

그런데 이웃 여중에서 당신을 교무로 요청하니 가겠느냐고, 그것도 교감을 통하여 하는 말이었다. 역시 동의할 내가 아니었다. 사물은 보는 이의 눈에 따라 달리 보인다는 무학대사와 이태조의 해학적인 대화를 생각하면서 웃었다.

나는 이웃 남학교로 보내 줄 것을 요청하지만 대답을 하지 않고,

'당신이 가면 우리학교 국어와 한문은 누가 책임지라구' '그러면 제가 여중으로 가면 수업은 이 학교에 와서 합니까'. 말문이 막힌 D교장은 원숭이 뭐 같이 얼굴이 빨개진다. 나는 그의 표정이 민망스러워 나와버렸다. 여중이 싫으면 화천(당시에는 군사지역이었음)으로 가라는 Y교감선생님의 전언이다. 공든 탑도 심은 나무도 무너지고 꺽이는 체험을 여기서 했다. 그러고도 D교장과는 1년을 더 같이 있었다.

7년 연속 우수반 담임이라는 이유로 시기와 질투, 매년 교내 각종대회에서 우승, 우수학급 표찰, 만 8년 동안 근속한 국어 교사는 없었다는 사실로 받아야 했던 질시(嫉視), 학생들과의 교재제작, 문예반 문집발간, 교외생활지도, 학생들 상식에 못미치는 체육교사(학생주임)의 불공정한 배구심판, 당시 타교엔 없었던 개별상담, 내 수업시간에 D교장이 쥐노리른 고양이처럼 엿듣는다는 후문등이 시끄러웠지만, 한번 정한 내 마음을 흔들리지 않았다.

D교장과는 3년을 같이 근무했다. 그가 온 후 나에겐 항상 악운이었다. 1년 여를 구름 낀 아들의 얼굴을 보시다 갑자기 돌아가신 어머님, 나의 맹장수술, 'S선생이 금년에는 운이 없군', 내 대신 교육회에서 주관하는 모범교사 선진지 여행을 다녀온, 나의 후배인 K교사에게 D교장은 이렇게 말하더라는 것이다. 내 운을 앗아간 사람은 누구인데……

이·저런 사연으로 G교사는 나보다 근 20여 년을 앞서 승진했다. 속된 말로 잘 먹고 잘 살았다. 하지만 이 종점에서 저립(佇立)하고 보는 그의 풍경은 그리 화려하지도 않다.

나는 이렇게 우직(愚直)하게 살았다. 내 생애의 장년을 이 W여고에 고스란히 쏟아부었다. 만일 내가 고향살이를 했더라면 도지사와 군수가 나의 고교 동창이었는데 그들이라도 나를 그대로 보고 있었을 리 만무하다.

내 나이 설흔 둘에 이 W여고에 와서 만 8년, 인생의 황금시대의 정열을 쏟고, 1972, 2월 말 정든 학교라기보다 밀턴이 정의(定義)한 양서(良書)처럼 생명고혈(生命膏血)은 내가 떠난 후에도 그 교장에 남아 있다.

고향 까마귀만 보아도 반갑다는 말이 있다. 얼마나 절실한 말인가. 타향살이를 해보지 않은 행운아에게는 별 의미를 느끼지도 못할 말이지만, 뜻을 품고 고향을 떠나, 이를 물고 살아도 뜻을 이루지 못했을 때, 그것도 앞길을 가로막는 장애자(障碍者)가 있을 때의 쓰리고 아픈 가슴엔 천추의 한이 비수가 된다.

2002. 3. 27.

고향집이 그리워질 때

온통 벽 한 면이 유리로 된 아파트 1층. 유리벽 앞에 선다. 울타리 밖 주차장도 한가롭다. 해마다 장마철이면 구멍다리를 넘던 개울물도 소리 없이 흐른다. 그 건너 편 6차선 도로의 가로수들. 단풍나무, 벚나무, 연산홍까지 새깔을 달리한 단풍이 곱다. 조금은 멀리 보이는 구릉에는 침엽수들이라 아직은 푸르다.

지금 쯤 고향의 산야에는 색조를 구별하지 못할 만큼 단풍이 어우러졌을 터인데, 가을의 풍경화를 보듯 추억의 눈으로 바라보노라면 새삼 고향집이 그리워진다. 남향받이 자그마한 분지에 펼쳐진 들역, 산기슭 따라 오순도순 이웃한 마을, 지금 손을 꼽아도 설흔 넷집이 한 마을을 이루고 살았다.

그런데 부모님의 덕택이었겠지만 우리 집은 그 마을에서도 가장 규모가 큰 집이었다. 기역자와 니은자가 마주 보는 (「」) 구조로 배산임수하고 남향에 동대문, 풍수학으로도 그리 손색이 없는 집으로 비록 초가이기는 했지만 안채, 사랑채의 두툼한 지붕에는 봄에는 참새가 굴을 파고 새끼를 치고, 여름에는 박꽃이 달빛에 청초하기도 했다. 겨울 해질 무렵이면 쌍쌍으로 제방을 찾아 날아드는 참새들이 삼동을 나는 1급 호텔이기도 했다.

동쪽의 대문은 여닫을 때마다 '삐거덕' 하면서 인적을 알렸고 두 칸 장방 사랑에는 골방까지, 광이며 디딜방아간, 외양간, 안채의 사랑방, 바깥채, 댓돌과 툇마루가 깔렸고, 변소도 안채, 사랑채·바깥채 전용으로 세 곳이나 있었으니 누구라도 집작이 갈만하다.

뿐만도 아니다. 70~80여 평의 뒤란에는 배나무가 두 그루, 감나무 세 그루, 턱밑에 차던 장독들, 팥돌까지 곁드린 장독대 주변에는 창포, 독사풀, 궁궁이, 맨드라미, 봉선화는 누님들의 손톱에서 일편단심으로 다시 피어나기도 했다. 외양간 옆과 안채 부엌 뒤편에는 몇 백년이나 묶었는지 바둑판을 내고도 남을만한 대추나무가 두 그루. 단오 무렵에는 그네를 매고 누님 또래들이 갑사 댕기를 날리며 별이라도 찰 듯이 그네를 뛰던 고향집이다.

대문을 나서면 바깥마당, 좌측으로 바로 이어진 50여 평의 포전(圃田)에는 마늘이 가위잎지고 울타리에는 강낭콩도 대롱대롱 꼬투리를 매달고 새순을 뻗어가고.

그리고 바깥마당 끝 우측에는 돼지우리, 봄 가을로 새끼를 낳으면 저희들끼리 재롱을 부리며 뛰놀다가 우리 밖에서 잠이 든다. 나는 지금의 애완동물처럼 아주 살며시 안고 다니기도 했었는데 그때 귀엽던 고것들이 지금도 다시 귀엽다. 마당 좌측에는 역시 아름들이 대추나무 두 그루, 한 그루는 곧게, 다른 한 그루는 비스듬이 자랐는데 역시 단오 때면 그네를 매고 동리 총각, 청년들이 허공을 차며 창공을 가르던 곳이기도 하다. 다시 마당 끝으로는 100여 평의 논이 있었다. 여름이면 대추 꽃(녹조의 일종)이 뜨고 장마철에는 미꾸라지, 민물 게가 가끔 기어나오기도 했다.

이 논과 포전 사이로는 뒷집으로 들어가는 고샅길이다. 길도 우리 집 소유였고, 길 우측으로는 물감나무가 있었다. 한가위 무렵이면 침시를 담궈 나누어 먹던 일. 박새가 썩은 가지에 굴을 파고 해마다 새끼를 쳤고, 외지 상인들이 감을 100여 접씩 따서 가마니로 담아간다. 이 감나무 옆으로도 또, 아름이 넘는 대추나무가 두 그루 더 있었다. 그러니 대추나무가 여섯 그루. 감나무 네 그루. 배나무 두 그루에다, 안마당. 바깥마당. 포전. 그리고도 남은 텃논, 돼지우리. 안채. 행랑채. 500여 평은 됨직한 터전에서 뛰고 놀고, 놀고 뛰고 철따라 과일도 넘치고 닭. 돼지. 송아지 딸린 농우, 무엇 하나 아쉬울 게 없는 환경에서 막내로 자란 나는 그 흔했던 물것에도 물려 본 적이 없었으니, 어느 귀공자가 이렇게 소중한 존재였고 호의호식을 부러워할 줄조차도 몰랐을까 ?

무엇보다도 대청마루에 여름에 서면 보리가, 가을에는 누런 벌판 넘어로, 좌우 계곡에서 산경을 담아 흐르는 개울물이 합수가 되는 삼각주, 그 너머로 시루봉이 정면으로 보이는, 초가일망정 대하(大廈)가 나의 요람이었으니, 3/4 세기를 지난 지금에도 그립지 않으랴.

진달래를 피워내던 봄 어스름에 소쩍새의 눈물 여름밤의 반딧불이 여명에 홰를 치며 울던 잦은 닭소리, 달 우리자 짖던 외딴집의 멍멍이, 깜부기 불던 들길, 봄비가 촉촉이 내리는 날, 대롱같은 장마비가 쏟아지는 여름 밤, 단풍이 낙엽으로 떨어지는 계절, 누리에 함박눈이 쌓이는 날 또는, 싸락눈이 싸락싸락 내리는 밤이면 고향집이 그리워지고 문풍지가 울던 옛집을 생각하게 한다. 그러나 이제는 물결만 출렁이는 수궁이 되어 영원한 실향민이다. 교직을 마치고도 낙향할 곳도 없고 귀거래사 같은 것을 생각할 터전도 없다.

어쩌다 난파선의 선장처럼 살아온 나날. 분별 없이 변천한 현대라는 미명아래 옛 스님의 누더기 가사처럼 성한 곳이 없는 이 나라

에서 고작 30여 평 아파트에 갇혀 죄 없는 영어의 입장이 되었는
지, 빗자루 들고 쓸어볼 마당도, 텃밭 한 고랑, 흙 한줌도 뜻대로
할 수 없는 천덕꾸러기가 된 꼴이니, 갑갑하기만 하다. 하는 수 없
이 굽어보며 사는 수밖에 어쩌겠는가.
　하나, 그 곱지 못한 입들의 지저귐이나, 등치고 간 빼먹는 소리'
국민을 위해서란' 말이나 듣지 않고 살 수 있다면 그래도 조금은
조용하기나 하련만…….

2003. 10. 23.

달맞이꽃의 여망餘望

내가 길을 걷는다. 여름에나 피는 꽃이 봄의 중턱에서부터 피기 시작 한다. 키가 150cm나 되어 보인다. 우리나라에서 자생하는 달맞이꽃은 내가 본 것은 두 종류다. 영서지방에는 키가 2m 정도는 됨직한데 가지를 6~12개 정도나 치면서 정작 꽃은 작은 편이다. 그러나 영동지방에서 본 것은 키는 60cm 내외쯤은 되는데 가지가 없고 오히려 꽃은 큰 편이었다. 칠레가 원산지인 이 꽃은 귀화 식물이기는 하지만 종류가 다른 모양이다. 전문가들에 의하면 우리나라에도 10여 종이나 퍼져있고, 세계적으로는 200여 종이나 된다고 한다. 그래서 이 꽃의 씨를 받아 짠 기름을 오리부유로 상품화하기도 한다고 한다.

어떤 이는 달맞이꽃을 '함초롬히'로 표현하기도 했는데 '함초롬하다'의 뜻은 '가지런하고 곱다. 차분하고 고르다'다. 재배를 하지 않는 한 '함초롬히'는 가장 적당한 표현은 아닌 것 같다. 가지런하지도 고르지도 않기 때문이다.

해가 질 무렵 발갛게 타오르던 노을이 청회색으로 변해 갈 무렵,

노란 꽃잎이 배시시 미소를 띠며 달을 반긴다. 달이 없는 날에는 드물게 지나가는 길손을 반기는 것도 같고, 내가 지나갈 때는 나를 반기는 것도 같아서 아끼고 싶은 정감까지 자아낸다. 누구를 기다리는 그 누구도 그 어느 꽃도 할 수 없는 그만의 정성을 나만이 차지하고 싶은 욕심이 일렁일 때도 있다. 그리스어로는 포도주와 야수라는 뜻이라고 한다. 뿌리까지도 향기로와 들짐승들이 즐겨 먹는다고 하니 살신의 공도 이만하면 극에 달하였다고 해야 하지 않을까 싶다.

옛날 그리스에는 별을 사랑하는 님프들이 많았다. 그 중에 어느 님프는 홀로 달만을 사랑했다고 한다. 그런데 이 님프는 별이 뜨면 달이 뜰 수 없다고 믿어 왔기 때문에 별을 사랑하는 님프들이 있는 줄도 모르고 '별이 다 없어 졌으면 좋겠어, 달이 날마다 뜰 수 있게 말이야'

옆에서 별을 사랑하는 님프들이 이 말을 듣고 화가 나서 제우스신에게 이 사실을 알렸다. 제우스신은 이 말을 듣고 노하여 달을 좋아하는 님프를 달도 별도 없는 곳으로 추방해 버렸다는 것이다. 달의 신 아데 미스는 그 님프를 찾아 나섰다. 제우스신은 이것을 알고 달이 가는 곳마다 먼저 가서 구름과 비로 이들이 만나지 못하도록 훼방을 놓았다. 그래서 달을 사랑하던 님프는 마침내 여위어 죽고 말았다. 달의 신은 겨우 님프를 찾기는 하였으나 이미 죽은 다음이니 어찌할 도리가 없었다. 애절하기는 했지만 울며불며 어느 언덕위에 무덤을 만들었다. 그다음 제우스신도 너무 지나친 자신의 소행을 뉘우치며 달을 좋아하던 님프의 영혼을 달맞이꽃으로 만들어 달을 따라 꽃피게 했다고 한다. 그래서 달맞이꽃은 달 없는 밤에도 행여나 달이 뜨지 않을까 하는 마음으로 외롭게 기다리며 홀로 꽃으로 피어 기다린다는 것이다.

20여 년 전의 일이다. 무서리가 찬바람으로 낙엽을 휘몰아치던
어느 날이다. 부엌 한 칸에 방 두어 칸. 슬레이트 지붕. 툇마루도
좁다랗게 방 앞으로만 놓은 뱃집. 산기슭 오솔길 옆에 자리한 집이
다. '언제 잘사는 사람을 따라 사살아보나' 60은 넘어 보이는 노
파의 독백이다 .그 노파는 스산한 늦가을 바람결에 이렇게 독백을
날려보내며 먼 산을 바라보는 모습이 그렇게 서글퍼 보일 수가 없
다. 지금도 그림으로 그 노파의 모습이 낙엽과 함께 보인다. 이것
이 그 노파의 여망(餘望)인 것이다. 잘 사는 사람을 따라 살아보는
것. 마치 달 없는 밤에도 행여나 달이 뜨지나 않을까 하고 기다려
보는 달맞이꽃의 여망(餘望)이나 다를 게 없지 않은가.

사실. 이것은 그 노파만의 사정이 아니고 민초(民草) 들의 공통
된 여망일 게다. '잘사는 사람을 다라 살아보는 것'

2006. 9. 24.

東海의 追憶

동해하면 '안녕히 다녀 오십시요' 차창 밖으로 대롱같이 쏟아지는 빗줄기 속에서 아내의 인사를 들으며…

누구의 글인지는 모르겠으나 이런 글을 읽었던 기억이 새롭다. 그런데 나의 초임발령이 동해 지금의 북평 고등학교다. 1961년 9월 중순이다. 청량리에서 오전 10시 15분에 출발했다. 하늘은 맑았다. 흰 구름도 한 자락 흐르고, 나는 먼데 하늘을 보다가 어떤 처녀로 보이는 여자가 플랫폼 왼쪽 맨 끝 전주를 깍지 껴 안고 울며 몸부림을 치는 듯한데 기차는 '뚜우우' 하는 기적만 날리고 궤도의 이으매 소리만 빨라진다. 양평, 제천까지 서서 갔다. 봉화, 철암을 가니 날이 어둑어둑하다. 화차에 석탄을 져다 붓는 사람들의 빨간 혀와 하얀 이는 흑인들보다 더 선명하게 보인다. 나는 지나가는 학생에게 사이다병을 주고 물을 부탁해서 갈증을 풀었다. 기차는 또 떠났다. 장성역이다. 도계 역까지는 도보로 가야 한다. 모두가 가파른 길이지만 뛰어간다. 노인들을 지계로 져 나르는 돈벌이 꾼도 있었다.

도계역이다. 차에 오르니 이미 자리는 다 찼다. 머리가 하얀 노인이 둘이 앉는 자리에 셋이 좁혀 앉으면 된다고 권한다. 어디를 왜 가느냐고 묻는다. 북평 고등학교에 교사발령을 받고 간다고 했더니, 우리고장에 교육사업을 위해 가느냐며 더욱 친절하게 대해 준다. 캄캄한 밤이다. 송정에서 내렸다. 여관도 그분이 안내해 준 여관에서 잤다. 속셈으로는 자고 아침에는 서울로 되돌아가기로 마음 먹고 늦잠을 잤다. 소화물로 붙인 짐이 문제다. 아침을 먹으며 학교나 한번 들려 보아야 하겠다는 생각이 들었다. 무턱대고 흰색 건물만 보고 걷다가 물으니, 그것은 새로 지은 읍사무소이고 오른 쪽 멀리로 보이는 것이 학교란다. 미루나무 숲에 가리어 건물은 잘 보이지도 않는다. 하지만 그리로 갔다. 교감이 점심을 사주었다. 사기대접에 돼지고기 몇 점이 헤엄을 친다. 교감의 안내로 학교를 돌아보았다. 과거 삼화제철소 합숙소를 개조한 것이라고 한다. 교실은 흙바닥이다. 신을 신은 채로 들낙인다. 끝종났다. 낯익은 사람이 보인다. 충북에서 서울로 동해로 얼른 생각이 나지 않는다. 서로 다시 보곤 하다가 인사를 하고 보니, 훈련소 동기생이자 이 학교 교장선생님의 아들이다. 그를 중심으로 해서 잡는 정을 떨치지 못하여 주저앉은 것이 2년 반을 있게 된 동기다.

'바늘방석에서도 3년을 난다' 는 말이 있다. 정이 들면 어디선들 못살 이유가 없다. 제철소 뒤편 제방의 잔디밭. 현제 달방댐으로 흐르던 맑 은물에서 뺨을 넘는 은어가 회유하는 모습. 모 내기 철이면 근로 봉사 차 나갔던 단봉리 논에서 모를 심던 아가씨들의 풍경, 송정 마을을 지나면 송림, 그다음 백사장을 지나서 바다, 100m 쯤를 들어가도 물이 가슴에 찰 정도의 한국 유일의 해수욕장. 내가 처음 하숙 했던 나안리 마을에 듬성듬성 서 있던 노송들. 말없이 주고받던 정은 지금도 그리움을 일깨운다. 나는 이렇게 자연에 안겨 퇴근하면 책이나 들고 산책도 하고 잔디밭에 누어 책도 보면서 나날을 보냈다.

이러다 보니 외톨이가 되어 직원들과 융화가 되지 않는다. 하나 아랑곳 하지 않고 1년 가까이를 보냈다. 그러든 어느 날 직원들의 술좌석에 어울린 것이 계기가 되어 술도 배우고 담배도 피우기 시작했다. 이렇게 직원들과도 친숙해지고 주석은 더욱 발전하여 안묵호도 자주 드나들었다. 그러다가 어머님도 모시고 처도 아희들을 데리고 왔다. 지금 생각하면 어머님을 모시고 가족 놀이에 소홀히 했던 것은 시대적인 차이는 있다고 하더라도 평생 가슴에 남을 후회의 추억이다. 지금은 옛 마을의 이름도 사라진 신도시다. 그렇게 순박했던 시골의 정이 그리워진다.

끝으로 이글을 읽고 누가 동해를 지나다가 들려볼 동해 8경이나 소개할까 한다. (제 1경) 능파대. 촛대바위: 애국가 첫 소절의 배경 화면이다. (제 2경) 용추폭포: 용이 승천했다는 전설의 폭포다. 상·중·하. 삼단 폭포다. (제 3경) 무릉 반삭: 무릉계곡 입구에 위치하였다. 하나의 반석이 무려 1.500 여 평이나 된다. 나는 이 3경까지는 가보았다. 마침 가을 어느 날이다. 반석에 눈에 익은 선인들의 이름이 필적도 수려했다. 하숙집 아가씨와 주민 5~6명이 동행이어서 안내자는 필요로 하지 않았다. 하나 교통수단은 두발일 수밖에 없고, 1경~3경까지 오르고 나니 가을이라 벌써 석양이다. 석양에 비친 단풍이며 물보라에 무지개가 뜨고, 기암괴석의 이끼는 바위나리와 함께 산간의 가을임을 알린다. 차라리 표현할 말을 잃고 돌아서는 아쉬움만 기억에 가득 남는다. 땅거미 지나서 집에 도착했다. 피곤하여 여담을 할 시간도 없이 자리에 들었다. 꿈이다. 여자 신선이 한복차림으로 문을 배시시 연다

김 광균의 '시' 설야의 밤이다. 이어 내 품으로 들었는데 몸부림

을 치다가 잠을 깨니 가슴은 허전하고 속옷에 땀만 촉촉했던 기억이다. (제 4경) 망상 명사십리: 맑은 물 ,백사장, 수심이 얕은 것이 특색이다. 10여 종류의 놀이시설이며 매년 600~700 여 만 명의 해수욕객이 찾는다. (제 5경): 천곡 천연동굴: 1991.6.24.일 발견. 시내 중심지에 위치한다. 2차 생성물이 서식함. 국내에서 으뜸. 1.400m 중 반 정도 개벌. 단계적으로 개발계획 중. (제 6경) 만경대: 척주 (삼척고을) 8경의 하나. 두타산을 모산으로. 삼척의 죽서루와 쌍벽을 이룸. 향토 명필 옥람 한일동의 액판이 현존 한다. (제 7경) 호해정: 세칭 할미바위, 1945년 조국의 광복을 기념하기 위하여 최 덕규 외 75명의 춘추 계원이 창건함. 할미바위 전설이 따로 전하지만 길어서 생략할 수밖에 없다. (제 8경) 초록봉: 백두대간의 연봉. 청옥산의 한 봉우리. 수목과 자연경관이 빼어남. 승천한 장수의 발자국이 2개 남아 있음. 모두가 경탄 하지 않을 수 없는 풍광들이다.

그때만 해도 여행이니, 등산이니, 해수욕이니 하는 문화가 지금 같이 일반화 되지 않았을 때라, 주변의 경치도 살필 줄 몰랐다. 여흥이란 그저 기생이나, 접대부 정도를 옆에 놓고 술이나 마시고 운동장에서 코트도 없이 정구나 가끔 치면서 보내던 시절이다. 삼화사도 빼놓을 수 없는 고찰인데 쌍용 시멘트에 밀려 이사를 했다. 문화재와 경제, 어느 것이 우선되어야 하는지 모르겠다. 지금은 대중교통도 편리하지만, 모두가 자기차를 이용하는 시대가 되어 마음만 있으면 언제든지 관광이 가능하다. '동해' 그 이름만 들어도 눈시울이 뜨거워지던 마지막 이별의 기적소리가 들린다.

  -옛말대로 천지개벽이나 한 것만큼 달라진 동해의 추억이다-.

동지를 보내면서

내일 모래는 동짓날이다. 동지하면 팥죽이다. 음력 11월을 동짓달이라고 하는 것도 동지라는 명절이 있기 때문이요. 그달을 대표하는 명칭으로 쓰이는 것도 동지 달과 섣달뿐이다. 그리고 옛날에는 동지를 설로 삼았던 때도 있었으므로 아세(亞歲)라고도 한다. 동지팥죽을 먹으면 나이도 한살 더 먹는다고 했다. 동짓날 부적으로는 '사자(蛇字)'를 써서 거꾸로 붙이면 악귀가 침범을 못한다고도 하였다. 그날 일기가 온화하면 다음해 전염병으로 사람이 많이 죽고, 날씨가 매우 추우면 풍년이 들어 대 길조라고 믿었다. 이것은 병균이나 해충과도 관계가 있음을 짐작할 수 있다.

동짓날의 별식은 팥죽이다. 여러 가지 죽(粥) 중에서 사당 제사상에 오를 수 있는 자격을 가진 것도 유일한 팥죽이다. 뿐만도 아니다. 동짓날 팥죽을 방, 마루, 광이나 부엌에도 한 그릇씩 떠다 놓고, 대문이나 벽에도 뿌렸다. 액을 막아주고 잡귀를 범접하지 못하게 하기 위해서였다. 이렇게 한 것은 중국의 '공공(共工)'이라는 사람의 아들이 동짓날 죽어 역귀(疫鬼)가 되었다는 고사와도 관계가 있다. 팥죽을 쑤는 적두(赤豆)는 붉은 색이므로 축귀의 기능으로 쓰였을 것으로 추측한다. 우리나라에서는 처용가와 유관할 것으로도 생각 된다. 현대 의학에서도 팥은 중성지방을 예방하고, 해독, 숙취에도 좋고, 신경쇠약증의 예방과 퇴치에도 도움이 된다고 한다.

동짓달은 결산의 달이기도 했다. 갈걷이 한 것을 모두 털어 갈무리한다. 여유가 있는 것은 현금화하였고, 제사에 쓸 것도 따로 저쳐 두고, 씨앗 할 것, 도조 줄 것, 세금 낼 것, 등을 대강 계산해 보고 지목해 놓기도 한다. 아낙들은 메주도 쑤어야 한다. '동지섣달 긴긴밤' 이란 말이 있다. 조명이 빈약했던 당시로서는 무료한 밤일 수밖에 없다. 그래서 아낙네들은 등잔불 아래서나마 물레질을 하고 남정네들은 새끼를 꼬거나 자리를 매고 짚신도 삼았다. 아희들은 글공부도 하고, 조잘대다 보면 긴긴 밤도 깊는 줄 모른다. 이것이 우리 전통 농가의 재미다. 밖에서는 눈바람이 휘몰아 쳐도 알리 없는 방안의 풍경이다. 나도 어린 시절에는 이런 시골에서 자랐다. 밤에는 명심보감이나 소학을 읽었다. 동짓날에는 지방에 따라 고기를 먹는 풍속도 있다. 그래서 동리에서 돼지라도 잡지 않는 동지에는 전날 또래들과 참새를 잡기도 했다. 횃불을 들고 초가집 지붕 참새 굴을 찾아 나선다. 잠든 참새 한 쌍을 움켜 내기도 했다. 잡는 것보다 노치는 마리수가 더 많았지만 지금 생각하면 다시 없을 즐거웠던 추억이다.

동지 팥죽. 금년에도 괴산군에서는 군민이 나누어 맛 볼 수 있는 팥죽 잔치를 TV에서 보았다. 2미터나 되는 노(櫓)같은 주걱으로 1000여 명이 먹을 수 있는 솥에 팥죽을 쑤는 광경을 보고 다행한 일이라고 생각하면서 피식 웃기도 했다. 팥죽에 엉긴 소담(笑談)이 생각났기 때문이다. 동짓날 어느 시골 사랑방에서 거짓말 내기를

했다고 한다. 서로 다른 거짓말을 하고는 박장대소(拍掌大笑), 요
절복통(腰折腹痛)하는데, 다음 사람이 차례가 되자 '불국사가 완
공이 되던 해 동짓날 스님들이 팥죽을 쑤는데, 솥이 하도 커서 팥
죽을 저을 방법이 없었다지 뭔가. 그래서 배를 타고 팥죽을 저으려
나간 스님이 아직 돌아오지 않았다네'라고 하여 일등을 차지했다
고 한다. 언제 떠났는지. 언제 오려는지. 풍파라도 당한 것은 아닌
지. 과연 그럴듯한 재치었다. 괴산에서도 여기에서 착안한 것이 아
닌지 모를 일이다.

　그런데 느닷없이 단팥죽이라는 게 상품으로 나타났다. 인기도
점점 높아지고 있다고 한다. 이 단팥죽이란 우리 전통 팥죽과는 아
예 이질적인 것이다. 90년대 비락 단팥죽을 시작으로, 동원, 오뚜
기, 금년에는 (주) C J 도 이 팥죽시장으로 뛰어 들었다고 한다. 게
다가 호박죽도 나도 밤나무 식으로 한발 걸쳤다는 보도다. 모두가
재리에만 약삭빠르다. 한국의 명절은 다달이 있고, 그 명절마다 계
절에 맞는 특유의 음식도 있었다. 그러나 어린 세대들은 한국의 명
절하면 겨우 팔월 추석과 설날이나 기억할 정도가 아닐까. 이러다
가는 나라만 있고 명절은 고사하고 미풍양속까지도 사라지지 않을
까 두렵다.

2005. 12. 26.

물 간 자리는 없다

우리나라 기후로는 하지 전에 장마가 지는 예는 거의 없다. 봄비의 계절이 지나가면 6~7월이 장마철이다. 그러나 7월은 가을로 넘어가는 길목쯤 되는 달인 동시에 어정 7월이라는 말이 있다. 어정어정하다 보면 지나가고 마는 것이 7월이다. 사실상 농한기다. 콩밭이나 뜯고 해거름에 쇠꼴이나 한 짐 베어오면 그만이다. 그런데 근간에는 지구의 온난화로 계절도 앞당기는 것 같다. 금년은 입춘이 두 번 든 해이기에 더욱 그런 느낌이다.

　남쪽에서는 이미 태풍과 빗발이 북상한다는 예보다. 큼지막한 호수로 변한 농경지, 참외 수박이 비닐하우스 안에서 물에 뜨고, 산사태로 끊어진 도로며, 물에 잠긴 살림살이를 챙기기에 바쁜 아낙들, 바가지로라도 물을 퍼 보는 사람들, 수해로 망연자실하는 농부들의 모습에서는 화면을 보는 사람까지도 처연해지게 한다. 게다가 사망, 실종자까지도 있으니 말문이 막힌다. 사망자도 애석하지만 실종자야 그 영혼마저도 묘연하지 않은가. 생로병사가 다 섭리라고 하더라도 우선은 기가 막히는 일이다. 서울 시내에서는 지하철 대신에 홍수차로 교체라도 하려나. 안전을 소홀히 하여 수해만 키웠다고 하니, 웃어넘길 수는 없는 일. 길바닥에는 물이 넘치고, 여기저기서 찌푸린 얼굴들이 물과 싸운다.

태풍도 폭우도 섭리의 일부라고 생각하면 더없이 귀중한 존재인 것을 알게 되리라. 자연은 말이 없다. 반면에 배반하면 용서도 없다.

72년도 영월 철교가 무너지던 해의 일이다. 숨이 가쁘리만치 소나기가 내렸다. 동강의 물이 차차 붇더니 온갖 잡동사니가 다 떠나려오기 시작한다. 어디선가 초가집이 선채로 떠내려 온다. 밤이다. 사람 살리라는 비명 외에는 캄캄한 밤이다. 비명도 잠잠해지고 밤만 깊어간다. 물은 빗줄기와 비례하여 늘어나고 떠내려가던 부유물들은 철교 교각에 걸려 제방을 만든 셈이 되었다. 마침내 교각이 무너졌다. 레일은 엿가락이다. 시내는 거의 다 물에 잠기었다가 교각이 무너지면서 물이 빠졌다. 다음날이다. 장독, TV 등이 지붕 위에 올라가 있는가 하면 돼지도 지붕 위에서 기와장을 들추며 먹이를 찾는 모습도 보였다. 도로에는 앙금으로 앉았던 것이 날이 개이자 알싸한 먼지가 되어 날리는 속에서 재채기를 연발하면서 학생들과 봉사활동을 하던 생각도 난다. 당시에는 가구마다 정화조는 고사하고 재래식 화장실이었다. 분뇨가 모두 먼지가 되어 날렸을 것이 아닌가.

이제는 태풍이 비를 몰고 여기까지 왔나보다. 소낙비가 내린다. 큰물은 땅거미 질 무렵에나 여명에 나간다고 한다. 빗소리가 요란하다. 03시경이다. 하수도관으로 떨어지는 물소리에 잠이 깨였다. 비는 붓듯이 온다. 날이 밝았다. 물소리가 장하다. 바로 뒤편에는 대룡산을 기점으로 퇴계동과 석사동 사이를 흘러 으암땜으로 들어가는 개울물이다. 근 100 미터는 되는 폭이 꽉 차게 흐른다. 이미 잠수교는 보이지 않는다. 뛰다가 걷다가 기다가 뒹구는 것 같기도 하고, 잠수교를 넘으려고 할퀴고, 맴돌고, 물어뜯고, 넘어갈 듯도 하다.

고향을 떠나 30여 년 이곳 변두리를 찾아 온 후 10여 년 만에 처음 보는 홍수다. 우산을 쓰고 물 구경을 나온 사람들은 말이 없다. 그저 바라 볼 뿐이다.

'불 탄 자리는 있어도, 물 간 자리는 없다' 는 말이다. 불 탄 자리에는 쇠붙이나 재라도 남지만, 물이 쓸고 간 자리에는 아무것도 남지 않는다는 뜻이다. 주춧돌까지 휩쓸고 간 자리에서는 내가 살던 집터까지도 어딘지 분간하기 힘이 든다고 한다. 어느 강변 같은 냇가에서 내살던 집터나마 돌아보는 가족들의 모습이 보인다.

06. 7. 15.

美人松

어제는 백두산에 올랐다. 내려오는 길에 숙소로 정한 곳에서 짐을 풀었다. 언젠가 TV에서 하늘아래 첫 동리라고 소개를 하면서 매우 열악한 빈민촌으로 소개를 했다. 주민의 대부분은 경상도 사람들로 강제 이민으로 만주에 정착했다가 이곳으로 집단 이주를 하게 된 사람들이다. 그러니 넉넉한 생활이야 보장되겠는가. 겨우 의식주나 해결해 나가는지 모르겠다. 고향 생각인들 오죽하랴.

주소를 물으니 '길림성 안도 이도진 신촌 동로'라고 한다. 우리가 든 숙소는 신달빈관이라는 호텔이란다. 특히 상추쌈이 기억에 남는다. 상추 잎이 두껍고 두 손바닥만큼이나 넓다. 식사도 연길에서 보다 먹을 만했다. 호텔이기 때문이었을까. 앞에는 몇 집 건너 백두산으로 가는 포장도로다. 도로를 건너면 잔디밭이 길 따라 조성되었고, 어스름이 깔리자 노점상들이 영지며 상황버섯을 비롯하여 약재를 펼쳐 놓는다. 그러나 호텔에 파견된 공안원이 길은 건너가지 못하게 한다고 하여 4층에서 나려다 보았다. 밤 9시 경이나 되었을까. 새납을 불고 풍물을 치면서 한바탕 춤판을 벌리더니 어디론지 사라졌다. 어디서 왔다가 어디로 갔는지 씻은 듯 하다. 고도로 보아서는 백두산의 8~9부 능선은 됨직한데 산짐승 우는소리도 밤에만 우는 새소리도 들리지 않는다. 시골 면 소재지 정도로는 생각되는 이 산촌의 밤은 고요 속에서 깊어가고, 나도 일기장을 덮으며 잠이 들었다.

잠이 일찍 깨었다. 휘장을 밀치고 문을 조심스럽게 열었다. 누구인지는 모르겠으나 벌써 자전거를 타고 여명의 발판을 밟는다. 윗도리 옷은 겨울옷이다. 먼지와 땀에 절어 퇴색한 흔적이 보인다. 아침 해가 우려 오고 날이 밝아오자 차차 오가는 사람들이 많아진다. 좌측으로 바라보이는 길은 (ㄱ)자형 삼거리다. 아마도 교통사고가 난 모양이다. 2륜 차가 두어 대 서 있고, 서너 사람이 해결방안을 상의하는 모양이다.

어제 이곳을 지나며 안내자가 이 솔숲으로 조금 들어가면 미인송이 있다며 가리켰으나, 버스가 지나가는 바람에 식별하지 못하고 아쉬움만 남았었다. 소나무도 적송, 백송, 흑송(해송), 금송, 반송 등은 보기도 하고 듣기도 했지만 미인송이란 이곳에 와서 처음 듣기에 호기심도 없지는 않았다. 이민송은 전 세계에서 백두산에만 있는 것으로 약 1200 그루 정도 밖에는 없다는 것이다.

나는 애당초 미인송을 이야기 하려던 것이었는데, 타향살이에 찌든 동족의 생애도 그러려니와 주변 환경에 끌려 미인송 이야기는 뒤로 미루어진 샘이다. 그런데 오늘 차에 오르니, 그 솔숲 길로 가는 것이 아닌가. 나는 미인송이 군락을 이루고 있을 것으로 생각했었다. 정비석의 '산정무한'에서와 같이 소나무들이 귀공자의 기상으로 쭉쭉 뻗어 올라갔고, 훤칠하게 자랐다. 이들 소나무 사이에 미인송도 섞여있다. 적색이 감도는 노란색으로 표피가 반질반질 윤기가 나고. 10여 미터까지는 가지가 벌지 않으며, 마치 잘생긴 여자의 다리 모양으로 미끈하게 자란다고 한다.

그게 뭐 그렇게 대단하냐고 반문할 사람이 있을는지 모르겠다. 그러나 실은 1937년 무렵 중국 서북의 중국 공산당 지도하에 팔로군(八路軍)이 있었다. 한일 최전선에서 활약한 군대다. 1945년에는 제18집단군이라고 이름을 고쳤다. 소위 인민해방군의 주력군이다. 이 팔로군에 신출괴몰하는 장군이 있었다. 그 장군을 앞뒤에서 호위하고 가던 여군이 일본군과 서로 죽느냐 사느냐의 전투가 벌어진다. 불행하게도 앞에 가던 여군이 일군의 총알에 쓸어진다. 장군도 팔에 총을 맞는다. 뒤에서 호위하던 여군이 장군에게 빨리 피하라며 등을 민다. 장군은 할 수 없이 도망을 간다. 뒤에서 호위하던 여군도 다리에 총을 맞는다. 여군은 피하지 못하고 그곳에서 숨을 거둔다. 그 자리에서 돋아난 소나무가 미인송이라는 것이다. 그래서 그 여군들의 미끈한 다리 모양을 닮아서 소나무도 미끈하고 곱게 자란다고 한다.

다 알고 있는 사실이지만 8,15 전까지는 공산주의니 민주주의니 하는 이념의 차이는 그리 큰 문제가 되지 않았다. 그것은 조국의 독립이라는 목표는 동일하였기 때문인 것으로 알고 있다.

그러나 생각해보자. 독립선언문이라도 다시 한번 읽어보자. 이렇게 해서 그나마 되찾은 대한민국인데 이 지경으로 만들다니! 부정부패만 아니라도 우리나라가 이 모양은 안 될 터인데 말이다. 오죽하면 선거하는 날을 도둑놈의 자격증 만드는 날이라는 말까지 하겠는가.

06. 7. 12.

뿌리가 없는 나무

나는 수필을 좋아 한다. 그 중에서도 자신의 인간성, 관조, 철학성을 띈 작품이 좋다. 근간에 수필 작가들도 부쩍 늘어나는 추세인 것 같다. 매우 다행한 일이라고 생각된다. 몽테뉴나 베이컨. 램 등을 연상케도 한다. 그러나 '선무당이 사람 잡는다' 라는 말도 있다. 시대가 어지러우면 무속이 성행한다. 점괘에 따라 좌표를 설정하기도 한다. '무식할수록 용감하다' 는 속담도 있다. 문학에는 규범이나 규제가 없다. 학력이나 경력도 불사한다. 오직 작품으로 말할 뿐이다. 수필의 영역은 넘칠 만큼 광범위하다. 그래서 독자들은 수필 작가들도 넘쳐나지 않을까 하는 기우라도 할는지 모르겠다. 작가는 세월과 정비례한다. 그 결과 문학의 질은 반비례한다.

문학. 그중에서도 수필분야가 선두 주자인 양하다. 한편으로는 두 손을 들고 환영할 일이지만, 다른 한편으로는 문학의 묘미인 수필 자체에게는 죄스럽기도 하다. 생화보다는 가화가 양적으로 자리를 밀고 들어온다면 생화는 어디로 가야할 것인가. 글쓰기보다 더 두려운 작업이 있을까. 그런데 수필 분야에서만 일년에도 작가가 800 명~1,000 명이나 양산된다. 이것은 일간지에서는 수필 분야의 공모를 하지 않는데도 원인은 있다. 그러나 약 25~30 개의 계간지의 책임은 막중하다. 수필가의 양산은 계간지를 통한 등단 인원이 대다수이기 때문이다. 계간지의 추천 기준도 모호하다. 계간지가 문학에 기여하는 공로도 부인할 수는 없지만, 상업의 일종이라는데 비중이 더 크다. 땅 팔고 내 집 팔아 장사할 사람은 없다. 요는 계간지에서 신인 선발에 신중을 기할 필요가 있다는 생각도 한다.

문제는 그것만도 아니다. 수필분야 자체에서도 당초 문제는 내포하고 있다. 다소 과장한다면 초등학교 학생들의 일기문에서 전문 수필가의 작품까지 수필의 범주로 인정하는 모순을 가지고 있기 때문이다. 보다도 더 큰 문제는 사이비 수필가다. 나 나름대로 분류해보면 수필가의 연령이 너무 높다는 것이다. 정년퇴직을 하고 할일이 마땅찮은 인사들이 많다. 이보다는 20~30대로서 종신토록 수필을 목표로 하는 문재(文才)들이 많았으면 하는 욕심이다. 피 천 득 씨가 말 한대로 '수필은 서른여섯 살 중년 고개를 넘어선 사람의 글이다' 이 말은 실제 나이가 아니고 문학의 원숙미를 의미하는 것이라고 나는 생각한다. 또 한 부류는 수필의 '제비족들'이다. 글보다는 정치성이 앞선 사람들이다. 생업은 가족에게 맡기고 겉치레나 하고 다니면서 집에 가서는 이런 감투를 섰노라고 과시하는 사람들. 나돌기. 공짜로 인심 쓰기나 좋아 하는 사람들, 이들은 관련 행사장마다 얼굴이나 내밀고 낯익히기에 급급한 사람들이다. 수필의 성격과는 거리가 먼 사람들이다. 수필에도 잡문은 있다. 또 다른 부류는 등단 자체를 영광으로 여기는 '가(家)' 자로 만족하는 계층들이다. 이들은 자기만족으로 끝나므로 수필에는 무해무덕 하다고 해야 하겠다. 겸손을 미덕으로 하는 자기비하의 부류도 있다. 작품으로 말하겠다는 종점의 미소를 지향하는 작가들이다. 기회만 있다면 기다려 볼 희망의 작가들이다.

그러면 수필가라고 자타가 인정할 수 있는 사람은 누구냐고 누군가가 나에게 묻는다면, 이렇게 대답하고 싶다. 정 한숙의 '금당벽화' 김 동리의 '등신불' 황 순원의 '학' 등을 읽고, 나도 그 글의 주인공이 되겠다고 뜻을 세운 사람들. 이것은 자격 이전에 '사람이 되어야한다' 는 모든 학문의 공통적인 전제이기 때문이다. 그리고 다음으로는 대학에서 수필 강좌를 마치고 국외에서 문학을 전공 했거나, 국내 대학에서 문학 교수를 역임한 분들. 그것도 아니라면 문학의 모든 분야를 연구하다가 수필로 귀착한 사삼들의 전유물이 되어야 하겠다는 것이 나의 소견이다.

'수필은 문학의 모든 장르가 지닌 특성을 포괄하면서도 그것을 능가하는 문학 양식인 것이다.' K 의대 K.B.G 교수의 말이다. 공감하는 이론이다.

그러면 너는 왜 수필에 관심을 갖느냐고? 할말은 없다. 대학에서는 국문학을 전공 했고,평생을 국어 선생으로 정년을 했다. 재학 당시에는 소설을 선택했다. 그러나 미래를 약속해 주셨던 선생님께서는 4.19 직후 유명을 달리 하셨고, 혼자서라도 그 꿈을 찾으려고 교편을 잡았으나 학생들의 자라나는 이상과 희망을 우선하지 않을 수 없었다. 보중수업. 자율학습 세월이 흐를수록 바쁘기만 했던 시간들. 그래서 산토끼는 잡았으나 집토끼는 노친 셈이 되고 말았다. 체념과 희망의 교차 속에서 미루기만하다가 눈앞에 닦아선 것이 정년. 한숨 돌리고 바라보니 내 꿈은 아득한 먼 산에 이내만 자욱했다. 그러나 가야지. 그래서 수필로 등단한 지 10여 년, 시조 시인으로 등단한 것이 반 10년을 바라본다. 책도 서너 권 내 보았다. 하지만 이것도 저것도 자족(自足)할만한 작품이 없다. 남들은

지나친 자학이라고도 한다. 에스컬레이터, 엘리베이터도 있지만
나는 계단으로 오르내리는 습관 때문인지도 모르겠다. 비록 삽목
이라도 뿌리를 내려 거목으로 자랐으면 좋겠는데……. '청자연적
에 꽃잎을 옆으로 꼬부라지게 하는 마음의 여유, 그런 여유를 억지
로 가지는 것이 죄스러운 것 같기도 하여, 나의 마지막 십분의 일
까지도 숫제 초조와 번잡에다 주어버리는 것이다' 피 천득 씨의
[수필] 끝부분이다.

2005. 12. 9.

사랑해요

요즈음 '사랑해요, 사랑해' 란 말이 겁도 없이 만병통치약인 양 두루 쓰인다. 일파만파다. 아버지에게도, 어머니에게도, 선생님이나, 남녀 친구라던가 심지어는 수시로 만나고 헤어지는 인사로도 쓰이는 것을 볼 수 있다. 사랑' 을 사전에 찾아보면, 1)아끼고 위하여 정성과 힘을 다하는 마음. 2) 이성에 끌리어 몹시 그리워하는 마음. 또는, 그런 관계나 상대. 3) 일정한 사물을 즐기거나 좋아하는 마음. 이와 같이 1. 2. 3.으로 설명되어 있다. 1)의 뜻. 아끼다. 위하다. 정성과 힘을 다하다. 등의 뜻으로는 윗사람에게 쓰임직 하다고 생각할 수도 있다. 그러나 2) 의 뜻에서 이성에 대한 그리운 마음. 3)의 뜻에서는 사물을 즐기는 마음 등으로, 뜻의 오롯함이 없다. 말의 뜻을 피상적으로 본다면 사랑하다라는 말이 존경이라는 말보다 더 지극한 것도 같이 느껴지기도 한다. 하지만 뜻이 3가지나 된다. 전용의 뜻이 없고 산만하다.

그러나 '尊敬' 이라는 말을 사전에 찾아보면 '받들어 공경함' 이라고 되어 있다. 뜻도 한가지다. 그리고 자식이 부모를 공경하는 것은 인류의 근본인 孝行이다. 자식이 부모를 존경하지 않으면 누가 존경한단 말인가. 언어는 사회의 반영이라는 말도 있다. 그렇다면 개인의 말은 곧 그 사람의 인격이다.

그러면 존경이라는 말은 어떤 기준에 따를 것인가. 君·師·父 일체라는 말이 있다. 서양 문물이 태풍에 파도처럼 밀려오는데 동양의 옛날 고전을 기준으로 할 수 있느냐고 생각할 사람도 있을는지 모르겠다. 그러나 서양사람이라고 인륜이 없다고 나는 생각하지 않는다. 그들도 사람이기 때문이다. 다만 과학, 물질중심으로 문물이 발전하였고, 동양은 정신문화가 서양보다 앞선 것이 아닌가 하는 생각을 한다. 특히 우리 나라의 정신문화는 중국의 고전보다도 구체화되었다고 하면 과언일까. 이이나 이황 같은 대가들의 평전에서 느낄 수 있고. 전하여 오는 말을 참고하여도 짐작이 갈 것이다. 뿐만도 아니다. 우리말 단어 약 15만 단어 중에 8만 단어 이상이 한자로 된 단어이다. 신라 고려조에서도 한자를 이용한 이두나 구결이 있었으나 성공을 하지 못하고, 세종 때에 와서 한글 창제로 성공하였지만, 한자어를 완전히 우리말로 바꾸지 못한 것은 유감스러운 일이다. 아마도 사대주의에서 온 것인지도 모를 일이다. 하지만 어쩔 수 없는 현실이 아닌가. 그러나 전 세게 어느 언어학자도 우리말의 단점을 지적한 학자는 없는 것으로 안다.

50년대 후반으로 기억한다. 최현배씨와 이희승씨가 한글 전용과 국한혼용 문제로 지상 논쟁이 있었다. 마지막회 결론에 서 이희승씨는 이렇게 말을 했다. '내가 최현배씨 집에 가서 최현배씨 계시오. 이렇게 부르지 않고, 어떻게 부르면 되지오.' 그 후에 최현배씨는 반론도, 어떻게 부르라는 해답도 없이 끝났던 것으로 기억한다.

그러나 사랑과 존경이라는 말은 격에 맞게 사용하였으면 좋겠다는 것을 강조 해 본다. 김에 한가지 더 말을 한다면 문법도 법이니까 현대를 살고 있는 우리 국민으로서는 어법에 맞는 말과 문법에 맞는 글쓰기에 꾸준한 연구와 노력이 요구된다는 것을 말하고 싶다.

07. 5. 13.

소추素秋의 향수享受

(素 秋)는 9월을 이르는 말이다.

9월은 흔히 결실의 계절이니, 상엽(霜葉)의 계절이니, 국향의 계절 등, 이칭은 어느 달보다도 많다. 그리고 황금물결, 오곡백과, 단풍, 머루·다래 등 주로 시각을 중심으로 한 것들이다. 부정은 하지 않는다. 그러고 보면 가을은 시각적인 계절인 것 같기도 하다.

그러나 나는 그렇게 다채로운 소재(素材)들을 시각적으로 음미하는데서 끝나고 싶지는 않다. 모든 사물의 제각기 특성이 있다면 또, 제작기 풍기는 향기도 있을 것이며 그 향기에 탐익하는 즐거움도 싫치 않다.

그래서 나는 한 때 국향(菊香)에 매료되어 묘(苗)를 수집, 재배하는데 몰입하기도 했다. 주로 대륜(大倫)을 중심으로 부귀, 공작, 양귀비, 황진이등 10여종 30여분을 가꾸면서 '오상고절은 너뿐인가 하노라' 라고 한 시조의 한 구절에서 느끼는 향기는 실제 국화의 향기를 뛰어 넘는다는 것을 체득하기도 했다. 재배 조건도 까다롭다. 열송이 이하일 때에는 꽃 송이를 1,3,5,7,9,로 만들 것, 키는 화분 높이의 배를 초과하지 말 것. 꺾꽂이를 했을 때는 묘의 자엽(子葉) 잎까지 마르지 않아야 할 것, 그 중에서도 꽃망울이 맺힐 때, 또는 꽃받침을 받칠 때 아차하면 꽃망울이 자끈둥 불어진다. 그렇게 되면 그 국화분은 등외품이 되고 만다. 봄·여름내 들인 공도 허사다. 마음이 아리고 허탈하기까지 하다. 그래도 참아야 한다.

W여고에 있을 때, 60년대 중엽이다. 어느 가을 주말이다. 저녁 식사를 하고 집에서 조금 떨어진 W시 북쪽에 있는 '봉살미'라는 산을 넘었다. 논·밭을 깔고 앉은 나지막한 구릉이다. 하늘엔 엷은 구름이 이제 막 솟는 달의 얼굴은 가리운, 은은한 초저녁 밤이다. 산기슭 오솔길을 겨우 분별 할 정도의 어둠이다.

무심히 서성대는 시선으로 새하얀 꽃송이가 드문드문 다소곳 하다. 가냘픈 몸매에 가지도 벌지 않은 외줄기 끝, 흰나비가 앉은 것 같은 꽃송이들이다. 들국화다. 더 구체적으로 말하면 산구절초다. 청초하다고 할까. 환상적이라고 할까, 아니면 애잔한 미소라고 할까. 찬 이슬 안개로 내리는 가을 어스름, 상념에 잠긴 듯한 고요, 아스라한 침묵의 시야는 마치 바다에 가라앉은 꽃산호 결을 유영하는 착각이기도 했다.

화분의 대륜을 본다. 그렇게 마음을 주었던 국화였는데 마음이 멀어진다. 변종을 거듭하여 만들어진 대륜에서는 어떤 진실도 찾아지지 않는다. 옛날 큰 놋대접만큼씩이나 한 꽃송이에서는 가식·허위·과장 같은 것이 풍기는 것 같았다.

다음 날 다시 그곳에 갔다. 이슬을 머금고 다소곳한 모습은 정말 한국적인 꽃이었다. 변천도 변화도 새겨지지 않은 정통(正統)그대로의 자태다. 줄기는 하나로 곧고 60㎝가량의 키에 7~9월에 담홍

색 또는, 백색의 두상화(頭狀花)로 핀다. 문헌에서는 국화과 또는 엉거시과(엉겅퀴와는 다름)로 구별하기도 하지만, 우리는 산구절로, 구절초, 개쑥부쟁이까지 포함하여 들국화라고 총칭한다. 들이나 길가, 산기슭 같은데서 흔히 보는 담자색으로 가지마다 흐드러지게 피는 것은 개쑥부쟁이다. 이렇게 들국화를 마음에 심고 이러구려 근 30년의 세월은 보냈다. 92년 경이다. H지구 모 여중 교감으로 부임했다. 교육부 지정 연구학교 2년 차였다. 10월에 전국을 대상으로 공개발표를 해야 했다. 6학급 정도의 소규모 학교다. 공설운동장 겸 중·고 공용으로 써야 하는 운동장은 어울리지 않게 넓었다. 주변 환경구성과 미화가 시급한 문제였다.

이때, 나는 들국화를 생각했다. 본부석을 제외한 3면으로 들국화를 심기로 했다. 눈을 감고 상상해 본다. 여학교이기에 더욱 잘 어울릴 것으로 상상되었다. 10월의 하늘, 담자색 또는 백색의 가냘픈 들국화가 가득 피어 하늘대는 율동이 운동장 주위에 가득할 영상이 머리에서 흘렀다.

봄의 중간쯤이었다. 산을 좋아하는 직원들 몇 명과 기능직 한사람을 데리고 산구절초의 군락지를 찾아 나섰다. 산구절초는 냇가나 산기슭보다는 조금은 깊은 산 허리에 자생하는 식물이기 때문이다. 요즘 산은 토끼 길도 없다. 입산 금지도 한 몫을 했지만, 시골 농가에서도 화목을 필요로 하지 않는다는 것이 절대 원인이다. 산으로 접어드니 낙엽은 발목을 넘고, 큰 나무 사이로는 잔챙이 잡목들이 밀집하여 한 발 내 딛기가 힘이 든다. 마치 갈대밭을 헤치고 나가는 것 같다. 가시에 찔리고, 넝쿨에 걸리고, 곤충들이 우화(羽化)하기 위하여 얽어 놓은 거미줄 같은 것은 머리로 얼굴로 감기고, 한 걸음도 자유로울 수 없는 산길을 헤매다가 하늘이 보이는, 훤한 공간으로 나섰다. 6.25 당시의 군용 도로였다.

기능직을 제외하고는 모두가 처음보는 산구절초의 군락지를 발견하고는 한숨 돌렸다. 뿌리로 뻗어나가는 식물이다. 양지 바른 곳보다는 숲속 그늘을 좋아하는 습성이 있다. 막상 찾고 보니 너무 가냘파서 꽃송이를 볼 것 같지도 않았다.

게다가 그날 뽑아온 묘(苗)로는 그 넓은 운동장 주위를 채우기에는 태부족이었다. 그런 고생스러운 작업을 방학 직전까지 몇 번이나 되풀이 했다. 그해 따라 가뭄도 심했다. 아침저녁으로 물을 주었는데도 용이하게 뿌리를 내리고 자리를 잡아주지도 않았다. 결국은 뜻을 이루지 못하고, 더러 살아남은 포기들이 보여주는 해맑은 꽃송이로 위안을 삼을 수밖에 없었다.

일경일사무득지(逸經一事無得知)라는 말이 있다. 한가지 일을 한 번씩 경험하지 않으면 아는 것이 없다는 뜻이다. 들국화(산구절초)는, 1년생은 꽃이 피지 않는다는 것, 깊은 산 숲 속 그늘을 좋아한다는 것, 된 볕을 싫어한다는 것 등, 그것만의 생리도 모르고 억지를 부렸으니 성공할 까닭이 없었다. 대전 엑스포 때도 구절초 2만 포기를 심어 한국의 꽃 자랑을 한다고 홍보가 대단했는데, 정작 엑스포 개장 때는 아무 말도 없었던 것으로 보아 그들도 나처럼 실패했던 모양이다.

국화 하면 그 종류가 얼마나 되는지 나는 모른다. 재배 종 외에 야생으로도 감국(甘菊), 산국(山菊), 해국(海菊), 야국(野菊), 실망초, 더위지기, 개쑥부쟁이 등 다양하다. 그러나 산구절초만큼 가냘프면서도 단아하고, 청초하면서도 화려하지 않고, 해사하면서도 천한 데가 없는 들국화(산구절초), 학같이 고고하면서도 외롭지 않은 꽃, 「딸각발이」만큼이나 지조를 사랑하는 그 절개가 가상스럽다.

아마도 이정보의 시조에서 오상고절(傲霜孤節)이란 말도 모든 국화들을 다 제치고 이 들국화에서만 느껴지는 기상(氣像)을 말한 것 같다.

　소추(素秋)의 향수(享受), 잡힐 듯 스쳐가는 아쉬운 맛이 그립다.

2002년 8월 15

後 記

　글을 쓴다는 것은 수고로운 일이다. 게다가 책을 만든다는 것은 더욱 수고로운 일이다. 그러나 어느 책을 보아도 금싸라기 같이 명언, 명구로만 엮어진 책은 없다. 그것은 수식 때문이다. 글에 수식이 없다면 건조무미 할 수밖에 없다. 그래서 표현이라는 말도 쓰인다. 하지만 글을 쓴 사람은 그 기록에 대해서는 끝까지 책임을 저야 한다.

　어느 책에서 보았던 기억이다. 저자의 나이 40세 이전에 쓰여진 책은 가급적 미루어 두는 것이 좋다는 의견이었다. 체험이 부족하기 때문이라고 했다. 체험이 부족하면 철학이 미흡할 수밖에 없다. 개개인의 철학이란 그가 알고 있는 지식, 직·간접의 체험, 인성 등 그 사람에 관계되는 모든 것들이 융화되어 용광로에서 흘러나온 쇳물 같은 것이다. 그리고 체험도 그것이 얼마나 진실한 것인가가 또 문제다. 체험도 공리보다는 사리가 앞서는 사람은 글을 써서는 안된다. 다른 사람에게 도움이 될 수 없기 때문이다.

　내가 나이가 많다고 이런 말을 하는 것은 아니다. 다만 나의 체험이요, 나의 철학이다. 인간은 나이가 들수록 지혜가 생긴다는 말도 있다. 이제 네 번째의 책을 만들면서 이런 생각이 떠오른다. 어느 작가는 자신이 쓴 작품 중에서 할 수만 있다면 자기가 쓴 작품 절반 정도는 회수하여 불사르고 싶다는 말을 했다고 한다. 이런 불안을 가지고 갈 수는 없지 않을까 하는 생각도 든다. 지난 번 방장부절(方長不折)·Ⅲ에서 교정에 미흡했던 점은 미안하게 생각합니다. 앞으로 그런 일이 없도록 주의할 것입니다. 여러 가지로 미흡한 책을 내면서 너무 수다를 떨었다. 다행이 내 책을 읽을 사람은 많지 않다는 점이다. 간혹 읽은 분이 있다면 판단은 그분들에게 맡긴다.

07. 6, 저자 씀

심沈성晟구求의 수필집

모란牡丹을 곁에 두고

2007년 6월 20일 초판인쇄
2007년 6월 25일 초판발행

지은이 : 심 성 구
펴낸이 : 이 혜 숙
펴낸곳 : 도서출판 신세림
100-015 서울특별시 중구 충무로5가
　　　19-9 부성빌딩 702호

등록일 : 1991년 12월 24일
등록번호 : 제2-1298호
전 화 : 02-2264-1972
팩 스 : 02-2264-1973
E-mail : shinselim@chollian.net

정 가 : 12,000원

ISBN : 89-5800-057-0, 03810